U0586875

Slow reading

慢读译丛 | 谢大光 主编

恶魔主义者的人生自述

雪后庵夜话

〔日〕谷崎润一郎 著

陈德文 译

南方出版传媒

花城出版社

中国·广州

图书在版编目（ＣＩＰ）数据

雪后庵夜话 ／（日）谷崎润一郎著；陈德文译. --
广州：花城出版社，2019.2
（慢读译丛 ／ 谢大光主编）
ISBN 978-7-5360-8784-2

Ⅰ. ①雪… Ⅱ. ①谷… ②陈… Ⅲ. ①散文集－日本
－现代 Ⅳ. ①I313.65

中国版本图书馆CIP数据核字(2018)第281906号

出 版 人：詹秀敏
责任编辑：余红梅
技术编辑：凌春梅
封面摄影：刘一苇
装帧设计：林露茜

书　　　名　雪后庵夜话
　　　　　　XUEHOUAN YEHUA
出版发行　花城出版社
　　　　　　（广州市环市东路水荫路 11 号）
经　　　销　全国新华书店
印　　　刷　恒美印务（广州）有限公司
　　　　　　（广州南沙经济技术开发区环市大道南路 334 号）
开　　　本　880 毫米×1230 毫米　32 开
印　　　张　11.75　2 插页
字　　　数　270,000 字
版　　　次　2019 年 2 月第 1 版　2019 年 2 月第 1 次印刷
定　　　价　58.00 元

如发现印装质量问题，请直接与印刷厂联系调换。
购书热线：020－37604658　37602954
花城出版社网站：http://www.fcph.com.cn

"慢读译丛"总序

谢大光

　　阅读原本是一个人自己的事，与看电影或是欣赏音乐相比，当然自由许多，也自在许多。阅读速度完全可以因人而异，自己选择，并不存在快与慢的问题。才能超常者尽可一目十行，自认愚钝者也不妨十目一行，反正书在自己手中，不会影响他人。然而，今日社会宛如一个大赛场，孩子一出生就被安在了跑道上，孰快孰慢，决定着一生的命运，由不得你自己选择。读书一旦纳入人生竞赛的项目，阅读速度问题就凸显出来了。望子成龙的家长们，期盼甚至逼迫孩子早读、快读、多读，学校和社会也在推波助澜，渲染着强化着竞赛的紧张气氛。这是只有一个目标的竞赛，千军万马过独木桥，无怪乎孩子们要掐着秒表阅读，看一分钟到底能读多少单词。有需求就有市场。走进书店，那些铺天盖地的辅导读物、励志读物、理财读物，无不在争着教人如何速成，如何快捷地取得成功。物质主义时代，读书从一开始就直接地和物质利益挂起钩，越来越成为一种功利化行为。阅读只是知识的填充，只是应付各种人生考试的手段。我们淡漠了甚至忘记了还有另一种阅读，对于今天的我们也许是更为重要的阅读——诉诸心灵的惬意的阅读。

这是我们曾经有过的：清风朗月，一卷在手，心与书从容相对熔融一体，今夕何夕，宠辱皆忘；或是夜深人静，书在枕旁，情感随书中人物的命运起伏，喜怒笑哭，无法自已。这样的阅读会使世界在眼前开阔起来，未来有了无限的可能性，使你更加热爱生活；这样的阅读会在心田种下爱与善的种子，使你懂得如何与他人与自然和谐相处，在纷繁喧嚣的世界中站立起来；这样的阅读能使人找到自己，无论身处顺境还是逆境，抑或面对种种诱惑，也不忘记自己是谁。这样的阅读是快乐的。"好读书，不求甚解。每有会意，便欣然忘食"，我们在引用陶渊明这段自述时，常常忘记了前面还有"闲静少言，不慕名利"八个字。阅读状态和生活态度是紧密相关的。你想从生活中得到什么，就会有怎样的阅读。我们不是生活在梦幻中，谁也不可能完全离开基本的生存需求去读书，那些能够把谋生的职业与个人兴趣合而为一的人，是上天赐福的幸运儿，然而，不要仅仅为了生存去读书吧。即使是从功利的角度出发，目标单一具体的阅读，就像到超市去买预想的商品，进去就拿，拿到就走，快则快矣，少了许多趣味，所得也就有限。有一种教育叫熏陶，有一种成长叫积淀，有一种阅读叫品味。世界如此广阔，生活如此丰富，值得我们细细翻阅，一个劲儿地快马加鞭日夜兼程，岂不是辜负了身边的无限风光。总要有流连忘返含英咀华的兴致，总要有下马看花闲庭信步的自信，有快就要有慢，快是为了慢，慢慢走，慢慢看，慢慢读，可以从生活中文字中发现更多意想不到的意味和乐趣，既享受了生活，又有助于成长。慢也是为了快，速度可以置换成质量，质量就是机遇。君不见森林中的树木，生长缓慢的更结实，更有机会成为栋梁之材。十年树木，百年树人，心灵的成长需要耐心。

在人类历史上，对于关乎心灵的事，从来都是有耐心的。法国的巴黎圣母院，从1163年开始修建至1345年建成，历时180多年；意大利的米兰大教堂，从1386年至1897年，建造了整整五个世纪，而教堂的最后一座铜门直至1965年才被装好；创纪录的是德国科隆大教堂，从1248年至1880年，完全建成竟然耗时632年。如果说，最早的倡议者还存有些许功名之心，经过600多年的岁月淘洗，留下的大约只是虔诚的信仰。在中国，这样安放心灵的建筑也能拉出长长的一串名单：新疆克孜尔千佛洞，从东汉至唐，共开凿600多年；敦煌莫高窟，从前秦建元二年（366）开凿第一个洞窟，一直延续到元代，前后历时千年；洛阳龙门石窟，从北魏太和年间（477—499）到北宋，开凿400多年；天水麦积山石窟，始凿于后秦，历经北魏、北周、隋、唐、五代、宋、元、明、清，各朝陆续营造，前后长达1400多年……同样具有耐心的，还有以文字建造心灵殿堂的作家、学者。"不应该把知识贴在心灵表面，应该注入心灵里面；不应该拿它来喷洒，应该拿它来浸染。要是学习不能改变心灵，使之趋向完美，最好还是就此作罢。""一个人不学善良做人的知识，其他一切知识对他都是有害的。"以上的话出自法国作家蒙田（1533—1592）。蒙田在他的后半生把自己作为思想的对象物，通过对自己的观察和问讯探究与之相联系的外部世界，花费整整30年时间，完成传世之作《随笔集》，其影响一直延续至今；另一位法国作家拉布吕耶尔（1645—1696），一生在写只有10万字的《品格论》，1688年首版后，每一年都在重版，每版都有新条目增加，他不撒谎，一个字有一个字的分量，直指世道人心，被尊为历史的见证；晚年的列夫·托尔斯泰，已经著作等身，还在苦苦追索人生的意义，一部拷问灵魂的小说《复活》整整写了10年；我们的曹雪芹，穷其一生只留下未完成的《红楼梦》，一代又一代读者受惠于他的心灵泽被，对他这个人却知之甚少，甚至不能确知他的生卒年月。

这些就是人类心灵史上的顿号。我们可以说时代不同了，如今是消费物质时代、信息泛滥时代，变化是如此之快，信息是如此之多，竞争又是如此激烈，稍有怠慢，就会落伍，就会和财富和机会失之交臂，哪里有时间有耐心去关注心灵？然而，物质越是丰富，技术越是先进，越需要强大的精神力量去制衡去掌控，否则世界会失衡，带来灾难性的后果。对于个人来说，善良、真诚、理想、友爱、审美，这些关乎心灵的事，永远不会过时，永远值得投入耐心。千里之行，始于足下，就让我们从读好一本书开始。不必刻意追求速度的快慢，你只要少一些攀比追风的功利之心，多一些平常心，保持自然放松的心态，正像美好的风景让人放慢脚步，动听的音乐会令人驻足，遇到好书自然会使阅读放慢速度，细细欣赏，读完之后还会留下长长的记忆和回味。书和人的关系与人和人的关系有相通之处，物以类聚，人以群分，书人之间也讲究因缘聚会同气相求。敬重书的品质，养成慢读的习惯，好书自然会向你聚拢而来，这将使你一生受用无穷。

正是基于以上考量，我们编辑了这一套"慢读译丛"，尝试着给期待慢读的读者提供一种选择。相信流连其中的人不会失望。

2011年7月10日 于津门

■ 谢大光：百花文艺出版社原副总编辑，有20多年外国散文编辑经验，先后编辑出版"外国名家散文丛书""世界散文名著丛书""世界经典散文新编"等120余种散文书籍；主编《百年外国散文精华》《日本散文经典》《法国散文经典》《俄罗斯散文经典》《拉美散文经典》等。

目录 *contents*

幼少时代

雪后庵夜话

附录：

倚松庵之梦　　　　　谷崎松子

幼少时代

前言

　　我很早以前就抱有一个愿望，打算将自己一生的故事，从最早的记忆开始，一件件按顺序尽可能详细抒写下来。没想到去年《文艺春秋》杂志，答应利用一年时间，为我每月辟出不少页面，使我得以完成了大半夙愿。我之所以说"大半"，是因为一旦动起笔来，要写的东西，比最初想到的出乎意料得多，一桩桩连续不断地涌现于脑际，甚至远远超出记忆范围之外，在有限的期间内，要想全都写完，那是不可能的。按照我当初的计划，从幼童时代到中学二三年级的事情，皆细大不捐地全部写出来。但这一年间，我只不过写到小学毕业，回头一看，好多事都给漏掉了，剩下来可写的足足还有一本书的分量。尽管我一直希望能有机会继续补写出来，但还是决定留给他日，姑且先将目前发表于《文艺春秋》的《幼少时代》合为一册，交付出版。

　　读者中有人表扬我，说今年虚岁七十一了，竟然写起4岁时候的事，看来记忆力着实是好。不过，但凡老人，对于早年

幼少时代

往事，格外记得牢；而昨今之事，反而容易忘记。话虽如此，其实，那些越是想记而偏偏记不住的往昔各种事情，在写作的过程中，自然遗忘的东西，就会一个接一个回想起来，这种现象恐怕不光是我才有吧？当然，也不是只靠自己个人的记忆里就能完成的。大凡自己记忆模糊的地方，还得依照记录进行调查，寻访亲戚旧友，以及小学时代的老同学等。值得庆幸的是，我的81岁的小舅和比我大8岁的堂姐尚健在（惜乎哉，这位堂姐昨年春故去，小舅今年本月，未能见到此书出版就辞世了），还有一位自幼儿园以来直到今日亲如手足的竹马之友。有很多地方，都是这些人替我回想起来的。没有他们的帮助，这本书或许写不出来呢。

这故事发生在明治中期至后期，以日本桥为中心的东京下町[1]为舞台，因此，看起来有的地方，引起了那些出生在老东京时代的人们的兴趣。我在杂志连载过程中，屡屡接到各方面人士热情的来信，这些人中，以未曾谋面的喜欢本书的读者为主，此外还有中小学时代的同窗，还有我已经忘记，而对方对我和我全家多少有些了解的人士。尤其是我中学时代的同学池田良造氏，时常将人形町一带往日的旧事，不厌其详地写好后寄给我，往年南茅场町箱包商店的老小胜见丰次氏，邮寄来附有精致插图的信件。阪本小学时代，一位比我早六年入学的森井金先生，依然记得我一年级时代的面影，以及乳母的风

[1]旧时的东京，分为"下町"和"山手"两个区域。前者为中下层居住的商业区，后者为社会上层人物的居住区。"町人"，乃商人之谓。

貌，并写在长长的信笺上寄给我，这些不能不叫我感慨无量。还有东大工学部的三桥铁太郎博士，根据福田清人氏所著《和十五位作家的对话》一书，打听到谷崎家的原址，将我祖父原店主——深川铸工铁锅六的有关情况，再三写信来并附上照片。这些虽然和故事只有间接关系，但作为重要记录，也应当给予尊重。我并不认为，一般读者对这些资料毫无兴趣，所以特地选出十多封有趣的信笺附于卷末（袖珍本省略）。另外，记载自是极力求其准确，但也不敢说没有各种错讹，从现在开始，倘若有人发现并指出来，作者将深表谢忱。

最后，《文艺春秋》在连载中，将镝木清方[1]画伯为每月号挥笔绘制的两幅插图的画稿寄赠予我，对此我万分感谢。说实话，论起通晓明治二十年代东京人情风俗的画家，非镝木先生莫属。这本书的插图，我本来切望烦请画伯拨冗见赐，但考虑先生地位与高龄，终未敢贸然相求。不料先生知道后，欣然应允。诸如本书中五代目菊五郎之权太、市川新藏之河内山等插图，再现名伶昔日之姿胜过文字，跃跃如也。我自己不知凭借这些插图获得多少对往昔的回忆。还有，文艺春秋新社鉴于以前这些贵重画稿全部寄赠给了我，故这回决定将这些画稿全部加以复制（画伯就其中两三幅不甚满意者重新绘制）一起

〔1〕镝木清方（1878—1972），画家，随笔家。本名健一，东京人。早年绘制插图画，留明治风俗于纸上，情趣丰蕴。尤长于美人画，别开近代新风。1954年获文化勋章。

收集在这里。并借此缘，恭请画伯为之装帧。承蒙厚爱，得此
豪华之书，不胜欣喜。[1]

　　　　　　　　　　　昭和三十一年[2]五月
　　　　　　　　　　　于京都潺湲亭
　　　　　　　　　　　谷崎润一郎识

[1]此乃作者为文艺春秋社豪华版《幼少时代》所作前言，本书译自岩
波书店袖珍版，所言插图等均未收入。

　　　[2]1956年。

我最早的记忆

大约是我四五岁的时候，有两三件事一直记在脑子里。然而，在那些古老的记忆中，要肯定哪一条是最早的记忆，却也不是容易的事。一般地说，人在5岁左右开始有了明确的记忆，虽说也有人能记得4岁时的事，但这种人并不多见。要说3岁就有记忆，那只限于阵屋熊谷戏剧[1]中的义经，实际上殆无所闻。因此，我也不敢咬定就是4岁时的事。然而，我一直朦胧地记得，在那遥远的往昔的一天，我坐在人力车中母亲的膝盖上，一路摇摇晃晃，来到神田柳原当时难得一见的红砖瓦店铺前，一走下车来，就看见商店账房木格子内坐着父亲，我和母亲站在账房这一边向父亲问好。虽然有点模糊，但我想那

[1] 净琉璃《一谷嫩军记》三段的通称。熊谷直实为完成源义经搭救平敦盛的密令，以其子小次郎作为敦盛替身而牺牲，直实因此而感到人生无常，出家为僧。

决不是梦，而是现实中有过的事。不过，我所记得的，只是那些红砖瓦的房舍、当时父亲的面影、账房的木格子、房内榻榻米前的踏脚板，以及晴朗的天气之类，至于父亲、母亲和我自己穿的什么衣服等等，一概不记得了。但不知何种因素，使我记住了那块地方是神田柳原，而且那座柳原的房舍，是父亲经营一家名为"点灯社"公司那个时代的店铺，或许那些大都是当时母亲和乳母告诉我的吧。纵然如此，那天母亲和我又是从哪儿坐车去的呢？我们母子是和父亲一同住在柳原，还是当天到外地参拜或回老宅子蛎壳町游玩之后归来的呢？在我心里，这个疑问很久都没有解决。对于柳原房舍的记忆，只是像电影中的一个场景，或某日的一个断片刻印于心中，可能以为这就是4岁时候的事，并作为"我的最早的记忆"了吧？当我这次开始写作《幼少时代》的时候，我曾问过现在唯一健在的我的最小的舅舅，以及前几天刚刚去世的我的堂姐，这才弄个明白，原来柳原那套房子是父亲做生意的店铺，不是住宅，当时我和我的父母都住在蛎壳町老宅子里，只有父亲一人白天到柳原上班。

蛎壳町本家住着我母亲下边的一个弟弟——我的舅舅谷崎久右卫门，他作为我祖父（也是外祖父）、前代久右卫门的家业继承者而存在，因此，我们全家也一同寄居在那里了。[1]

〔1〕谷崎润一郎生于1886年7月24日，父亲谷崎仓五郎，作为谷崎久右卫门三女阿关的女婿而入赘谷崎家。该家族当主（家长）乃为阿关之胞弟。润一郎12岁之前，一直由乳母御代养育长大，兄弟姐妹多人。长兄早夭，其弟三男精二（作家、英国文学研究者）、四男得三，长女园、二女伊势、三女末、五男终平等。

祖父死于明治二十一年，享年58岁，当时我3岁。祖母活到明治四十四年，73岁时去世。我感到很遗憾，假若祖父再能多活一两年就好了，我的脑里将会对他保留一些朦胧的记忆。我的记忆的黎明起始于祖父离开现世不久之后，因此，我对祖父没有任何直接的感触。但尽管如此，造就谷崎家一代繁荣的"伟大的老爷"，一两年前

祖父久右卫门，女性崇拜者

一直健康地存在，祖母不用说了，全家不论是谁，只要一提起祖父，立即肃然起敬，仿佛他依旧躲藏在家中黑暗的一隅。据说，祖父活着的时候，很喜欢我这个最后出生的孙儿，嘴里时时念叨着"润一，润一"。这"润一"二字的呼唤，仿佛忽然合着一种节拍传到我的耳朵里。祖父的照片经过放大，悬挂起来，那张脸孔映照在我的眼睑中，想念他时随时都可以呼喊一声。后年，我将河竹繁俊先生[1]写的《河竹默阿弥》[2]的传

〔1〕河竹繁俊（1889—1967），戏剧研究学者。长野县人，文学博士。早稻田大学教授。

〔2〕河竹默阿弥（1816—1893），幕末明治初期歌舞伎脚本作家。江户人。善于描写世俗题材的戏剧。代表作有《茑红叶宇都谷山岭》《三人吉三廓初买》《天衣粉上野初花》等。

记捧在手中，一眼看到开头刊登的默阿弥的肖像，从风貌、体格到身上的穿戴，感觉无处不像祖父。这使我十分愕然。明治二十年代60岁前后的老人们，或许人人都有着这样类似的长相吧。

围绕着我们谷崎全家人，我的祖母、父母、伯父伯母、小舅、舅母等，动辄就说"爷爷就是这样的"，总是以伟大的人物——祖父为榜样。照祖母和母亲的说法，祖父凡是心中想干的事情，不管什么，总是十分有趣地预先反映在一张图上。

"你们等着，我很快就要乘马车给你们看。"祖父时常这么说。他要是再多活些时候，肯定会这样的。

祖父原是深川小名木川河畔釜屋堀制造铁锅的"釜六"铁匠铺的大掌柜。维新之际，店主一家到乡下避难，将店铺托付给祖父，祖父接过手出色地经营下去。不久，世间太平之后，他将店铺交还给店主，店主对祖父感恩戴德。后来，在上野之战[1]中，趁市内土地房屋临时降价之时，用一百两银子买下京桥灵岸岛的"真鹤馆"旅馆经营下去，不久又转让给第二个女婿，然后在日本桥蛎壳町二丁目十四号，以前属于银座的一块地方，建筑房舍，开始经营活版印刷业。我就出生在挂着岩谷一六[2]题写的隶书体"谷崎活版所"招牌、涂着黑漆的库房内一间房子里。

〔1〕庆应四年（1868）五月十五日，彰义队一伙人对江户城无血开城表示不满，死守上野宽永寺奋起抵抗，被新政府军消灭。

〔2〕岩谷一六（1834—1905），政治家、书家。滋贺县人。本名修，字诚卿，号一六，别号古梅、迂堂、金粟道人等。儿童文学家岩谷小波之父。

明治十余年开始经营活版印刷业这件事，表明祖父从守旧的生意人——铁匠铺与旅馆业，转变为时髦的新兴职业者。可以说，祖父走上了当时文明开化的尖端。从活版所前沿着蛎壳町一丁目大道径直走去，那里就是当时的"米屋町"，以米谷期货交易所为中心，左右两侧，排列着米谷交易中介人的店铺。祖父为长女阿花招领了养老女婿，起名为谷崎久兵卫，分家后在交易所斜对面，让他开了一爿中介店，屋号为"伞屋"。我们二丁目的老家称为"活版所"或"本店"；一丁目伯父久兵卫的家称为"伞屋"或"米店"。另外，铠桥大道眼下依然保留下来的银杏八幡后街一带，设有活版所的分店，挂着"谷崎分社"的招牌。祖父特意挑选米屋町附近开办活版所，目的是为了迅速掌握交易所当日米谷买卖的行情变动，每晚印刷下来，出售给城里人赚取利钱。那时候，报纸业不发达，还没有什么晚报之类，这对祖父来说正中下怀。谷崎活版所，因为印刷贩卖名为"谷崎物价"的物价表，致使生意显得很红火。实际上，成了祖父首创的一家小型晚报社。

　　此外，祖父又为点灯社想出一桩生意，他雇用一些民工，沿途步行为市里点街灯。虽说是市里，不知究竟涉及怎样的范围。由于所雇用的徒步巡回点灯的民工人数不太多，看来多半只限于狭小的商业区。民工多数都是和祖父有些关系的人，他们虽然属于未能享受到时世恩顾而破败零落的士族子弟，但还保有一定的身份。这些人称为点灯夫，穿着定制的印有店徽的工作服，套着细腿裤子。点灯夫外褂上印着光芒四射的红太阳，太阳正中凸显着"点灯"二字。他们穿着这套服装，于每日黄昏时分，手提脚踏子，走到街上，来到街灯下，竖好脚踏子登上去，打开玻璃罩，灌入灯油，点亮街灯。当时，虽然部分街区敷设了煤气管道，但似乎只限于很小范围。祖父着手开展这项业务的当时，街灯依然使用石油，点灯夫每天一早，还要担着脚踏子，徒步清扫玻璃灯罩。

祖父逝世之后，这座点灯社交付我的父亲管理，由于事业不振，遂转让给了别人。但活版所由小舅二代久兵卫继承，生意依然呈现繁荣景象。我后来成为小说家，时常有人问道：

"你既然生在蛎壳町商人之家，为何立志于文学呢？"

鉴于祖父所创办的谷崎活版所物价表的印刷贩卖业，好歹也是和文笔有些关系的工作，因而，不能说这件事对我没有丝毫影响。我从出生那天起，一直是在印刷机朝夕不断地轰鸣之中长大成人的。不仅如此，自打记事儿时候起，每天在一旁看着小舅久卫门，等待交易所行情报告到来之后，随即进行整理编辑的情景。印刷厂位于库房中央，小舅的编辑室设在里间的和式客厅内。小舅面向庭院而坐，靠近走廊放着一张书桌，身边有一个装着各种纸张的绘有泥金画的大盒子。他整天忙于写稿、校对。我虽然不了解当时小舅及店员们具备怎样的文化程度，但联想到自少年时代起就到深川富商岩出惣兵卫那里当学徒的小舅，可以得知他不曾受到过高水平的教育。关于这一点，我还想起一件事，大约是在我十几岁的时候，听人说起活版所的掌柜翻字典查找<u>丛</u>这个字，并写在卷纸上，注上平假名。他还把年轻店员都叫到账房前边来，告诉他们：

"这个字据说读作kusamura。"

小舅的学问估计同这位掌柜不相上下。尽管如此，实际上，由于职业关系自然和文字亲近的机会很多，比起普通商人更精于读写之道。提起这个，想起我自己，看到里间客厅的地橱上，经常摆着新出版的《文艺俱乐部》杂志，有一次我偷看了上面一篇专供成年人阅读的小说，发现"小说原来这么有趣"，随即被紧紧吸引住了。

还有一件事，就是我弄清了我的天生的性情中，确实传承着祖父的血统。祖父久右卫门和祖母房子，当初生下三个女儿，接着又生下四个儿子。祖父喜欢女儿，不喜欢儿子。三个女儿中有两个女儿分配了财产，招了女婿；可儿子呢，只留下长子一人，以下三人全都送给别家做养子或当女婿去了。长女阿花纳了女婿久兵卫，经办"伞屋"商店，这前边已经说过了。三女阿关分得一份家财，纳久兵卫的胞弟仓五郎为婿。（次女阿半虽说嫁了人，但连带陪上了真鹤馆旅馆，也算分得一份家财。）我的父母就是这位仓五郎和阿关。我们兄弟和伯父久兵卫的孩子们，虽然算是堂兄弟，但双方的父母都是亲兄弟亲姐妹，有着特别的血缘关系。祖父殁后过了十多年，谷崎活版所第二代久兵卫门，因行为放荡而倒闭，我的父亲仓五郎也因拙于经营，将好不容易分得的一份家产赔光了。只有长女阿花的丈夫——伞屋商店的久兵卫，作为米谷中介人，生意红火，日子过得有滋有味。

祖母每到节骨眼儿上，时常嘀咕：

"老头子为什么只看重女孩子，而把男孩子送给了别人呢？这就是谷崎家衰败的原因啊！"

受虐待的三个男孩子，始终将这件事挂在口头上，对着祖母和母亲大发牢骚。细想想，祖父无疑是个女权主义者，我的女性崇拜的倾向，看来很早以前就开始孕育发芽了。

我的父亲仓五郎和伯父久兵卫的本家姓江泽，按照大正年代的区划，位于松住町角落的一块地方。从须田町渡过万世桥，乘市区电车前往本乡三丁目，从那里拐过去就是。本家原是屋号为"玉川屋"的酒馆，据说是拥有十一座库房的大家族。但自打我有了记忆之后，这个广宅大院早已了无痕迹了。地震灾害和战争灾难之后，那一带地方出现了宽广的道路，万世桥也改变了位置，都营电车和市营电车各跑各的线路。如今，那片遗迹究竟在哪里，谁也说不清楚。久兵卫幼名叫实之介，仓五郎叫和助，自从来谷崎家之后，他们兄弟本人以及全家人之间都不叫他们什么"久兵卫君"或"仓五郎君"，都一律称呼幼名。对于我来说，谷崎家的外祖父久右卫门始终有人提起，所以抱有亲切之感；而对江泽家的祖父从来未听有人提起过。况且，伯父久兵卫和父亲仓五郎他们的亲生父母早已过世，详细情景不太为人所知。据说他们年轻时一位充当江泽家监护人的人，随便对待生意，盗用资产，致使玉川屋的资财倾于匮乏。谷崎家外祖父久右卫门，由于为玉川屋融资这层关系，随即要求将两个孤儿交给谷崎家做养子。关于玉川屋老家，根据我父亲的记忆，一年到头受到那位监护人的欺辱，他和哥哥实之介从小就担惊受怕地生活着。我在幼小的时候，每当听到"少年亦为他人子，雪日衣单拾酒瓶"[1]这首俳句，

　　　　[1]江户时代中期大名安藤信友（1671—1732）的俳句。传说他于严寒的雪日，乘轿出勤路上，看到酒店小学徒，穿戴单薄，到处捡拾空酒瓶，感慨吟之。明治画家户张孤雁（1882—1927）据此句绘制水彩画，景象生动。此画现藏于爱知县美术馆。

雪后庵夜话
flow reading

14

就时常联想起父亲童年时代那副可怜的身影。因为和助时代的父亲，和那位学徒工都陷入了共同的命运之中。父亲给我说过这样的事，一个下雪的日子，他被派往麴町的屋敷町送酒，冻得迈不开脚步，一边走路，一边不停地小便。

实之介与和助，兄弟情深，互助互爱。他们同来做养子，手足之情，无所不至。一桩桩一件件，都留在我们幼小的儿女们眼中。伯父时常嘴里叨咕着"和助弟，和助弟"地庇护着父亲，而父亲则时常喊着"实哥儿，实哥儿"，处处依靠着他，一辈子都没有变。尤其是弟弟仓五郎，在养父久卫门死后，一时失去谈话的伴儿，再加上生意场上的失败，总是跑到"实哥儿"那里抱头大哭一场。每次，他的"实哥儿"总是倍加呵护，一点儿也不嫌弃。这位弟弟仓五郎如此没出息，做什么都不成功，使得祖母和我母亲对他大失所望。作为伯父久兵卫，看在眼里，自然为他焦急不安。祖母时常背地里说：

"实之介能干，和助不行。真是看错人啦！"

我的母亲阿关生于元治元年，父亲仓五郎生于安政六年[1]，夫妇相差5岁，在我出生两三年之前结婚。我两三岁时，祖父久右卫门，在日本桥青物町（这个町名，现在已经没有了，应在海运桥大街与昭和大街交叉之处）为仓五郎夫妇建立一爿酒店，经营洋酒业。紧接着又在柳原开办了电灯社。两者都因不善于经营，期间又遇祖父去世。到我五六岁的时候，

---

[1] 分别为1864年和1860年。

父亲依旧没有像样的工作，只好变卖了家产，搬到他的内弟二世久右卫门家里，也就是本家活版所后院的一间房子里，同母亲和我一起过日子。

父亲和母亲

短期自立的父亲，伴随妻子再度回到本家，其缘由除了事业上的失败之外，还有一个必须提到的事实，那就是受到胃病的严重折磨。或者说，事业的失败正是他患病的一个原因。父亲到上州的四万温泉[1]进行"汤治"的时代，我虽然不记得了，但对他本人来说，可以想象，那是一段痛苦的日月。为什么呢？因为，作为一个"江户人"，自打出生之后从未离开东京的土地一步，结婚不到几年，就告别妻儿，到前所未闻的偏远之地，简直就像被流放到孤岛上。直到今天，我很想去一趟青年时代的父亲曾经度过几个月的四万温泉，但一直未能寻到机会。在那交通不便的时代，是谁想出这个点子叫父亲到那种地方去疗养的呢？世间的人们吵吵嚷嚷，都说四万温泉对治疗

---

[1] 位于上毛（群马县）北部四万川畔，同伊香保、草津并称"上毛三汤"。

胃病最有效，但在那个缺医少药的时代，或许那里和草津一样闻名于世。这些虽都是我的臆测，但附近邻里的意见，抑或也不可置之不理吧。大家一致认为，既然娶了个绝代佳人阿关做媳妇，实在是太招人喜爱了，为了尽快使身体康复，让这对小夫妻暂时分离一个时期，那也是不得已的事啊。

祖父右卫门的女儿们，阿花、阿半和阿关，三姐妹个个都出挑得艳丽多姿，但从品貌上说，阿关最为妩媚动人。其次是阿半、阿花。在我孩提时代的心目中，只有伞屋的伯母长相不一样，稍稍给人以阴险、可怖之感。或许阿花多半像父亲，而阿半和阿关，更像母亲的缘故。当时的商业闹市中，举凡长得漂亮的姑娘们，都印制在一枚锦绘上，听说我母亲被评为"美人绘双纸"[1]中的"大关"级。住在离我家两三条街之处的安田靫彦先生的曾祖母，曾经上过国贞[2]的锦绘，那幅画就悬挂在安田家里，我曾经看到过。遗憾的是，我母亲的画只是从小舅、堂姐们的嘴里时时听说过，没有实物保留下来。还有一件事情，住在小纲町杂货批发店的大茂老板家的儿子，看上了母亲，一定要娶她为妻，祖父一口回绝：

"我家姑娘一个不嫁，全都招女婿！"

对方又说：

"那就带上一份彩礼，去您家倒插门。"

〔1〕相当于仕女画绣像通俗读物之类。"大关"本是大相扑用语，即相扑选手大力士的级别，从上至下为：横纲、大关、关胁、小结等。

〔2〕歌川国贞（1786—1864），江户后期浮世绘画师，长于绘制草双纸插图以及美人颜面绘画。

关于母亲的长相，我在各个时期经常提到过，直到现在为止。我总是在想，认定母亲是美人儿，或许只限于孩子一厢情愿的双眼，但谁不希望自己母亲的面孔更加美丽呢？不光是面孔，大腿部的肌肉也要生得丰腴饱满，肌理细腻才好。一同入浴时，通常总是不由地瞅上一眼，甚感惊异。仔细一看，发现越来越白嫩，但那样的白嫩，远非今人可比。那个时代的女性，不接触外界空气，身体的大部分都包裹在衣服内，成天价在光线昏暗、深窗孤帏中度日月，所以才会变得那般洁白如玉吧。母亲的洁白，一直保持到我二十六七岁成为大小伙子那个时候。明治四十四年[1]夏天，长女阿园16岁夭折，母亲祈祷着一心要拿自己的身子换回爱女的生命，伤心至极，一度衰老，白发盖颠，脸色也增添了青黄的底子。因为在那样的时代，母亲的身个儿很矮，最多五尺高，头发乌黑，但缺点是两鬓有些毛病。

父亲自打我记事儿时候起，明治三十年代，受"实哥儿"所邀，前往伊势神宫参拜，当时为了赶夜班车，来回花了两三个晚上。除了这几天之外，他没有一夜离开过母亲身旁。母亲故去之后，一位不太了解父亲心事的人士，劝说父亲续弦，父亲不屑一顾地笑着对他说：

"对一个跟我过了三十年的媳妇，怎能干出那种事情呢？"

母亲死后两年，父亲患脑溢血随她而去。和我有同窗之谊、为父亲治病的已故杉田直树博士，有一天在病人枕畔偷偷

谷崎润一郎父母仓五郎和阿关

问我：

"你父亲有没有得过梅毒？"

当时正在病房商量后事的小舅久右卫门二世，当场予以否定：

"你父亲一次也没有去过吉原[1]。"

由此看来，对于父亲来说，除了那次被派往四万温泉以外，再也没有正儿八经地旅行过，伞屋的伯父带他去伊势参拜，无非是想叫因循保守的父亲见见世面而已。这一生一次的火车之旅，纵然分别只有两三天，但母亲也决不肯给他好脸看。

父亲一个时候游手好闲过日子，那是因为自打从四万回家之后，身体一直没有充分复原。我虽然对四万不曾记得，但其后父亲转往大矶[2]，母亲也跟着一同去，对这些事我都有朦胧的记忆。当时的大矶有伊藤博文[3]的沧浪阁，是井上[4]、

[1]江户时代红灯区，位于东京都台东区浅草北部。

[2]神奈川中南部海岸风景区，1885年开辟的日本第一所海水浴场。

[3]伊藤博文（1841—1909），日本第一届内阁总理大臣，政友会总裁。于哈尔滨车站，遭遇韩国独立运动家安重根狙击身亡。

[4]井上馨（1835—1915），政治家，伊藤内阁外务大臣。倡导欧化，创办鹿鸣馆，推进不平等条约改正等。

松方[1]和西园寺[2]等人的疗养地，因而，下町的町人们，也仿照他们的做派，经常到那里去。当时，乘火车到大矶要花两个半小时，不是四万那种偏僻的乡间，而是有闲阶级聚集的高级别墅地，父亲母亲看来对那里也很感兴趣，一旦回来，又想回去，往返多次。不过，我跟乳母两个被撂在堀地，从未带我去过一次。不难看出，他们年轻夫妇去游山看海，把我当成了累赘。但我既没有缠着他们一定要去，也没有显示出对那里多么向往和羡慕。之所以如此，我固然在家中娇生惯养，但自幼被乳母抱在怀里睡觉，性格内向，寡言少语。那时候，活版所后院房舍众多，到处都有通往二楼的阶梯。由于互不交集，如今我再三回忆，也想不起来父母究竟住在哪个房间里。我从大掌柜和徒工们吃饭的约莫十铺席大的房间上楼，同乳母两人就住在那个六铺席的屋子里。我在旧作《恋母记》中描写了那时的情景。下面姑且引用一段吧。

> 住在日本桥的时候，一旦睡在乳母怀里或被褥之中，
> 我就时常听到那种三味线[3]的琴声。

〔1〕松方正义（1835—1924），政治家，鹿儿岛人。创设日本银行。1841年任大藏卿（财政大臣），推行金本位制度。1896年至1898年组阁，担任内阁总理大臣。

〔2〕西园寺公望（1849—1940），政治家，留学法国十年。创立明治大学。历任文相、外相、藏相。日俄战争后，同桂太郎交互掌握政权。巴黎和会日方代表。昭和时代，以最后元老身份，担当后继首相的奏荐者。

〔3〕日式三弦琴。

雪后庵夜话
flow reading

"想吃炸大虾，想吃炸大虾！"

乳母总是和着三味线的节拍哼着歌。

"瞧，喏，那三味线的音乐，就像不住地嘀咕着'想吃炸大虾，想吃炸大虾'呢。哥儿，听到了没有啊？"

平时，乳母说完，总是让我将手搭在她胸间摆弄着乳头，一边瞧着我的脸。或许是有了感悟，正像乳母所说，那声音的确在吟唱一首悲哀的歌："想吃炸大虾，想吃炸大虾。"我和乳母长期以来，我看着你，你盯着我，耳边响着三味线的音乐。大街上人语已绝，寒冬之夜，冰冻的道路上，嘎啦嘎啦，嘎啦嘎啦，响着木屐的声音。《新内曲》[1]的歌声，自人形町方向传来，经过我家门前，流向米屋町方向。三味线的琴音，渐渐地，渐渐地飘忽远去，悄悄地消隐了。"想吃炸大虾，想吃炸大虾"的声音，虽然清晰可闻，但也渐渐衰微，在风的作用下，时而历然响起，时而毫无声息。……

"想吃……炸大虾……想吃。炸大虾……炸大虾……炸……吃……大虾……"

到最后，断断续续，模模糊糊。纵然如此，我依旧抱着窥察深邃地洞中一星火影的心情，专心致志，侧耳倾听。三味线的旋律时断时续，隔了好久一段时间，又响起

[1]原文为"新内语"，亦称"新内节"，净琉璃流派之一。延享二年（1745），最早由宫古路加贺太夫对《丰后节》改编而成。后来发展为脱离剧场的室内演唱剧目。

"想吃炸大虾，想吃炸大虾"的音乐，而且这窃窃私语般的琴音，宛若粘附在我的耳朵上了。

"哎呀，又听到三味线的声音了吗？……还是自己的幻听呢？"

我一边独自默默想着这个问题，一边不知不觉被带入梦乡之中了。

我管这位乳母叫"嬷嬷"。嬷嬷生于天保年间，本名"御代"。谷崎家的菩提所，原是日莲宗的慈眼寺，寺内有司马江汉[1]和芥川龙之介[2]的墓所。这座寺院在迁移到现今的染井之前，位于深川的猿江。嬷嬷经常到寺门前叫卖线香和鲜花。我出生时，祖父雇用她到家里来做乳母。而且继我之后，又接着做了精二的乳母。后来我家不再雇用女佣，这一角色就由嬷嬷担当下来。我十二三岁时，嬷嬷死去，享年六十余岁。猛地一想，我对这位嬷嬷的记忆，比对母亲更加长远。除了柳原时期之外，大约在我5岁的时候，有一天，母亲从大矶归来，嬷嬷抱着我到走廊迎接。我总觉得，这似乎就是最早的记忆。当时父亲应该也同母亲在一起，但奇怪的是，我已经想不起父亲的脸孔，只记得母亲的面容。

那天，嬷嬷对我说：

〔1〕司马江汉（1747—1818），江户时代后期西洋风格画家。初学狩野派，后入铃木春信门下，成为浮世绘画师。

〔2〕芥川龙之介（1892—1927），小说家。号澄江堂主人，俳号我鬼。作品多为短篇。代表作有《罗生门》《鼻子》《芋粥》《地狱变》等。

谷崎久右卫门家三姐妹。左起：长女阿花，三女阿关
（润一郎母，美人绘双纸大关）、次女阿半

"今天妈妈要回来喽！"

我一大早就盼望着了。母亲从活版所那里进来，"哗啦"一声打开通向后院的狭小的玻璃障子，开始来到一段低矮的走廊上。此时，我挣脱嬷嬷的手臂，跑到母亲身旁，喊道：

"妈妈！"

那一瞬间的印象，较之柳原时代更加明晰，至今仍然历历在目。那时节天已黄昏，母亲跨入障子门走进来，灯光照耀着她的背影，我展开两手紧紧抱着母亲的腰肢，我的身高也正好达到那里。母亲也许因为坐了火车，又坐了人力车的缘故，油气干涸的头发在逆光之中蓬松松峭然而立。

"润一！"

母亲喊了一声。——不，更准确地说，当时的东京人将"润"发音为"运"，母亲将"润一"念成"运一"，不，是"运儿"。

"运儿——"

她喊着，弯下身子，亲亲我的小腮帮儿。当时，我5岁，母亲27岁。

父亲和母亲三十余年的夫妇生活中，两人最幸福的时期，就是这前后几年的时间。尤其在大矶，想必是度过一段十分快乐的日子，后来，那时候的情景每每被提起。当时，大矶的一流旅馆中，有涛龙馆、招仙阁、群鹤楼和松林馆等。他们下榻的听说是松林馆。母亲的姐姐还有外甥女，经常从东京到那里去玩。这帮子人的目的一半是为了"叨扰一下阿关"，一半是为了窥探当时住在涛龙馆的中村福助[1]。这位福助就是后来的五世歌右卫门，即现在的歌右卫门的父亲。他在"福助时代"那种发疯一般的唱腔，至今依然成为老人们津津乐道的话题，既非当今的海老藏等人可比，也远非现代整个影剧界全体男女明星可比。即使到了我能看戏的时候，作为花旦演员，他的美貌与气质，依旧无人可与之为伍。涛龙时代的他，应该比我母亲小一岁，年龄二十六。他使得多少人为之朝思暮想、苦求苦恋啊！他一出现在海水浴场，旅馆的房客们便争先恐后向海岸跑去。我的母亲等人自然也是其中一个。被"福助热"弄得最为神魂颠倒的是母亲的二姐阿半，有一天，她带着大姐阿花的长女阿菊来玩，一个劲儿劝我父母：

"我说，和助君，干脆退掉松林馆，搬到涛龙馆去吧。"

阿半又转向母亲：

"好了，阿关，就这么定啦。回头到涛龙馆看房子去。"

在二姐的唆使下，阿关也表示赞成。她们表面上说是去看房子，实际上是想去窥探福助住在哪个房间。在女人们的撺掇下，和助没办法也只得尾随而去。不巧的是，比较合适的房子都占满了，只剩下西晒的一间。再说，福助也已经出去散步。听人说，或许他到平时常去的那家甜酒店去了。那是福助经常吃酒的"西菠蜜"一家店铺。于是，四个人又一起追到那里，

[1] 五世中村歌右卫门（1866—1940），活跃于明治、大正和战前昭和时代的歌舞伎演员。本名中村荣太郎，屋号成驹屋。俳名魁玉、梅玉、梅苔。以扮相俊美、嗓音洪亮享誉梨园。

不过当天还是没有能见到福助。

当时，父亲被允许住在本家老宅子，但并非二世久右卫门家的食客，该是有自己的财产的。否则，夫妇不可能到大矶等地旅游。另外，二世久右卫门比我母亲小4岁，尚未娶媳妇，住在一起也不必多所挂虑。就我来说，虽然明明知道活版所是本家小舅的住宅，但自己在那里长大，除我之外，再没有别的孩子，祖母和小舅都很疼爱我，感觉和自己的家完全一样。

这里，对于那座活版所的位置，以及附近街町的样子，有必要说明一下。战前，都营电车线自铠桥方向而来，拐过水天宫一角，沿人形町大街向小传马町方向伸延。线路左侧从一直保留到去年的甜酒屋对面的清水屋、绘双纸屋和陶瓷店一角绕过去，右侧第二个角落再向西走过两座房屋，就是那座宅子了。

这座清水屋如今变成了玩具店，陶瓷店换代变成名为"千岁"的饮食店，楼上听说搬来一家"玉秀"鸡肉店。然而，我出生时的活版所的遗址，莫非现在仍然是一片空地？活版所西侧的角落，现在的糕团店所在地，原是年糕店，烤得一手好年糕。活版所附近保留着过去移转到这里的银座时代的库房，听说另外又增建了一部分。不过，我所出生的库房不就是银座时代的遗物吗？从大街上看，那座库房位于紧接二楼土壁建筑物的右侧。走进挂有"谷崎活版所"招牌的正门，经过正中央的泥土通道，通道左侧铺设地板，上面放置印刷机械，右侧登上脚踏板，便是铺有琉球草席的账房。印刷场和账房，正面安设铁格子窗，窗外左右的角落里，摆着消防水桶。

印刷机响声最大的时候是午后两三点钟，达到了高潮。三点过后，米谷交易所盘点，四点到五点活版所也变得一派静寂。吃罢晚饭，店员们换上轻装便服，各自四散而去，账房内只留下一两个学徒值宿。我瞅准那个时候，走出里院，要么找学徒们玩要，要么抓住铁格子窗户，眺望大街上的行人。记得铁格子的空当儿，既能容下又不能容下我的脸孔。我将面颊抵在冰凉的铁棒子上，仰望活版所对面名曰"今清"牛肉店的二楼。自"今清"的西邻至年糕店斜对过的后街，东侧一带是一排排杨弓店[1]。人们叫作"箭场箭场"的这些店面，仅仅摆放着供游戏用的箭靶和杨弓的模型，实际上属于后世"十二阶下"[2]"玉之井"[3]那样的性质。店内的女人们，隔着玻璃门窗，跟大街上的男人打招呼。从活版所的窗户里，可以斜斜地看到通行的男人们向障子门内窥视的情景。我未曾想到过箭场那些女人们孰美孰丑，但男人们都不射箭，只是同女人们打情骂俏。这使我甚感奇怪。

曾经有过这样的事。

一个夏天的黄昏，天色还是薄明时分，一位身穿浴衣的妖艳女子，从活版所门前经过，转弯朝着横街走去。这时，一个男人悄悄跟在后头，伸出两手，似乎要抱住女人腰部的样子，尾随着走了十多米远。我想，那家伙或许就是想干坏事的流

[1] 西洋射箭游戏，多属情色场所。

[2] 1900年，英国人在浅草公园附近建造凌云阁高塔，共十二层，通称十二阶。1923年关东大地震，八层以上坍塌。不久全部拆毁。当年，凌云阁周围，亦即"十二阶下"，是繁华的商业区和游乐场所。

[3] 东京都墨田区东向岛私娼窟。

氓，那女子眼看就要受到殴打或绑架了。正当我屏住呼吸的时候，那男子趁着女人没有发觉，悄悄罢了手：

"唉！"

他缩起脖子笑了笑，走开了。

蛎壳町和浜町附近

父亲第三次转业，和伯父久兵卫一样，做了米谷交易所的中介人，那是我6岁的时候。像父亲这样死板、脑子只有一根筋的男人，为何选了个行情师的职业呢？恐怕一时糊涂，根本没有认真考虑过，觉得"实哥儿"能担当的生意，自己也能担当起来。不久，父亲的中介店以失败告终，此后一直未能在蛎壳町或兜町获得翻身的机会，一辈子未能成为一名像样的行情师。早知如此，虽说不很理想，还是坚持守住洋酒店或点灯社不变岂不更好。父亲第一个中介店的屋号名叫"久屋"，和"伞屋"同在牡蛎壳町一丁目，即米谷町后街。亲戚们中，管"阿实"称"伞君"，管我父亲称"久君"。这个名称一直沿用到久屋商店破产之后。

大约在这前后，我们父子搬出本家谷崎活版所，在浜町有了住宅。我朦胧记得，我们这个家是一座紧凑而简朴的两层楼建筑，木格子形式的便门直接面对大街。登上三合土的地面，就是六铺席大的起居室。但具体的位置在哪里，却想不起来了。后来再想想，那座住宅似乎就在地震前明治剧场后边，沿着不动新道向浜町河岸前进的路途上。不过在那里居住的时间不长，后来又转移到南茅场町四十五号。提起浜町这座房子，实在没有什么值得说的，只有一件事，就是某一天晚上，我在六铺席的房子里背着"弁庆七道具"[1]正在玩耍之中，不小心撞到了吊在天花板上的油灯，差点儿引起一场大火灾。

"石油起火，千万不能用水灭火！"

父亲母亲吵嚷之中，隔扇越烧越大，眼看就要酿成大火灾，突然，乳母嬷嬷将凉席叠在座垫上，猛地压下去，灵巧地熄灭了火势。

"润一呀，这可不光是火灾，在油灯下玩耍，身上着火会烧死的啊！"

我尽管受到母亲一顿叱骂，但自己的身体毫发无损，至于房子会不会全部烧光，那不关我的事。

比我小4岁的弟弟精二，我对他的记忆开始于南茅场町时代，而浜町时代没有什么印象。那时，御代嬷嬷应该还是我的乳母，精二虽说早已出生，但一直由母亲一人亲自照料。我是长子，又是深谙父母富裕时代的唯一的儿子，兄弟之中，我比谁都更加娇生惯养。父亲每天离开浜町的家前往米屋町上班，母亲和我几乎每天都到七八百米以外的本家去玩，没有一次见不到祖母和小舅等人。要么走不动新道这条路线，渡过久松桥，经过灶河岸的甘泉堂门前；要么渡过蛎浜桥，绕过甜酒店

[1]儿童玩具，古代英雄弁庆使用的七种武器。

一角，横穿人形町前往那里。要是去本家的里院，最初必须经过活版所门前，不久再绕过年糕店，从位于北侧的后门进去。也就是说，本家的西边和北边都被年糕店包围了，只得在小川学校临时校舍对过小巷深处，开启一个便门以供进出。从那里进去，直接就能到达始终坐在餐厅长火钵一旁的祖母身边。母亲在长火钵这边，同祖母相向而坐，天南海北地闲聊着过上一天。我多半是坐在一旁，等吃完饭、洗完澡之后，再一起回浜町。想起吃饭的情景，当时不是全家围在一张大餐桌上，我有专门的贺宴时使用的可爱的食盘，嬷嬷照顾我一个人吃饭，常吃的小菜是：芳町"宝来屋"的黑豆、扁豆和芸豆。父亲天天自米屋町下班回家，顺便路过这里洗个澡。我同父亲一块儿入浴时，他大腿间的那堆东西挺吓人的。

"我害怕呀。"我吓哭了。

"好啦，看不见啦。"

父亲赶紧用毛巾包了起来。

本家有两座库房。一座是前面提到的银座的遗物，楼下是客厅；一座是祖父时代建造的，这里才真正是用来做库房的，位于本家里院最顶头，要到那里去，必须经过餐厅，经过小舅临时用作书房的有壁龛的屋子，再穿过一段回廊。除了收藏东西的时候外，那里没有一个人，寂静无声。我经常一个人偷偷到库房前边去，坐在凉阴阴的石阶上。到了这里，印刷场机器轰鸣变得又远又弱，犹如低声呻吟，听不见任何人语。我把脸孔紧贴在黑黝黝闪光的双扇门上，透过挂着大铁锁的铁丝网门缝向内窥视。看不清里面究竟放了什么东西，只闻到飘溢而来的一股微微交混着霉味儿的香气，那是经过沉香或麝香熏染的幽幽馨香。

　　跨过库房双扇门前边的木板房间，便是厢房客厅的入口。那栋房子建在正屋后头，似乎有着特别的用途。这是一座面临清净院落的两层楼建筑，当时没有住人，十分闲静。我也时时暗地里到那儿去，蹑手蹑脚登上二楼张望，或在楼下六铺席房间的玛丽亚雕像前伫立不动。对了，不知是谁跟我说过，祖父晚年瞒着祖母信仰过基督教。我知道祖父的病是胃癌，伯尔茨[1]博士曾到这个家里诊察过，或许是母亲对我讲起的吧。最近，据叔父清三郎和堂姐们告诉我，祖父的信仰属于尼古拉耶教会派，临终时，牧师来到枕畔，同日莲宗的和尚吵了一架。其后，有关举行葬礼的形式是遵照日莲宗，还是遵照尼古拉耶，成为家族中的一大问题。结果还是作为祖师爷的信徒埋在慈眼寺的墓地了。孩提时代的我，既不了解这件事情的来龙去脉，也不知道什么尼古拉耶派。然而，一旦看到怀抱婴儿基督的玛丽亚的身姿，就深深被一种森严的气氛所打动。这种气氛完全有别于祖母她们朝夕跪拜在佛堂前的那种氛围，蕴含着深沉的慈爱和怜悯的眼神，不由地使人怀着一种虔敬的心情，久久谛视而不肯离去。对于我来说，能朦胧地理解面对西洋国家女神合掌膜拜的祖父的心情，半是敬畏之心，同时又似乎感到，自己早晚也会变得像祖父一样。

　　〔1〕Erwin von Bälz（1849—1913），德国医师。明治时代应招来日，任东京医学校（东大医学部前身）教师。研究日本传染病、寄生虫病。1905年回国，著有《伯尔茨日记》。

一旦来到这座厢房，白天里即使是最喧闹的时刻，再也听不见机器的轰鸣了。那里的庭院十分褊窄，眼前防护墙对面也该有人居住，但墙外究竟是怎样的一家人，却听不到一点儿动静。登上二楼的客厅，透过庭院相反一侧的边门向外窥探，有时隔壁邻家会传来吟咏谣曲[1]的声音。看起来，那里的庭院连接着厢房和正屋，沿着脚踏石可以直达小舅书房的廊缘一侧。每年十二月，花匠前来为花木安装除霜帘子，地面铺上一层松树叶。于是，庭院光景为之一变。我看了很感好奇。每年冬季到来，我总是光脚踏着松叶地面，从正屋到厢房之间走来走去，乐此不疲。

碰到天气好的日子，嬷嬷总是驮着我，到周围各地赶庙会。前往离浜町家最近的清正公[2]、人形町的水天宫、大观音、牢屋之原的弘法大师[3]，有时候还跨越日本桥大街，到河西岸的地藏菩萨那里去。其中，大观音和活版所同在一个地区，自打孩提时代起，对那里最熟悉。如今，不知那里变成什么样子了。往昔，从大街上稍微向里走进去，石板道路两侧，并列着一排小型的玩具铺，就像浅草地区的商店街[4]。我必

〔1〕古典戏剧能乐的脚本。

〔2〕加藤清正（1561—1611），通称清正公，战国武将，熊本藩初代藩主。没后以法华宗（日莲宗）为中心，被崇仰者奉为神明。明治维新神佛分离之际，加藤神社创建。文中所指乃东京都港区白金台一丁目日莲宗寺院，即最正山觉林寺。

〔3〕空海（774—835），平安时代初期僧人。公元804年，作为遣唐僧来华，两年后返日。谥号弘法大师。

〔4〕原文为"仲见世"，一般指东京浅草雷门至观音堂的商店街。

定要经过前边，缠着她买一件玩具带回家。

"润哥儿，下次叫母亲买吧，买一件别的东西吧。"

"不行，不行！"

我发脾气了。

"润哥儿，你不懂得，嬷嬷没钱买那么贵的东西啊。"

"不行，不行！"

我大声叫喊，店里一只猫受惊跑了出来，不知怎的，纵身一跳，跳到我脸上，抓我的腮帮子。我虽然没觉得怎么疼痛，但眼角出现一道蚯蚓似的血溜子。我越发着火般地哭喊起来。于是，文具店的老板娘看我可怜，终于便宜地卖给我一把佩剑。

在大观音还发生过一件事。

不知那是哪一年，观音堂屋顶，改建成《八犬传》[1]中芳流阁的样子，装饰着犬冢信乃和犬饲现八的偶人，卖票，

江户、明治时代谷崎家老宅所在地东京蛎壳町街景

[1] 全称为《南总里见八犬传》，读本，九辑，一百零六册。曲亭马琴著。文化十一年至天宝十三年（1814—1842）刊行。以劝善惩恶为基调，以仁、义、礼、智、忠、信、孝、悌八位犬义士为中心，描写里见家兴旺的故事。犬冢信乃和犬饲现八皆为其中人物。

供人参观。有一天，嬷嬷带我一登上观音堂台阶，就看到络绎不绝的群众，立即折回头，又开始慌慌张张朝楼下奔跑。我和嬷嬷不知道出了什么事，挤在上上下下的人流中，一起下了楼，朝着人形町大街方向跑去。但丝毫不知道大家为何那般惊慌失措没命地奔跑。后来听说，芳流阁的一个偶人独自能走动，引起上面的一群观众哗然骚动起来。

以斩杀峰吉而出名的花井阿梅，开设一爿名曰"醉月"的待合[1]茶屋，位于浜町河岸的什么地点呢？我写作《杀艳》时，将新助杀三太的场所设想在大川端"细川宅第前"。河岸大道上，那座细川宅第长长的围墙绵延无尽，到了夜晚，是个稍稍令人害怕的静谧的去处。即使长大成人之

〔1〕专供饮酒狎妓的酒馆。

幼少时代

后，依然留有深刻的印象。阿梅斩杀峰吉是明治二十年初夏，夜雨淅沥的十一点左右。阿梅应峰吉之约，登上围墙下的河岸，用峰吉带来的剔骨尖刀刺杀峰吉。我们一家迁移到不动新道，虽然是在那桩案子发生多年之后，但是我母亲似乎于柳桥时代或醉月时代，什么时候偶然见到过阿梅，并且认识她。阿梅因情杀犯罪而获得世间广泛的同情，人们纷纷议论：

"那个皮肤浅黑，长相俊俏的艺妓，真的了不起。好女子就是指的那种人啊！"

母亲也曾送给我一张照片，对我说：

"这就是阿梅。"

这枚照片，我一直保存到大正十二年被大地震火灾烧毁的时候。可不是吗，即使看了照片，也能理解母亲说的那些事。阿梅那时24岁，服刑十五年，后来在浅草后山开办一家汤圆店，做了曲艺演员。有一次，听说她参加演出的电影正在放映，地点似乎在话剧馆。我特意跑去看了。不过，也许明治末期的电影画面不够鲜明吧，当时的她到底和我收藏的照片不一样。其后到了大正时代以及昭和时代，我观看了各种戏剧和电影中阿梅的扮演者，且不说演技如何，仅就柳桥艺妓那种富于特殊气质的女性的馨香，没遇到一个演员能够充分表达出来。当然，这种期待值无疑太高了，但我总觉得，那枚照片实在太宝贵了，它胜过任何一位明星。

二世谷崎久右卫门

二世谷崎久右卫门，我们喊他"活版所小舅"。这位小舅小名是"庄七"，我祖母和父母都叫他"阿庄"。

顺带说说，当时下町的家庭里，主妇称"夫人"，男孩子和女孩子分别称"哥儿""姐儿"。本来是山手的人家的风习，不知何时传到下町人家里来，因此在明治时代，主妇一概称为"老板娘"[1]。还有，女佣们呼唤主人家的男孩儿和女孩儿，一般都是直接叫名字。例如，平时，不管谁都叫我"润儿"，很少有人叫我"哥儿"。称"父亲""母亲"为"老爷""太太"，也是受山手之风感化的结果。"哥哥""姐姐"也都加上个表示尊称的接头语"御"。战前，我经常听"三河屋"老板保坂幸治君跟我谈起这些事。保坂君那时在尾

---

[1]日语原文为"御上样"（okami笹沼an），含有"上面的人"的意味。其后，应用范围逐渐扩大，几乎遍及商业服务各个行业。

张町四丁目一角至二轩目，即服部钟表店隔壁，开设一家"三河屋"食品店。保坂是我过去府立一中的同学，现在担任银座商店街会长，即"银座之主"。他跟我说：

"等我娶了老婆，你就管她叫'老板娘'，不要叫她'夫人'。"明治时代，我上初中四五年级的时候，到本世纪初五六年代，生长于下町的人，多少都看不起所谓山手风格，认为太土气。保坂的那位"幸姐儿"也都是这种看法。但是后来，山手流的说法在下町风靡起来，下町和山手的区别也消失了。恐怕现在保坂君也不会叫人喊他的夫人为"老板娘"了吧。没想到去年过年时节，我看到阔别已久、满头银丝的"幸姐儿"的时候，我竟然忘记应该怎样称呼她了。

再说小舅阿庄，根据堂姐阿菊手头保存的照片加以判断，他成家那年，我大概5岁，当时还未搬迁到浜町去。我还记得花轿进门那天晚上的情景：活版所的屋檐下挂着灯笼，账房里点燃着明晃晃的蜡烛。我穿着印有家徽的熨斗格子和服，套着黑色鱼子纹外褂，坐在红毛毡上，一边等一边望着大门外。不一会儿，一大群孩子，围绕着新娘子走了进来。

那时不是神前结婚，蛎壳町家里人，照例都是在新葭町百尺附近举办婚礼和喜筵，我想小舅恐怕也不例外。不过，对于当晚的情况，我也只有这点记忆。

"润一，去看看新娘子吧。"

第二天一早，我在母亲的吩咐下，畏畏缩缩打开隔扇张望。

那间客厅，是一间设置着那位玛丽亚雕像的六铺席房间。那间厢房中的屋子，自新婚之夜起，就成为新郎新娘的洞房了。我一拉开隔扇，坐在正对面的新娘子正巧面对着这一方，我当时肯定觉得羞愧难当，脸上的表情也很不自在吧。不过我还是怀着好奇心盯着她的脸蛋儿瞧，想看看新娘子长的啥模样儿。老实说，她的脸型很传统，但却是个美女。新娘子立即笑嘻嘻地跟我打招呼，但我一直觉得很难为情。这时，并排而坐的小舅"哈哈"大笑起来，似乎招呼了我一声。这下子我更不好意思，连忙朝母亲所在的茶之间方向逃走了。

当时，小舅23岁，新娘子名叫"阿菊"，22岁。听说小舅在娶这位媳妇之前，曾一度结婚，女方是神田多町团扇商店兼柑橘批发商家里的姑娘。小舅得知她外头有男人，新婚之夜，气呼呼扛着自己的被褥急匆匆上楼去了。原来那姑娘不生在那个家庭，是她母亲拖油瓶带来的。传说她很早以前就迷上了戏剧演员，和养父同居，可谓是个见一个爱一个的女子。而且，惊人的是，据说她善于演奏三味线，离婚后自暴自弃，每天不停地弹奏三味线。看样子，爱漂亮的小舅迷恋她的美貌，明明知道她有那些传言，到底还是娶了她。鉴于此种情况，他在第二次成亲时，似乎拼命搜选美女，走在大街上，只要看到一个中意的，就立即派人紧追其后。因此，这位"阿菊"（我的堂姐本来就叫"阿菊"，现在我们只得改叫她"小菊"了）一定是个美娇娘。不过，今天想想看，只能算是一般，很难说是个令人惊艳的美女。这位女子本来是位于京桥将监河岸的东京湾轮船公司总经理樱井龟二的女儿。樱井氏本是前辈总经理遗孀的监护人，后来入赘成为女婿。所以，阿菊也不是父亲的亲生女儿。此外，她也不是前辈总经理的女儿，这位相当于经理遗孀的侄女或别的什么人，本是来往于房州的轮船船长的孩子，后来被纳为养女了。我只是有一次，跟母亲去过樱井家，记得坐在客厅里，可以窥见品川的海面。那座住宅，很可能与同一条将监河岸的轮船公司为邻。樱井氏拿出长长的望远镜让我窥探，另外，不管是精致的座钟、八音盒，还是装饰漂亮的相册，凡是能引诱少年之心进入幻想世界的珍奇之物，都拿出来给我看。

阿菊不同于多町蜜柑批发商的女儿，她是个贞淑的女子。但小舅跟她在一起的时间不长。事情的发生是这样的，当时，开始练习义太夫[1]的小舅，据说在常来常往的浜町师傅家里，同柳桥艺妓、一个名叫寿美的女人搞上了。我后面还要说，比起阿菊来，寿美给我的印象更加鲜明。老实说，阿菊是个一般意义上的美人，而寿美是个富有个性的美人。而且，这个女子也像阿梅，皮肤浅黑，具有不负柳桥艺妓之名的俏丽之感。当时的柳桥，难道真的汇集着众多如此仪态大方的佳丽吗？那个时代，一旦成为下町的老手，非如此不能获得认可。其实，据说祖父久右卫门，瞒着祖母在蛎壳町一丁目一代宿妾，不久小舅为寿美赎身，让她住在鼻子底下的大观音旁边。最后甚至带回家里，同正妻一道生活。即便如此，阿菊也没有表示不愿意，老老实实忍耐下来了。那阵子，三个人并枕而卧。慑于祖母的权威，小舅不敢擅自将原配赶出家门。就这样过了不久，一天，樱井家来人了，说请阿菊回去一趟，阿菊也

---

〔1〕贞享年间（1684—1688）竹本义太夫等创作的人形剧乐曲，用三味线演唱，流行一时。

没怎么多想，就回了将监河岸。谁知这一走就没再回来。虽然小舅跑去接了两三回，可樱井家再也不肯搭理了。阿菊同小舅共同生活的时间，满打满算不到三年，两人要是能生下个一男半女，最后倒也不会落得如此不幸。后来，风闻她改嫁到了芝地，那么再后来又是怎样的命运呢？

我听说，有一天晚上，我母亲到水天宫赶庙会，走在人形町大街上，忽然听到有人喊她：

"阿姐！"

母亲回头一看，正是阿菊。迎着路灯的灯光，两个人站着聊了老半天，边说边哭。这就是最后的见面。

我还想再添加一段，忘记是阿菊过门那天还是婚后最初的节日那一天，总之离那前后不远，我看到樱井家把新娘子庆祝桃花节的偶人架送来了。我为何单单记住这个呢？因为那偶人架实在太华丽了。好几个人放在油布台子上一块儿抬过来，这边的店员们收下之后再搬进里院客厅。现在回忆起来，顶戴着庄严屋脊的紫宸殿中，排列着以天皇皇后为首的一群小偶人。我在十轩店也不曾见过如此豪华之物。以往，不论关东关西，一旦有了婚约的人家，一概忌讳安置带有屋脊形状的偶人架。有紫宸殿当然很好，然而据说装饰成屋脊形状，会招致倾家荡产，唯有这顶屋脊，不可装饰在一起。无论是樱井家还是谷崎家，是不知道有这种传说，还是毫不介意这种迷信呢？不管怎么说，谷崎家遇到了不幸，应验了这种传说，十年之后，二世久右卫门从此就没落下去了。

南茅场町最初的家

我在浜町的家里只住了几个月，明治二十四年秋季之前，迁到了南茅场町四十五号。

查对一下昭和二十八年二月发行的《改订版东京都区分图》中的中央区详图，当时的南茅场町周围，宽广的道路纵横交错，最初的家和第二次的家，很难确定到底位于何处。我们如果能亲自实地查看一番，或许能够指出具体地点，但是我目前的体力和腿脚实在有些靠不住。没办法，只好将以往的地图和现在的地图两相对照着加以说明。首先，没有"南茅场町"这一町名（现在只有"茅场町""几丁目几号"，从前只有"几号"），号码也不一样，桥的位置大都变了，不知道以什么作为说明的目标为好。"铠桥过去称铠渡，那里根本无桥梁。"孩子时代经常听人这么说。不过，现在下游建了一座茅场桥，铠桥老朽被拆毁，所以又回到我生前的往昔去了。

由小网町一路走来，渡过原来的铠桥，右侧有兜町的证券交易所，左侧最初的道路叫外茅场町大道，与此平行的下一条道路叫内茅场町大道。沿着外茅场町大道向前走过一两条横街，右边角落则是名叫"涛山"的自行车和婴儿车制造贩卖店。从这里拐个弯穿过内茅场町大道，这里东北角是"胜见"袋包店，由对过东南角向东走过两座建筑，就是我家了。假如日枝神社、天满宫和药师堂，现在依旧保留在往昔那块地方，距离那里就不到一百米。不久，我家邻近处出现一座"保米楼"西餐店。这座保米楼，将米饭和西式菜肴，盛在多层瓷器饭盒里出售，是为第一家，命名为"盖浇饭盒"。因为离兜町很近，这种"盖浇饭盒"的创意颇迎合时尚，生意红火，经久不衰。但不知道眼下那里还有没有这家店口。总之，如果说我家是四十五号一角向东的两层建筑，那么保米楼就是一角向南的两层建筑。如果这种估计不错，那么住在老兜町一带的人总该有些印象吧？（后来我想想，保米楼就位于街角，我在的时候是两层建筑）对过的"胜见"商店隔壁，是一户姓"芦田"的大户人家，周围是石板墙，家里有个同我年龄相仿的儿子。看样子是关西人，有一天女主人来我家玩，我听到她和母亲说起话来，总是"非得这样，非得这样"的，一个女人家，带着这样的关西方言，不是很奇怪吗？

　　我家虽然不如芦田家豪华，但比起浜町时代来，门面更加高大，看起来很像中等商家的住宅。如今，那种门面的家庭在东京已经看不到了，但假若去京都的花见小路，倒也还能看到一排排这样的人家。这是祇园茶屋式的建筑——整个门面都是木格子窗，一端附带着木格子门。唯一与茶屋不同的是不悬挂暖帘[1]。米屋町的中介店等，全是这类建筑。不论是店铺还是宅邸，下町的人们都未曾住过这种带有门面的房屋。走进格子门，泥土地面直接通向屋内，一边是踏脚板，一边是灶台或洗涮间，其格式和京都的茶屋一样。不，在京都，即便是普通的商家，大凡旧式的处所依旧是这番情景。虽说不利于实用，但却能促使人们对往昔的回忆。但不清楚这些房子是租赁的还是父亲原来就有的。不过，即便是租赁的，因为位于通往灵岸岛的宽阔大道一个角落，租金一点也不便宜。楼下是全家人的活动场所，楼上是待客的客厅，也是父亲时常招待生意场上的人吃饭的地方。有的时候，母亲也穿戴华丽出席宴会。那时节，药师圈内有一家名曰"草津亭"的饭馆，或许饭菜都是由那里送来的吧。

居住在蛎壳町和浜町的时候，水天宫、大观音都是常去游乐的场所。其实，南茅场町的药师境内更胜一筹，是孩子们很喜欢去的地方。据说在徂徕[2]和其角[3]生活的保永、享保年间，这里是一片芦苇遍布的闲雅之地。即使在明治二十年代，用现在的眼光看，实在是一个使人愉悦身心的清幽之处。境内由南至北按顺序有：天满宫、翁稻荷、浅间神社、神乐堂、日枝神社、药师堂、阎魔堂和大师堂等。除了相当于小公园一样宽阔、自如今的兜町和当时的坂本町花木店方面进入的正面参诣大道之外，还有与此并行的小路和茅场町大街方面的入口、保米楼前边的入口，以及北岛町代官屋敷方面的入口。神社和众多厅堂之外，还有比保米楼更古老的弥生轩西餐馆，以及草津亭、丸金泥鳅店、宫松亭书场、香川酒馆等。碰到好天气时，露天摊贩定会出现，糖果、点心、米粉团等小摊前边，总是围着一群孩子。糖果店和米粉店，不光买吃食，还将这些东西做成彩色的糖人儿、米粉人儿，惹得孩子们久久不肯离去。我经常到粉团摊子点个什锦火锅吃。做这个火锅，首先要在指头上涂油，以免米粉粘手，再把白米粉捏成火锅形状，坐在薄木片上，然后再用米粉做成方块鱼糕、筒状鱼糕和鱼肉山芋饼等，放入其中。锅周围用红色米粉镶边儿，各类鱼糕也适当涂上颜色。一切就绪之后，再倒进一勺蜂蜜。我一旦买这道火锅菜，总是吃它个底朝天。我喜欢看糖果摊主吹的各色各样、大大小小的糖人儿和小玩意儿，但最喜欢吃米粉火锅。其次，也喜欢糖果店做的黑糖炮弹和油炸馃子等。现在想想，那时吃的都是些不讲卫生的粗野食品，但在当时谁也没有感觉到这一点。

浅间神社的祠堂，建筑在状似富士山的小丘之上，孩子们喜欢在这里游玩，爬上来又跑下去。过节时，五月三十日和六月初一两天，参拜富士的人们，用麦草编成蛇形，扎在杉树树枝上。日枝神社，本社位于麴町[1]，这里是御旅所，因此，除了每隔一年的六月十五日举行盛大祭礼之外，这里总是静悄

[1]位于东京都千代田区皇居西侧，江户时代武家宅邸所在之地。

悄的，没有什么参拜的人。比起这里，我喜欢去药师堂隔壁的阎魔堂，阎魔王始终露出一副凶相斜视着我，令人惊恐不安。嬷嬷时常对我说：

"润哥儿，你要是撒谎，会被阎魔王揪掉舌头的啊！"

"懂了吗？你要是不听话，我就告诉阎魔王，叫他来揪你的舌头。"

嬷嬷连说了两遍，我半信半疑起来，心里不住嘀咕，说不定真有这回事呢。据嬷嬷说，四谷的阎魔王是个非常可怕的阎魔王，有一次，一个不听爸爸妈妈话的调皮小孩子，被他一口吃了进去，阎魔王的嘴角边，还挂着那孩子衣服上的破布条儿呢。

"这可是真的，润哥儿。你要是以为我骗你，那下次就带你去瞧瞧吧。"

她一次次对我这么说，开始时觉得是故意恐吓我，但渐渐地也就信以为真了。所以，即便到那里玩，也不愿意打阎魔堂前边通过。不过，正因为看起来好可怕，所以

1890年，4岁时候的谷崎。一直生长在祖父一手创造的优裕的家庭环境以及异性亲族和乳母的呵护之中

无论如何总得参拜一次才能安下心来。我诚惶诚恐朝阎魔王瞥了一眼，看他有没有将眼睛一直盯着我。

上小学后，由于毛笔字写得好，也一直去参拜天满宫的天神[1]。如果有用过的旧毛笔，都要拿到那里，插入天神像下狮子狗的脚趾之间。所以，那里总是塞满了一束束孩子们用过的毛笔。

明治四十二年十月二十八日浓尾大地震，记得东京也摇晃得很厉害。那是搬到南茅场以后的事了。据记载，那是明治时代最大的一次地震，关东周围地区都有相当大的震感。发生的时间是早晨六点半，我肯定还在床上，害怕地震的母亲最先跳起来，拉起我就向门外跑。因为母亲身边只有我一人，当时父亲和嬷嬷在何处，我哪里能记得清。不过，父亲逢到这种事儿总是很沉着，他会说："怎么啦？这么个小地震，有谁会向门外跑呢？"鉴于此，或许他正在被窝里睡大觉哩。母亲不仅怕地震，也很怕打雷。细想想，比起现代女人来，那时的城里女人，都把这种没出息、胆子小当作一个女人的性格外现和趣味追求。

"你成天怕这怕那的，这怎么行？孩子们也都成了胆小鬼了。"

父亲抓住母亲反反复复地对她说，可不，我害怕地震和打雷，确实来自母亲的影响。不过，对雷的恐惧只限于十三四岁

[1]古代学问家菅原道真（845—903），精通书道、诗文。称菅公。后世作为天满天神祭祀。

之前，长大以后就逐渐淡忘了。然而，对于地震的恐惧，直到70岁高龄的今天，也还没有完全摆脱。由此可见，少年时代所受到的母亲的感化是多么深刻！

单就地震来说，幼年时代，母亲给我最大影响的有两次：明治二十四年十月我6岁的时候，以及明治二十七年六月我9岁的时候。或许因为这两次地震，碰巧都是我和母亲单独体验此种恐怖的缘由吧？二十七年那一次，以后再说，单说二十四年十月的时候，东京发生了怎样程度的地震呢？根据我朦胧的记忆，比起二十七年那次要小得多，似乎只能称作"弱震"。比起地震本身，看到母亲恐慌的样子，我自己也吓坏了。母亲沿着门前的道路，拼命朝龟岛川方向跑，我跟在她后面紧追不舍。母亲身穿睡衣，光着双脚走在地面上。那时节，距离龟岛川河岸两三座建筑的左侧，是我们的家庭医生松山正字先生的家。母亲跑到那里，登上玄关的板台[1]。不一会儿，地震停止了，嬷嬷渐渐追了上来。母亲白皙的足踝沾满泥浆，惊魂未定，一个劲儿打哆嗦。

直到我生活在南茅场町最初的家中那时候为止，东京商家的主妇们，一直保持着染黑齿的习惯。我曾好几次见到过母亲在一个黄铜盆似的容器上，横着一根细长的黄铜板，上边坐着一个小壶，染过铁浆后将黑色的液体从嘴里吐出来。铁浆水具有特别的强烈的气味，涂的时候满屋子弥漫着这种气味儿。虽说不太好闻，但其后久久没有闻过，每想起来反而感到怀念。

〔1〕原文作"式台"，和式建筑门内的木板地面。

还有，我听嬷嬷说过，我到6岁前一直吃母亲的奶，自己也记得。那也是住在南茅场町最初的家里的时候。那时已有精二了。精二吃完奶后，我便骑在母亲的膝盖上，一边摆弄乳房，一边吸奶水。

"咳，好可笑，都这么大的娃子啦。"

一边听着嬷嬷的取笑一边吸奶，母亲也稍稍带着羞涩的表情让我吸着。虽然没觉得奶水多么好吃，但我却很喜欢嗅一嗅母亲温热的怀中那甘美的奶香。我出生于明治十九年，当时的老人们经常提起，说那是一个破纪录的酷热的年份，又正好碰上七月二十四日。我一方面想象着自己在那闷热而晦暗的库房里出生的情景；同时也想象着，我一闻到奶香，母亲就会抱起褪褓中的我，仔细擦干净乳房上的汗水，给我喂奶的那副表情。

搬来茅场町后，我每天都跟着母亲、嬷嬷到本家去玩。其距离同住在浜町时一样，大约五六百米远。从内茅场町出发，穿过胜见横街，前往茅场町，渡过铠桥向左拐，走向小网町，再向右拐，经过米屋町。我和嬷嬷只需一刻钟的距离，在那没有电车和汽车的时代，渡过铠桥时，还必须穿越两侧都有人行道的广阔的大街。嬷嬷拼命提醒我：千万别被人力车撞上了。当时的桥面比道路高起一段，有一道斜坡。人力车从桥上跑下来，因惯性不容易立即刹住车，所以有时格外危险。那时的铠桥是全东京为数不多的一座铁桥，而新大桥和永代桥都是古老的木造桥。我来往于桥上，经常站在桥中央，眺望日本桥的河水，将脸紧贴在铁栏杆上，谛视着桥下边，仿佛不是河水动，而是桥在移动。当时，我从茅场町走来，一渡过桥面，就以一种奇妙的心情，遥望着那座位于上游兜町河岸上的涩泽宅邸神话般的建筑，总也看不够。如今，那里建起了"日证"公司大楼，紧连着原有的突向水面的石崖，是一座具有威尼斯风格廊柱、面临河水的哥特式殿堂。谁能想到，明治中期东京的中心地，竟然建起一座具有古典气息的异国宅邸呢？对面小网町的河岸上，排列着几栋库房的白壁，虽说拐过那座悬崖就是江户桥和日本桥，但唯有那一个区域，飘荡着脱离日本的石板印制的西洋风景画般的空气。但尽管如此，周围的水和街道，未必与此相称，企图使从前就来往于河面上的小货船、大木船和铁制货船，同这些"冈多拉"调和一致，不是很奇怪吗？

本家的小舅，自从妻子逃亡之后，结果变坏事为好事，纳了小妾寿美，恩爱非常。谁知来到家里一看，祖母对她很不客气，吩咐她干这干那。小舅看到伞屋的伯母和我母亲摆出一副大伯嫂子的派头，想必也有几分困窘吧。我当时也和在浜町时一样，多半在本家洗完澡才回家。一天，我和小舅一块儿洗澡，这时浴场的后门打开了，寿美气喘吁吁提着满满一桶水进来，一直送到冲水池旁边。她呼呼直喘气，说了些"受不了啦""好重啊"之类的话。厨房的下女平时提在手里走来走去的小水桶，并不很重，而寿美凭着一双纤纤素腕，从正对着浴场后门的水井边把水提到这里来，肯定是一桩相当劳累的活计。小舅虽然有些心疼，但也只好哈哈大笑，说上一两句俏皮话。除了幼年的我之外，再没有别的人在场，寿美也完全不像待在祖母、母亲等人面前那副规规矩矩的腔调了。我从她短腰窄袖的装扮以及手脚麻利的动作中，感受到她不曾在母亲和伯母面前显露出的那副婀娜与妩媚的风情，从而明白了作为一名艺妓，到底非寻常女子所能相比。

在那之后，我不止一次同小舅一道入浴。他和寿美一边顾及着小孩子的我，一边喋喋不休。他们如此毫无顾忌地闲聊，只限于洗澡的时候才有，连小孩子也都很清楚。而且，我也明白，小舅虽然慑于别人的眼目，但他是多么深爱寿美，虽然显得神气十足，但有一副温暖的心肠。我28岁时所作《懂得爱的时候》这出戏，写作时虽然脑子里没有一定的目标，但那时节的寿美和浴场内的情景，总是无意识地起到了一些作用。

既然想起柳桥艺妓，顺便记下几笔。我初次踏入柳桥地面，是在那不久以前，即明治二十三年，或许是六月十日。这是因为，当天正逢祖父久右卫门逝世三周年忌日，我们全家人乘着数十辆人力车，赶往猿江寺做法事，归途中于柳桥龟清馆举办盛大宴会。当时的小舅还很正经，爱护正妻阿菊，准备继承父业，认真干好一番事情。因此，谷崎家族依然像往年一样，日子过得红红火火。甚至可以说，那时候，谷崎活版所的生意已经达到顶峰。我离开柳桥返回蛎壳町的途中，在人力车上坐在母亲的膝头，不时地回头向后张望。只见无数辆人力车，一个个拐过下一条横街，连续不断地紧跟其后。记得那些喝得烂醉的木匠、架子工和其他工匠们，坐在人力车上，接连不断地行驶过来。看到这些情景，我转头望着母亲，兴奋地叫道：

"哎呀，后头还有，后头还有……"

阪本小学校

　　我上小学之前，曾有段时间进过京桥区灵岸岛小岸幼儿园。至于我为何要去那里，何年何月到何年何月，反正时间不很长，但思索了很久，也没能留下什么清晰的记忆。然而，南茅场町隔着龟岛川连接京桥区，渡过一座灵岸桥，眼前就是灵岸岛。所以，那座幼儿园在地理上很近。还有，渡过灵岸桥稍向左转，即距离龟岛川注入日本桥川一角、隔着两三座建筑，靠近凑桥的河畔上，坐落着母亲的二姐阿半婆家的真鹤馆，家里一个女儿和我同年，她有一个哥哥，一个姐姐。或许正是从他们口中知道这座幼儿园的吧？从我家去那座幼儿园，过了桥不必向左拐，直接前往蒟蒻岛，就是近道。我很少路过真鹤馆，也就是有一两次，因为忘记带盒饭，就和嬷嬷两个到那里吃上一顿午饭。不记得当时有没有见到过表兄弟和表姐妹们，但除了阿半姨母外，还见到了名叫"阿增"的女佣头目，她十分用心地款待了我。

　　那时候的幼儿园是用什么教育孩子的呢？我记得，天长节[1]那天也就是唱唱歌，用细竹篾串起豌豆，制作立体三角形和四角形什么的。天长节唱的歌词如下：

> 今天十一月三日早晨，
> 朝阳闪耀光芒。
> 国旗似圆形的太阳，
> 挂在家家大门口上。

但后来歌词改了，变成：

> 今日佳节，
> 国君诞生的好日子……

那是小学几年级改的呢？

不知是上小岸幼儿园时代，还是上阪本小学时代，一天晚上，灵岸岛发生火灾，真鹤馆的两个姑娘来我家避难。看样子不是什么大火灾，不久就安静下来，她们也回去了。姐姐十来岁，妹妹六七岁，学着大人，用毛巾扎成个大姐儿的头型，舞动着长长的衣袖，那种逃跑的样子颇为妖娆、可爱。我甚至想，她们要是在这里住一个晚上该多好。

我进入日本桥区坂本町二十八号普通高等小学校，是明治

[1] 天皇诞生日。

二十五年九月，从第二学期开始[1]。对于这一点，有必要加以说明。因为我生的月份迟，按照今天的规定应该是二十六年入学，但当时没有这样的规定，即使有也不见得严格执行。除我之外，因迟生而入学的人很多很多，其中甚至有6岁的孩子。其次，我之所以从第二学期入学，是因为我自己厌恶上学。前边已经说过，我是个自由自在的孩子，谁也管不了的调皮大王。父母早就反复劝我第一学期入学，但不论说什么我都听不进去。母亲和嬷嬷取笑我：

“在家是条龙，出外是条虫。”

事实正是如此。我在自己家里，无法无天，比谁都神气；一旦出了家门，整个儿人都蔫了。说起来当时经常有溜乡的小贩，大声吆喝着：

“有‘调皮鬼’吗？”

这是小贩叫卖石见银山灭鼠药的声音。

“润哥儿，听，有人在喊叫‘调皮鬼’呢。”

听大伙儿这么一说，我缩了脑袋，心想，或许真的来抓坏孩子了。本人是个经常让佣人们哭鼻子的孩子，但另一半却是个羞羞答答的胆小鬼，见到生人就沉默寡言，张不开口来。甚至从茅场町到蛎壳町本家，若没有嬷嬷跟着，我绝不敢一个人独行。路上哪怕一时看不到嬷嬷的身影，我就立即大呼小叫起来。因此，即使在幼儿园时代，嬷嬷也得进入教室中陪着，片

〔1〕日本大中小学，均以四月开学的“春期”为第一学期，暑假后九月的“秋期”为第二学期。

刻不离。她要是不坐在椅子旁边，我就会马上哭起来。但上小学不容许这样。

"不能再像进幼儿园的时候了，你心里要有个数啊！好了，这两三天，嬷嬷可以陪你去上学，但不可带她进入教室。要是连这个都不懂，那要挨老师骂的呀。"

父母的一番话，使我逐渐不想上学了。进入第二学期的时候，我磨蹭了一整天。

不过，从住在蛎壳町时代起，我就对人形町一带感到特别亲切。所以，一提到小学，我就只想到位于水天宫后面的有马学校。那时节，从人形町大道进入中之桥大道，那里有制造西洋纸张的"有恒社"造纸厂，粗大的砖砌烟囱一个劲儿冒黑烟。周围地区，漂流者溶解破布和纸屑的一股股恶臭。我每当闻到这种臭味儿，就联想起工厂旁边有马小学校学生们受害的情况。而且，毫无疑问，自己早晚也要嗅到那种恶臭的。第一次走进那所小学一看，这里就在距离南茅城町很近的地方。现在，阪本町的町名没有了，合并到浜町了。小学校依旧建在原来位置，还是原来的校名。关于这些，日本桥区内的居民想必都很了解吧。当时，从我们家穿过药师境内或前往代官屋敷，再从铠桥穿越通往樱桥的道路，北侧就是花店，南侧就是阪本公园。沿着这条路一直走下去，尽头是大原稻荷神社，门前有一棵大银杏树。然后再沿着枫川河岸（当时称桐河岸）大道南行，消防署大门口一侧，架设着通往日本桥大道的新场桥。学校的南邻是三井物产公司，拐角北侧是银行的集会场所。领我办理入学手续的是父亲，过去一直厌恶上学的我，为何从九月开始就去上学了呢？或许不读书不会算，连自己也感到不安的缘故吧。

校长名叫岸弘毅，男生一年级班主任是稻叶清吉先生。岸氏以及后来我在校期间，于明治三十二年接任这一职务的中岛行德氏，这两任校长没有特别值得记述的事情。而稻叶清吉氏是后来给我深刻感化的一位老师，在我整个生涯中，可以称得上我的恩师的众多人中，没有一个超出他给与我的深刻的影响。不过，这是数年之后，我进入高等科一年级时，稻叶先生再度担任我们班主任时候的事，而我在读普通科时，从一年级到二年级，他只担当了三个学期共七个月的班主任，从第二年开始，班主任变成野川阎荣先生了。

普通一年级时代的我，并不为稻叶先生所知晓，从入学第一天起，每天净给老师惹麻烦。我虽然做了小学生，但依旧和幼儿园时代一样，一定得有嬷嬷陪侍身旁，否则就吵闹不休。先生不允许乳母进入教室，嬷嬷没办法，只好待在走廊里，面对着窗户，使我随时都能望见她。有一天，正上课下起了大雨，嬷嬷断然跑回家去拿伞，我猛回头发现嬷嬷不在了，突然着火般地大哭起来。稻叶先生拉住我，叫我不要出去，我哪里听得进，于是一把甩开他的腕子，跑出教室。我大声呼喊，声音震撼着走廊，一溜烟出了校门，头上顶着羽织外褂，冒着大雨逃回家中。不用说，除我之外，一年级学生中再没有比我更胆小的了。我的存在，成了全校里的名人。还有，我穿戴比别的孩子豪华。姑且先让我谈谈当时一般老师和学生的服装吧。

老师们大都是一身西装，有时也穿和服。好多老师穿西装十分马虎，衬衫虽然有硬挺的领子和袖口，但总是从背心和裤子之间凸露出来。这些人大都是背带裤，腰间不勒皮带，裤子上只围着一条白色或蓝色的绉绸布带。也有的人不穿皮鞋穿草鞋或木板底草鞋。稻叶先生虽说是个穿戴相当讲究的人，但他时常也是一副西装配草鞋的打扮。先生的家位于芝地田町由札之辻开往品川方向的电车线路上。本来可以从新桥乘坐铁道马车[1]，但他每天早晨坚持步行来校。先生喜欢穿和服，后来穿和服比穿西装的次数多得多。他虽说穿着裤线笔直、条纹铭仙绸的裙裤，但从未见过他外面套上一件羽织。而且，有意打扮时，必定是一副木板底草鞋。先生的脚很大，将近二十八厘米，一根小脚趾刺出外头，紧搭着地上的泥沙。再说，这根小脚趾还很长，就像手的食指。

学生们全部和服。男孩子一律窄袖，但允许套羽织裇。山手方面不很清楚，下町的小学校不穿裙裤，女孩子着便装，男孩子系围裙。那时候不讲卫生，害耳漏和拖黄鼻涕的孩子大有人在。也有一位拖着黄鼻涕的先生，不住地用嘴"丝丝"地吮吸着。男孩子的衣类多为藏青色棉织品，家庭稍稍宽裕的学生，则穿平纹绸或黄色缎子服。夏天身穿绫罗衫，脚套竹皮屐，走起路来，脚底的铁片叮当作响。腰带通常是绉绸织，有些人为了掩饰凸露的条纹，特地染成黑色勒在腰间。听说有一天我系着宽大的绉绸腰带，被嬷嬷驮着走，后头有个小偷盯上了，用快刀将绉绸"刺"地划开一道口子。由此可见，当时肯

[1] 行驶在铁轨上的公共马车，明治十五年（1882）始建于东京新桥至日本桥之间，以后陆续出现于各地。

定是系着惹人眼目的白色绉绸腰带吧？总之，我穿戴潇洒，像当时舞台上的童角小少年，在这方面，无疑是学校里的风云人物。

母亲似乎很喜欢我穿戴漂亮，动不动就把我打扮得鲜衣洁履。

"咦，今天给你穿好衣服。"

她说着，就打开桐木衣橱，抽出厚漆纸包装的汗衫，给我换上。冰凉的缎子布贴在皮肤上，浑身打战，弄得我无话可说。母亲叫我站直，从汗衫到衬袄、内衣、外衣，一件件穿戴整齐，东抻抻，西拽拽，以便使领口收紧些。首先系紧纽扣带，再缠上几圈别人赠送的草绿色的角儿带。不论是窄袖和服，还是绉绸腰带，只是尺寸上针对儿童，其他都一概和成年人一样，使我欣喜非常。母亲比我还高兴，她叫我转来转去，左瞅瞅，右看看。我进入阪本小学后，第一个节日是十一月的天长节，母亲早有准备，当天将我打扮得格外华丽。我忘记穿的什么衣服了，似乎是熨烫得极为平整的窄袖和服，以及黑色鱼纹的羽织裤。不用说，那天不会穿便服，自然是长袖和服，外加仙台纺平纹裤裙，脚套白色鹿皮纽的木屐，还叫嬷嬷捎带一双高级麻编草鞋。走进学校操场后，同学们都一窝蜂围过来，面对我的一身漂亮的打扮吵吵嚷嚷。有人掀起我的一件件内衣，数落着："德、福、幸、穷困、有钱、疝气患者……"

典礼就要开始了。全体学生整队入场，我又犯老毛病了，提出要求，非得和嬷嬷一块儿进入不可。稻叶先生不用说了，其他年级的老师也轮番走到廊下，百般地哄我，但越是这样，我就越是紧抱二楼的栏杆，一动不动。其间，也有的老师强拉我的臂膀，为此，我大声哭喊，硬是甩开那位老师的手，跑出了会场。

在举行开学典礼的地方，楼上似乎设有天皇皇后陛下的画像。从西侧越过新场桥，眼前就是学校大门，上面悬着三条实美[1]书写的"阪本小学校"（记得小学校的"校"似乎是"黌"字）匾额。匾额正下方有一座房子。当天我之所以撒野，是因为上课时，我知道嬷嬷总是站在窗外，但一进入礼堂，全体学生列队立正站在场内，一眼没有看到嬷嬷的缘故。

我穿着一身漂亮衣服出场，直到大家退场时，我都一直缠着嬷嬷不放手。而且也和别的学生一样，叫她买上一块菊花形包满馅儿的白雪糕带回家来吃。不用说母亲和嬷嬷都笑话我"没出息"，然而，我这个胆小鬼直到后来也没有改变。第二年过年以及二月的纪元节[2]，还有三月的毕业典礼，大都和天长节那天一样，照旧闹腾一番，成了全校的笑柄。老师们大伤脑筋。接着，四月份新学期玩了个漂亮的"彻底不及格"，再重新打一年级开始。

[1] 三条实美（1837—1891），幕末、明治前期皇家出身的政治家。维新后历任议定、太政大臣和内大臣等职。

[2] 神武天皇即位之日（2月11日）。1948年废止，1966年恢复，改名为"建国纪念日"。

野川先生

明治二十六年新学期开始，接受我的老师就是野川闇荣先生。

这位先生生于冈山，说话带有冈山口音。我的父亲听说这次班主任变成野川闇荣，就不住叨咕：

"写成'闇荣'，不就读作'an'ei'吗？"

"名字叫'闇荣'，看起来就像'按摩'。"

过去，人的名字都想使用难认的汉字，所以学问只到读报程度的我的父亲，也和大多数人一样，不认识这个"闇"字。这没有什么奇怪。即使在今天，恐怕还有不少人读不上来。我后来上高等科，同时上了通往学校路边的一家汉学塾，当时读《论语》中的《乡党第十》有"与上大夫言，闇闇如也"，读《先进第十一》有"闵子骞侍侧，闇闇如也"的文字，引我注目。我的"润一郎"的"润"字，那时也有很多人不会读，或许多半是来自《大学》中"富润屋，德润身"吧。尽管如此，我却忘记问父母这个名字是哪位先辈给起的了。

稻叶先生毕业于御茶之水师范学校，野川先生作为小学教师有没有上过正规的学校呢？这位老师很喜欢日本画，好像就是他的本行，其他学科也就是汉学了。虽然稻叶先生刚毕业于御茶之水，年轻，经验不多，但他对学生教育有方。因此，我一方面或许已不太害怕上学，另一方面自从这位先生担当班主任之后，我再也不胆小了，不需要嬷嬷陪我上学了。学习方面，国语、算术成绩都很优秀。据说，野川先生对稻叶先生说：

"知道吗，那孩子不再调皮了，虽说还是娇生惯养、对父母撒娇，可是记性好，成绩优异。瞧着吧，他不久就是全班第一名。"

翌年三月，我果然以第一名升入二年级。毕业典礼那天，作为男生班一年级总代表，接受全班学生的毕业证书，领取优等生奖状和奖品，同去年交换，意气扬扬走回家中。母亲立即领着我去本家和米店，把奖状和奖品送给祖母、伞屋的伯母以及久右卫门小舅观看。

多亏野川先生，直到自己是个比一般同学优秀的孩子，摆脱了以往所抱有的劣等感，从此再也不缠着嬷嬷不放了。我虽说还是不敢走远，但人形町、芳町、大坂町、龟岛町、八丁堀、箱崎町——至少这些范围内我可以独自行走，到各处去逛庙会。母亲提醒我：

"不要去危险的地方。要是碰到不知道来历的叔叔，千万别理他。"

"给我零钱。"

说罢，一般能拿到一枚两分钱的铜板。当时，天保钱一般是八文一枚，两分以下是一分的铜板和五厘的铜板。除了碰到好时候，从未拿到过五分白铜板和十分的银元。

被"不知道来历的叔叔"勾引受骗，在当时并不是稀罕的事。"遭人贩子拐骗"之类的事件时有所闻。我在浜町的时候，大白天中午，亲眼看到一个可疑的汉子，将一个和我同年龄的小孩子硬塞在布口袋里，绑在背上逃跑了。那或许是我的错觉，或许那不是人贩子，但其后确实有两次被一个形迹可疑的人招呼过。那两次都是在水天宫的庙会上，也是大白天，放学归来，路过蛎壳町本家，从那儿向人形町，再由清水屋绘双纸商店一角拐向三原堂，越过两三条街的时候。道路一侧是一列小摊子，路面狭窄，有个人从混杂的人群中，忽地走到我身边，将嘴巴凑近我的耳畔，喊道：

"小哥哥。"

他声音很低，别人不会听到。

"小哥哥，我带你去好地方，跟我一块儿走吧。我买好东西给你吃，你喜欢什么我就给你买什么。"

那种口气，完全像平日母亲提醒的一样，所以我立即明白了。但我想，这家伙在大庭广众当中不大会对我实行暴力，也不感到害怕了。万一他硬把我拉走，我就对周围的人大喊"救命"。不管他如何花言巧语，我一概不看他的脸，一句话也不回应，也不向后看，立即转身往回走。

回到活版所，我把这事讲述了一遍，母亲说：

"那一定是人贩子，专门干坏事的。"

第二次是参拜水天宫回家的路上，距离活版所一条街，后头一个陌生人对我喊道：

"小哥哥！"

那声音亲切而温柔，说话口气同先前的那位很相似。我马上意识到，莫非还是那个人吧？要是那样，他肯定标上我了。由于这次就发生在活版所近前，我心中更加沉着了。

　　人贩子逮住孩子勒索钱财，或将美少年美少女带到陌生的地方卖掉。那时节，我常去活版所的排字车间玩耍，一天，年轻的职工一边捡字一边煞有介事地对我说：

　　"润哥儿，你将来会成为一个好汉，再过十年以后看。可不能被女人迷住了，那样会毁了你的！"

　　当时还是小孩子的我，不明白他的意思，听他这么说，也不觉得特别高兴。但是他的话一直沉淀在我的脑海里，动辄就浮现出来。但是，少年时代的我，从未被女人爱过，那时的东京，或许是萨摩人的天下，实行美少年趣味，时常成为男孩子追求的目标。

　　那是稻叶先生判我不及格重新读一年级的时候。记不清是9岁时的纪元节还是天长节，不，应该是纪元节那天，典礼结束后，嬷嬷来学校迎接，带着我朝日本桥大道走去。也许是嬷嬷有意让我看看过节时的街景吧，因为当天是从学校归来，照例穿着那件羽织裤，打扮得很漂亮。这种时髦的穿戴，很是惹眼，刚刚踏上新场桥，就看到一个似乎也是参加庆典归来的中尉或大尉军人，一身戎装，仪表堂堂，从大道二丁目方向走来叫住我：

　　"哥儿，来，我抱着你走吧。"

　　他说罢，一下子将我抱起来，从桥中央折回头，开始向日本桥那边走去。嬷嬷大吃一惊，从后头紧追不舍。

　　"马上还给你，不用担心。"

他用一只胳膊轻松地抱着我，渡过日本桥，踏上吴服桥。那军人是个令人生畏的壮汉，带着几分酒气，赭红的脸膛，络腮胡子。嬷嬷对他无可奈何。被他紧抱的我，惊呆了，甚至害怕得不敢哭出声来。他是一位很有风度的校官，不像是人贩子。我虽然明白这一点，但依旧很担心，他要把我抱到哪里去呢？嬷嬷又着急又害怕，那军人一个劲儿安慰她"别担心"，说着从口袋里掏出一张名片递给嬷嬷。而且，不住亲密地跟我说这说那。但是，不论他对我说什么，我都感到害怕，想早些逃脱。"嗯，嗯。"我只是点头应和着。渡过吴服桥，穿过现在的丸之内大街以及当时的三菱原，终于到达护城河畔。在马场前门的派出所旁边，他把我放下来，到一旁去小便。估计这时候即便逃跑，他也能追上来，所以没敢这么做。派出所警察悄悄走到嬷嬷身旁，小声问道：

"那位军人和你熟悉吗？"

我们仿佛遇到救命的大神。军人撒完尿，走到警察面前，趾高气扬地交谈了几句，渐渐争论得激烈起来。我和嬷嬷瞅空子逃掉了。

两人被那军人带着兜了一圈子，花了两个小时光景。嬷嬷回到家中，很为自己的疏忽反悔：

"太让夫人担心了。"他反复对母亲说着，"那位军人就是这种样子。"

嬷嬷把刚才的名片拿给母亲看。那张名片在我们家的碗橱里保存了好长时间，不知何时不见了。现在未能留下清晰的记忆，深感遗憾。但似乎写着"陆军某兵某尉野津镇武"。父亲说，看来那位军人姓野津，或许就是著名的野津将军家里的人吧。

幼年时代的朋友

这里，我姑且谈谈幼年时代的朋友以及普通小学时代的情景吧。

俗话说，东京人没有故乡。事实确实如此。我小学时候的朋友，经过大地震和第二次世界大战反反复复的变动，已经四散而去了。目前还有谁活着，在哪里，干什么，都不清楚。知道消息的只不过两三个人。细想想，虽然只知道两三个人，那也是很难得的事。阪本小学校后来遭受几次火灾，我上学时候的学籍记录等都烧掉了。前几天，托人去查阅当时的毕业生名簿，很遗憾，学校里已经不存在了。

根据昭和十二年十月东京市日本桥区役所[1]发行的《新修日本桥区史》下卷记载，阪本小学校"明治六年三月，兜町之外二十五町有志者醵集捐资，欲建立小学校，遂决定府厅下

---

[1] 相当于区政府。旧时为大管理全区的行政机构。

属原熊本藩下屋敷会议所坂北町二十八号（现在兜町二丁目四十九号）五百坪[1]地面原建筑物辟作校舍。即称为第一大学区第一中学区一号小学校，于五月七日开学"；"学制发布后，即为区内第一所公立小学校"；"当时儿童三十六名"，建校时间离我入学时的明治二十五年早二十年。其间，校舍经过几度改建、扩建。因为属于下町小学校，学生中虽有一个富家子弟，但几乎没有政治家、学者、华族、达官等出身的孩子。然而，我忘记自己是几年级的时候了，地震学家大森房吉博士，因为是本校的毕业生，一天——可能是他为了接受学位，从欧洲留学归国的时候——他到学校里来，全校学生集合在操场听他训话。此外，在社会上多少有几分名望的人，还有给岩谷涟山人[2]主编的杂志《少年世界》写儿童小说的堀野与七氏，笔名叫作京之藁兵卫等。堀野氏在日本桥博正町（今中央区江户桥三丁目之一部、千代田桥大道至八重洲大道之间的昭和大道附近）的东中街东侧保有一爿店铺，他就是这家名曰文禄堂出版公司的老板。他虽然投稿，但并非属于靠卖文糊口的普通文士之类。他的家业本来经营红屋公司，是一家自江户时代就以"博正町的红屋"著称的老店，老板与七少爷，早已迷上了川柳[3]写作，号称京之藁兵卫，成为进出于砚友

[1]面积单位，1坪约3.3平方米。

[2]岩谷小波（1870—1933），儿童文学家，俳句诗人。生于东京。别号涟山人。著作有童话《黄金九》《日本古代童话》《世界童话》等。

　[3]富有幽默、滑稽和讽刺等意味的短诗。

社[1]同人之间的常客。据木村小舟氏《少年文学史》记述：
"当时的东中大街，准确地说博正町一带，古董老铺连甍栉
比，明显充满苍古之感。只有夹持其间的一家书肆文禄堂，凸
露出三尺宽的玻璃窗，巧妙配置自家的美丽出版物，在当时大
大发挥了时髦的作用。""那位薰兵卫刊发了亲自执笔撰写的
《日本五大舞乐曲》以及大开本的《滑稽类纂》，渐渐为业界
所知晓。总之，这仅是当代少爷的爱好，按他本人说法'青春
不再来，人生尽游乐'，以至于账房内尘土厚积"。这人有时
也来参加校庆什么的，跟孩子们聊天。一贯是一副江户代代商
家少爷的装扮，身穿流行的条纹羽织褂和条纹和服，风度翩
翩，不论从哪方面看，都不像是一个文士。只因我早就抱定当
一名小说家的莫名的憧憬，一听说今天京之薰兵卫要来学校，
当日从早到晚都乐呵呵的。我曾经为了一睹京之薰兵卫风采，
特地跑到东中大街，在文禄堂店门口转来转去。

　　对了对了，差点忘了。二代目市川左团次——已故高桥荣
次郎，有个时期也在阪本小学上过学。当时，初代左团次还活
在世上，正是二代目被人称作"牡丹"的时候。当时他的住所
位于京桥区新富町一带，筑地的文海学校离那里很近，他为何
要到阪本小学上学呢？他比我年长6岁，在我读普通科时，他
或许已经在读高等科了，但在学校里，从未见过面，只是时常
听到这样的传说："左团次（初代）的孩子上学时，经常受到
同学们的嘲讽，说他是唱戏的孩子，弄得他哭着回家。"后

[1]明治十八年（1885）以尾崎红叶为中心的文学社团。

幼少时代

来，同二代目左团次相识了，曾经问过他：

　　"你上阪本小学时，不是有各种各样的故事吗？"

　　"那都是谣言，怎么会哭着回家呢？"

　　他一句话就给否定了。另外，曾经做过大藏大臣和宫内大臣的已故石渡庄太郎氏，听说也是阪本小学校的毕业生，和我同是稻叶清吉先生的学生。他比我晚好几年，所以我和他素不相识。

　　我读普通初小一年级因为留级的关系，应该有第一年的同班生和第二年的同班生。但一方面稻叶先生担当班主任的时间很短，另一方面我又被大家欺负得胆小如鼠，班里有哪些孩子，早已记不清楚了。到了野川先生时代，有了好多同学，然而六十多年过去，至今一直保持联系的只

70

画家镝木清方为谷崎小说《少年》（1911年4月，中央公论社）绘制的插图

有一人，他就是在东京
首次开设中国菜系的原
偕乐园老板笹沼氏。笹
沼自明治十七年开业以
来，直到前年发生战争
为止，生意始终做得很
红火。此外，有时回忆
起脑子里偶尔闪过的名
字和长相，会出现一位
铠桥桥畔一年到头生活
在河面上的船夫之子小
岛某氏。我在初期的作品
《少年》中有"……为
了不让平日一起玩耍的
伙伴，梳头店的儿子幸
吉和船夫的铁公等人看
到我"的句子。还有，
《恋母记》中写道：
"……铠桥船夫的儿子
铁公怎么样了？鱼糕店
的新公、木屐店的幸

次郎，如今他们仍然亲亲热热，每天躲在香烟铺的楼上演戏
吗？"其中，"船夫的儿子铁公"，就是以小岛为原型的。
"铁公"以铠桥下来往于外茅场町货物码头之间的一艘木船为
家，每天从那里踏过木板登上河岸，到阪本小学上课。曾有一两次，我应他之邀去过他的"家"，那虽然是一条船，但只是浮在水面上纹丝不动，目的是想住在一个完全安定的地方。因而，屋顶上始终葺着草苫，只把火炉、锅釜之类摆在船尾，母亲在那里煮饭。"铁公"招呼我进入草苫，只见地面上铺着布边的草席，不论是长火钵还是碗橱，放置的方式都和普通家庭没什么区别。不过，由于时时受到经过桥下的汽艇荡起的水波的冲击，船体微微有些晃动，证明是在船上，茶杯茶碗的水也会泼洒出来。

除了"船夫铁公"，还有"梳头店的幸吉""鱼糕店的新公"，他们无疑都是同班的孩子们。梳头店位于铠桥大道前往阪本公园右侧的花店旁边，姓名是幸内，《少年》里的"幸吉"的"幸"字和"柿内"等，都是依此而来。有一天，我和"铁公"等人一起到他家去，在楼上的客厅里演戏。还有一天，"铁公"扮演一位强人的角色，杀人如麻，当时虽说是小孩子，但那一副满含愤怒、面孔通红的表情，惟妙惟肖，至今仍记在脑子里。"鱼糕店"虽然也位于海运桥附近，但那里的"新公"到底是怎样的孩子，实在记不清楚了。还有，海运桥附近经营盒饭业的柴垣家族，他们家的长子，似乎叫作德太郎的和我同班，次子叫什么名字忘了，他和精二同班。但是前年（昭和二十九年）八月，精二来热海时谈起，次子柴垣曾经到早稻田大学看望他，他们好久没有见面了。这么说，长子德太郎也还应该健在，不过这件事精二忘记问了。

离我家最近的是，穿过药师境内前往内茅场町途中，位于南茅场町二十八号或二十九号一带的面纱店的儿子丸善金一郎，据说此人已经死去好几十年了。还有龟岛町的代官屋敷——现在的中央区茅场町二丁目的一部分，"都电"千代田桥至灵岸桥线路南侧一带，正好是代官屋敷的旧迹。据《日本桥区史》记载，这一带"享保年中已由武家之地变为与力组[1]的屋敷了"。但由于古代自八丁堀至龟岛町、北岛町一带曾经居住过"与力"和"同心"的关系，我的童年时代，依然有好几个具有这样过去的人居住在周围地区。从前，这些人被看作"八丁堀的少爷"受到敬畏，但那时已经和我们町人一样，没有任何权力了。但话又说回来，他们出身士族，依然保有几分旧幕府时代的余威。所谓代官敷，就是他们的居住地的名称，一侧是南茅场町，一侧是横跨龟岛町和北岛町的一带区域。我班有一个姓"胁田"的孩子，父亲过去是与力组成员，比我小两岁，应该是6岁入学。不知是当时允许这样做呢，还是因为是士族又是"与力"家的儿子理应受到特别照顾。他家离我家很近，所以我经常找他玩。一看就知道不同于一般商家，长长的板壁，据说平素大门紧闭，禁止出入。我首先在墙外喊一声他的名字，于是那孩子就走出家门，为我打开连接菜市场和鱼店的狭窄的木板门。平房建筑，四角形，地板很高，房间很多，是个宅第宽广的大家庭。这时我明白了，过去与力家族的人是不受欺侮的。父亲不久前死去，起初他活着的时候，住在后院的房子里。在他大摆威风的时代，也曾将罪犯拉到宅子里随便审判了吧？有一件似乎是审判时使用的厅堂，连个纱绫形的隔扇也不装，面对铺着白沙石的庭院，那里铺设

〔1〕旧时为大名、武将效命的下级骑马武上家族。

的都是我在《熊谷阵屋》[1]《实盛物语》[2]里早已熟悉的阶梯，从那里的廊子上一个阶梯一个阶梯地走下地面。后院辟为田地了。

我母亲的二姐阿半同真鹤馆老板结婚，曾经跟胁田家做过邻居，我经常从伯母那儿听说那个家庭的内情。据伯母说，胁田的父亲是伊势人，在与力时代和三井一家有着斩不断的关系，不论三井家出什么事儿，永远也不会舍弃胁田家不管。和我同班的孩子是最小的儿子老四，他上面有三个哥哥，两个姐姐。母亲是麴町商家之女，嫁到士族家来的她，明显地不再是"老板娘"，而被称作"新媳妇"或"夫人"。哥哥们不用说，就连嫂子们也不再喊弟弟的名字了。其他的言语交流、家庭气氛及相互接触等种种方面，都不同于我们下町的平民，不由显得文雅起来了。不过，伯母看不惯那种应充高雅、虚情假意，说起话来猫儿似的低声细语的女子，所以她对那位至今依然"故作深沉"的夫人并不看好。伯母还说，那家因为丈夫是伊势人，节俭得要命，特别抠门儿，上厕所不用手纸，而是将报纸裁好了叠起来用。我的同学排行老末，或许同父亲的故乡有缘，后来做了伊势方面大户人家的养子，至今仍然健在，但目下和我没有往来。

[1] 净琉璃《一谷嫩军记》三段目最后一幕的通称，熊谷直实为执行源义经叫他营救平敦盛的密令，以亲生儿子小次郎做替身救出敦盛，儿子牺牲后因感到无常而出家。

[2] 净琉璃《源平布引瀑布》三段目最后一幕《九郎助住家》的通称。

《小小王国》

　　除此之外，还不能漏掉一个人，他就是同班中给我印象最深的孩子"小闹儿"。"小闹儿"的本名叫筱田源太郎，"小闹儿"这一称呼即来自"筱田"。但我们大家都以一种畏怖与敬爱之心叫他"小闹儿"[1]。"小闹儿"是理发店的儿子，家应该位于自樱桥拐向弹正桥那一角里，属于京桥区本八丁堀一丁目一带。后来，我以这个少年为模特儿写了题为《小小王国》的小说。读过这篇小说的人，应该记得书中那个姓"沼仓"的孩子吧。那篇小说写的是东京郊县乡村小学的事情，沼仓是进入乡镇缫丝工厂的一名职工的儿子，中途入学，仅此而已。但书中写了一些实际并不存在或过于夸张的事情，关于沼仓在班里称王称霸，像斯大林一样大权在握，那些表现全是"小闹儿"的行为。比如，有一天午休，班上一位姓"贝岛"

[1] "筱田"日语读音为"shinoda"。

幼少时代

75

的老师，走到运动场一看：

他发现自己班里的学生，分成两组正在玩打仗游戏。光是这个没有什么好奇怪的，但这两组的分法叫人不可思议。全班只有五十个孩子，甲组四十人，乙组只有剩下来的十人。而且，甲组的头儿是那位药店老板的儿子西村，他把脚给两个孩子当马骑，骑在他们身上，频频指挥自己一方的军队。乙组的头儿想不到竟是最近进来的新生沼仓庄吉。他也骑在马上，不像平日那样沉默寡言，而是声色俱厉，斥骂自己这支人数甚少的军队。他一马当先，冲进人数众多的敌军阵营。……于是，人多的西村组转眼被沼仓组追击逃离，溃不成军。这固然因为沼仓组一方集中着一群膂力过人、以一当十的少年英杰，但西村组的败北是因为太缺乏斗争毅力了。他们好像最害怕那个沼仓。……一旦沼仓策马而来，他们立即军心动摇，不战而逃。

我读到这儿，想起幼年时代阪本小学校操场上的光景，不禁感到恍如昨日。其中，与事实不相符合的是说"小闹儿"是新生的事。还有，甲组四十人乙组十人，虽然人数过多，但比率是不错的。接着，继续写道：

……然而，这不是什么沼仓的膂力，而是他纵横捭阖，突入敌阵，发号施令，怒骂士兵的结果。
"很好，再打一场。这回我方只要七个人就够了。"
沼仓说罢，就从自己一方选出三位勇士送给敌方，再次试着开战。结果依然是西村组败北。第三次，由七人再减少到五人，沼仓组经过恶战苦斗，依旧获得最后胜利。

接下去：

　　……总之，他（沼仓）是个勇敢、宽大而富有侠义心肠的少年。这使他在班里次第获得了霸主的地位。但从膂力上说，他未必是班中第一强者，要是摔跤，反而西村会取得胜利。……干起架来，沼仓非常强梁，除了力气之外，浑身充满凛然的意气和威严，置对方于死地。……西村孩子王时代，不肯臣服于他的优等生中村和铃木，却是沼仓最忠诚的部下。他们对沼仓逢迎拍马，百般讨好，以便避免招他怨恨。……正因如此，现在没有任何人敢和沼仓相颉颃了。大家一致对他心悦诚服。沼仓虽然动辄随心所欲地发布命令，但很多场合，他做的事都很正当。他只要确立自己的霸权就够了，很少乱用自己的权力。一旦发现部下有人欺负弱小或卑躬屈节，就给予极为严厉的处罚。因此，胆小鬼有田家的哥儿，比谁都更加庆幸自己活在沼仓的天下。……

　　这里所说的"西村孩子王时代"，想不起来到底是谁的作为了；但这里所描写的少年沼仓的行为，即为往年筱田源太郎"小闹儿"的行为，这是不会错的。《小小王国》这部小说，作了如下各种各样的描述：

　　沼仓逐渐超过贝岛老师具有更大的支配权，他制订了"全班学生的点名簿，每天观察学生们的言谈举止，按照他所制订的独特的标准，严格地一一为每个人的操行打分。对上课、旷课、迟到、早退——这一切都拥有和老师一样的权威，一一记录下来。"

"除了勒令旷课的学生补写缺课说明书之外，还放出侦探，查证旷课原因是否属实。"

"老师指定的班长受到排挤，具有手腕的小霸主被委任为监督，以便辅佐沼仓总统。……出现了为高官服务的士卒。……"

回想起"小闹儿"时代也大致如此。

而且，纪律严明，学生上课时，保持肃静再肃静，"战战兢兢，但愿不要有所失误"。

这样的情节也和野川先生，亦即小说中的贝岛老师惊人地相似。贝岛老师对于不同寻常的课堂上的空气甚感惊讶，他畅言道：

> 啊，同学们，为何这个时期都变得彬彬有礼了呢？因为大家都长大了。作为老师，我非常感动。何止感动，而且非常震惊。

野川先生也是这么说的。在《小小王国》小说里，孩子们因为都急不可待地等着，"眼看老师就要表扬我们了"，所以"一听到贝岛老师令人振奋的话语，一下子高兴得大笑起来"。"筱田王国"的我们同样如此。

同学们如此守规矩，老师也为大家感到自豪。……这阵子，其他的先生们也都很受感动。怎么那样肃静呢？他们说，那个班的学生堪称全校的榜样，连校长也频频赞扬起来。所以，大家要做到心中有数，不要有临时观点，要再接再厉，万无一失，誓将经过一番努力所获得的荣誉永远保持下去。你们要一直使老师惊奇下去，千万不可有做一天和尚撞一天钟的思想。

贝岛老师的这段话，也是野川先生曾经说过的。不同的是，沼仓听了一味冷笑，而当时"小闹儿"听了，则满面春风，回头看看我们，会心地笑了笑。沼仓是个"胖胖的少年，方脸，面孔黧黑，可怕的四棱子头上随处布满了白云，忧郁的眼神，宽厚而浑圆的肩膀"；"小闹儿"虽然也是个身体敦实的胖小子，但并没有什么"白云"之类的东西。那位少年虽然也是方脸，颜色黧黑，但没有什么"忧郁的眼神"。而且，他的性格并非特别快活，反倒使人觉得稳重而厚道。

《小小王国》还有这样的描述：

不久，"沼仓制定了勋章。他命令顾问官从玩具店买来铅制的勋章，想当然地分别给加了个名称，颁赠给立功的部下。增加一项管理勋章的职务"。

有人提出方案，"委派一人做大藏大臣，发行纸币"。

"洋酒店老板的儿子内藤，迅速被任命为大藏大臣，他当前的任务是，放学之后，关在家中的二楼上，同两位秘书一起印制五十元以上至十万元的纸币。并将印好的纸币送到总统手里，钤上'沼仓'的大印，这样方才生效。全体学生，依据职务高下，接受总统分配的俸禄。"

"筱田王国"的大藏大臣，记得可能是偕乐园的笹沼，即"源哥儿"。我们手里拿着铅字和印泥，汇聚在偕乐园"源哥儿"的房子里，按金额裁成大小不同的纸片，印制每天的纸币。

《小小王国》里，有一段这样的文字：

"这样，各人都有了财产。学生们踊跃地使用这种纸币买卖自己的东西。沼仓等人任其富有，随心所欲，毫不客气地掠取部下的东西。……有田哥儿最近去东京，将父亲给他买的气枪，卖了五十万元，实际上是被迫送给他了。"

在"小闹儿"的王国里，大致同小说的世界一样，筱田总统有时也发挥不亚于沼仓总统那样凶暴的权威。但是，诸如小说中所写到的，什么"多数人集合于公园的草地上或郊外的丛林中，开办集市贸易"啦，什么"父母给的零钱，全部都得换成实物拿到集市上去"啦，什么"不是总统发行的纸币绝对不可使用"啦，什么"只要带上沼仓发行的纸币，零钱也可以自由使用"啦，什么"市场上贩卖的物品非常广泛"啦，等等，那仅仅是小说的世界，而在"小闹儿"的王国里，没有发展到那样的程度。因此，小说里关于贝岛老师因生活所苦向沼仓要求分钱的事情，在野川先生时代未曾发生过。

尽管如此，其后，那位叫"小闹儿"的孩子怎么样了呢？在我们即将毕业的时候，他好像早已不在学校里了，或许中途退学，帮助父亲做事了吧？虽说那是10岁左右孩子世界的事，但使得全班同学心悦诚服地听从自己，统领全体，除非是一般的孩子王和少年英杰，别人是干不来的。因为是理发店的子弟，读不起更高的学校，只有安心继承作为理发师的父亲的手艺活儿了。同学们后来经常谈起"小闹儿"，大家都说："现在想想，'小闹儿'是个了不起的孩子，说不定有一天他会变成英雄豪杰，突然出现在我们面前。"然而，他却一直埋名于世，不知身处何处，久久听不到他的消息。虽然从年龄上看，他应该还健在。

最后，关于偕乐园的笹沼氏，鉴于已有很多记述，另外再谈吧。

日中战争[1] 前后

日清战争以明治二十七年的丰岛海面的海战为开端。在那之前，我们已经离开南茅场町四十五号迁到蛎壳町一丁目、米屋町后街的"久"字商店住宅居住。那恐怕是因为父亲的中介店的生意很不理想，必须节俭家庭开支，不再另外购买住宅，而同商店合并在一起。就是说，从这时起，全家财政开始紧缩起来。不过，作为孩子的我，并没有什么特别的感觉。店里有掌柜的和伙计们，厨房里有嬷嬷和女佣，内室里有父母和我们兄弟，日常起居未曾感到有什么不便。

我们在这所居宅里也没有住多久，不到一年，家业渐渐凋零，又搬迁到南茅场町第二座居宅——该町五十六号明德稻荷

[1] 原文为"日清战争"，日本人对中日甲午战争的通称。原文多使用"日清""清国"等陈旧词语，译文则适当有所改换。另外，文中对此次战争的记述或有失实之处，仅出自作者本人观点，不便一一作注，请留意。

82

的小巷深处。米屋町时代所有的事件中，首推当年发生的远远超过二十四年夏浓尾地震[1]的一次大地震[2]，发生于二十七年六月二十日，即日中战争一个月前。清朝军队在仁川登陆，大鸟圭介随向京城进发，从而掀起一场非凡的半岛风云。地震发生在午后二时许，交易所后场正在开盘，米屋町一排排店面的门内以及道路上，挤满了成群结队的投资者。我放学回来，坐在厨房地板间吃冰红豆汤。当我想到发生地震的瞬间，早已跑到大街上了。由于比起伞屋商店所在的前街，后街的路面狭窄，我害怕两侧房屋倒塌，拼命朝着一丁目和二丁目相接之处奔跑，终于站立在拐往活版所方向的四角地的中央。不知母亲是先到的还是紧跟身后追来的，这时才发现她已经把我紧紧抱在怀里了。当初激烈的上下摇动已经停止，但地面依然在缓缓晃动，从我们母子紧抱的地点，再向前百多米远就是尽头的人形町大街，眼看着它忽而高高隆起，忽而又沉降下去。我的脸紧磕着母亲的肩膀和肩下，充塞在我眼前的是她那敞露开的洁白的胸怀。细想想，刚才确实吃过冰豆汤，地震时扔掉碗筷跑向门外，不知何时何地，因何原因，右手紧握着一支习字用的毛笔。后来，母子在四角地拥抱时，我在母亲的胸脯上抹了好几条黑道道儿。

四角地到久屋店和活版所距离相等，地震平复后，母亲没

[1] 1891年10月28日发生于美浓（岐阜）、尾张（爱知）的大地震，震级8.4度，死伤近万人。

[2] 通称明治东京地震，震源东京湾北部，直下型，震级7度，建筑物毁坏厉害，烟囱倒塌尤多，又称烟囱地震。

有立即回家，牵着我的手径直去了活版所祖母那里。三年前的十月二十八日早晨，赤脚沿着内茅场町大街奔向松山医师的门前。当时的记忆，又在我的脑子里清晰地复苏了。这回，母亲坐在活版所的脚踏板上，在铁桶里洗去双脚的泥沙。听说祖母在不停摇晃的时候，一直趴在厨房的拉窗下边，我们进来后，又回到寻常那个有长火钵的房间，打算平静一下心情。谁知这时又一次摇晃起来，三个人又慌忙逃往厨房里。

"不过，摇晃一下也好啊。我想，这回可真要发生大地震啦！"

祖母说着，讲起了安政二年十月大地震夜间的事。那正是生于天宝十年的祖母恰逢17岁的时候。发生的时刻是晚上十点左右。正是贪睡的年龄，地震发生时，祖母睡着了，一点儿不知道，醒来一看，房子塌了，枕头旁的方形座灯灭了。碰巧头上有一扇拉窗，祖母从那里顺利地爬出来，跑到外面一看，周围的房子全部倒塌了，一座也不剩。家里人担心祖母安危，正在闹嚷嚷地到处寻找。

朝鲜东学党叛乱极为猖獗，亲日派金玉均[1]在上海的旅馆被杀，或许就在这次地震前后吧。不知为何，我一直把金玉均事件记在脑子里。其实，这或许因为，此事作为战争的前驱在报纸上大肆宣传，为世间所时时提起的缘故。那年秋天，我曾经在团子坂的菊展上，看到金玉均遭受暗杀的场景也被装饰

[1]金玉均（1851—1894），朝鲜李氏王朝末期政治家，开化派独立党领袖。1884年发起甲申之变失败，亡命日本。于上海遭刺客杀害。

成偶人展出。八月颁布宣战诏书，翌年四月结束，现在想想，可以说是一场轻而易举的战争。但对我来说，因为不理解这场战争发生的原因，有一天，我问父亲，父亲趁着吃晚饭时对我说：

"那好，我把我所知道的告诉你，到这儿来吧。"

他让我坐在他的饭盘一边，喝上一杯酒，做了一席长谈。老实说，父亲的说明太过艰深，我很难理解。我最感奇怪的是，朝鲜事件中的东学党叛乱，日本为何要出兵呢？而且到了朝鲜之后又同中国军队交战，到底是怎么回事？无论如何，这些都叫人难以首肯。

人形町一角的绘双纸店"清水屋"，当时时兴三联张的战争画，需在店头出售。画家水野年方、尾形月耕、小林清亲三人的作品最多，对于少年来说，每一种都想要。但大人很少给买上一份，只好每天站在清水屋店前，睁大眼睛看个没完。在承欢之战中以勇敢而闻名的号兵白神源次郎战死图、原田重吉攻入玄武门、北洋提督丁汝昌在"镇远号"舰上服毒而死的光景；伊藤博文和陆奥宗光同李鸿章隔桌举行媾和谈判的场面，等等，现在也都能回忆起来。我尤其喜欢年方的绘画，站在清水屋前临摹构图，回家后热心模仿。还有，当我看到活版所的久右卫门小舅，每遇上新出的三联张都要买下来，简直羡慕极了。

父亲的生意很不如意，艰难维持下来的久屋商店最后关闭了，记不清那是二十七年还是二十八年的事了。但家里出事，我也能感觉出来了。另一方面，伞屋家族的生意一直很红火，活版所虽因小舅的苟且行为，较之往昔威势大减，但还是能

左小妹阿末，右二妹伊势

平安无事地继承前辈家业。唯有我们一家，已经到了无法独立
开店做买卖的地步。今后，指不定会成为亲族的累赘而丢尽脸
面。虽然没有任何人会这么对我说，但有些事小孩子也能悟得
出来。当时久屋商店好歹还能坚持下去的那段时间，母亲在精
二之后又生下第三个儿子。孩子一落地，就急匆匆把他送到千
叶县东葛饰郡那个因法华经寺而闻名的中山村做了养子。这是
母亲首次将亲生骨肉送给人家寄养，其后，又送走了两个女
儿，结果有三个儿女流落在农村。送走第三个儿子因为是头一
回，可以想象该是多么痛苦。日后母亲亲口告诉我说，乡下的
亲家从中山来接，将孩子放在人力车上，母亲舍不得亲儿子离

开，哭哭啼啼追了好几条街。但是，有什么必要忍受那般痛苦，非要将孩子送给人家不行呢？且不说还须支付一笔寄养费，比起生活奢侈的商家教育，是考虑经济上的因素吗？这种想法是出自父亲还是出自母亲呢？谷崎家世世代代有将孩子送往农村寄养的习惯。祖父不是将三个男孩子都放手了吗？难道在父亲的说服下，母亲也渐渐有这样的想法了吗？

就这样，以后我们家依然在活版所小舅和伞屋伯父的照料下，一年四季的家族行乐，从未漏掉过一次。退潮时到御台场[1]捕拾鱼介，坐在船上观看大船河面的焰火，每一次都得到邀请。就连观看团十郎和菊五郎的戏剧表演，也经常伙在一起前往观赏。所以，没有一点儿不满足的地方。当然，我们也不能老是

[1] 江户幕府时代，建立于品川海岸的炮台。

1897年，11岁的谷崎同4岁的弟弟精二在一起

仰仗亲族的好意，所以由父母单独带领游山逛景的事，几乎从那时也就终止了。留在遥远记忆之中很难忘却的快乐很多很多，诸如每次参拜浅草观音，观赏全景图、凌云阁和百花圃，到寺前的商店街买玩具，在街上"万梅"料理店吃夜宵，得到一只小型的小田园花灯挑着走出来，一边走一边回头张望。只见白天里热闹的后山，变得一片黑暗，人影也断绝了……说起来，我和嬷嬷乘坐铁道马车前往浅草时，是在一家"宇治之里"的小吃店吃饭；而和父母一道乘人力车去的时候，肯定都要在"万梅"或周边饭店用餐。

顺便说说，我和父亲单独一起吃饭的记忆尤其多。父亲对那些世上知名的厨艺高超的馆子很熟悉，似乎很喜欢到那里去。有一年春天，樱花盛开的季节，我曾在父亲带领下，沿着向岛的土堤，步行到"山谷渡口"去。

"既然走到这里了，那就到'重箱'看看吧。"

接着，爷儿俩渡过河，终于到了"重箱"。我知道重箱这个名字，就是从那时候开始的。那个重箱如今在热海也开业了，到这里开店以后，已经二十多年，现在的老板、久保田万太郎氏小学的同学大谷氏，已经是创业以后的第五代了。我被父亲带领到山谷的店铺，那一定是上一辈人的时代了。

父亲也几次带我去过银座的"天金"，至今记得那家店里的学徒工当时还留着小辫子。那时节，"天金"端上来的下酒菜时常都是咸鱿鱼，尽管父亲说"这不合小孩子口味"，但我平生第一次尝到这道菜，便感到世间还有这么好吃的东西。正像我第一部小说《秘密》中所写的，一起去深川的八幡参拜时，回来的路上，父亲跟我说："越过'渡口'，去冬木的米市吃一顿'名代'的荞麦面吧。"于是，坐上"两三竿就触到水底的来往"小型渡船，渡过"和小网町小舟町一带沟渠意趣全然不同的路窄、岸低、涨满水的河面"，来到那座有名的冬木荞麦面馆。归途中看着入谷的牵牛花，也曾到"笹雪"吃过早饭。

"这家的豆腐很好吃，但米饭很难下咽。"父亲说。

根岸有一家庭园非常优美的"冈野"料理店，记得那里也去过两三次。或许那是去看团子坂菊展归来时经过那里吧。要是那样，母亲也应该是一起的。那里本来是汤团店，也供应别的菜肴，筵席纷繁，接连不断。庭园名曰"古能波奈园"，有假山、飞瀑、池水之趣和泉石之景，实属非凡。因此，突然被领到唯有戏剧和锦绘中才能看到的大户人家的内庭，仿佛走进梦的世界，直到今天还残留着模糊的记忆。

南茅场町第二个家

我虚岁30岁的时候，开始在本所的新小梅构筑一处宅邸之后，不久又离开东京郊县，辗转各地，远及大阪、京都和中国地方[1]，至今已迁居过近三十余次。这或许也是受到父亲感化的缘故。父亲虽然不像我这么多，但光是我知道的也迁过十次家。我主要是受到地震、战争等外界事物的左右，而父亲完全是出于生活上的原因，在东京下町的日本桥区和神田区之间搬来搬去。其中，住得最长的宅子就是南茅场町第二个家，我的幼少年时代最多的年月都是在那里度过的。

第二个家在五十六号，距离四十五号最初的家很近。沿着内茅场町广阔的道路自四角地走到位于二轩目的最初的宅邸门前，拐向灵岸岛方向再走上不足二百米，右侧五十四号有一座称为"明德稻荷"附设的小小祠堂，祠堂的背后有条小巷通到

[1]本州西部冈山、广岛、山口、鸟取和岛根五县的统称。

代官屋敷。这条小巷正中央一带的东侧，就是我们的新家。当时，这条小巷中央一带，居住着退休老者、人妾、商店人员、土木建筑业者和闲汉等。我家混居在这些杂沓的人家之中，因为是单独一座宅第，从外面窥视不到内部情景。而且宅子后面，还有一条幽深的小巷，在我家后门口尽头，住着正直的消防人员一家。我在前面已经说明过这里闭塞的缘由。不用说，住房是租赁制，据弟弟精二所说，房租八元五角。这份价格就当时房子的租金来说，显得太贵了。或许是几年间经过提高以后的价格吧？门外面对小巷，库房一侧附设一个小便门。打开便门进入宅内，左侧是库房的腰板，右侧是板壁和排列着脚踏石的空地。穿过这里尽头还有一座格子门，门内是泥土地面，登上踏脚板，就是中间镶嵌着玻璃的两扇障子。打开障子门，没有过道，紧接着六铺席的茶之间。此外，两层楼的库房，楼下是十分考究的八铺席的库房客厅和"四叠半"或"三叠半"的女佣宿舍。就是说，这是一座只有三个房间的住宅。但是，从庭院到后门口有一道围墙，连同库房客厅和六铺席的茶之间，将生长着八角金盘和南天竹的小小庭院，曲折蜿蜒地围在其中。六铺席的房间安设着长火钵，父亲坐在对过左侧，面临庭院；母亲坐在右侧放置碗橱的地方。到了晚上，父母都回到库房客厅，我同精二住在六铺席房内，嬷嬷住在女佣宿舍。后来，长女园子出生在这个宅子里。在那之前，生活在这个家庭里的只有五个人。

然而，迁来这里不久，好像不到二十天光景，父亲像平常一样，放松地在家中休息。一天下午，突然闯进来四五个流氓，气冲冲坐在长火钵边的父亲面前，排成一溜儿，久久不肯离去。母亲赶快逃进库房客厅，嬷嬷上过茶烟，也躲到女佣宿舍去了。我想，他们大概不会对孩子怎么样吧。于是，我虽然害怕，但又装出若无其事地看他们想干什么。只见那个像小头目的汉子，将烟管"扑扑"地吸得山响，声嘶力竭地大喊大叫起来。父亲皱起眉头，显现出这个世上最可怜的一副面相，一直低着头，表示道歉。对此，那个小头目似乎也撒了气，只是叫骂了一阵，大约过了一刻钟和二十分钟，又气冲冲地回去了。或许父亲留下一大笔债务尚未还清就关闭了蛎壳町的店面，惹恼了那帮子交易人伙伴，特跑来兴师问罪的吧？父亲的困惑表现实在神奇，很快就把他们打发了。母亲从库房出来，对父亲说：

"一个男人，不论发生什么事情，都不应该可怜巴巴的，那样太没有出息了。看到你一直哭丧着脸，他们临走时不是撂下一句'瞧他那副熊样'吗？"

母亲的话语里既充满嘲弄，又愤恨难平。

嬷嬷在厨房里说道：

"那帮人太可恶。"

她一边说，一边用衣袖擦眼泪。

父亲"哭丧着脸"，根本不是什么做戏，而是极其自然的内心真实的流露。正是因为这个，那帮流氓的小头目才没有大打出手。其后的几十年间，每遇到什么事情，父亲那副为母亲所惊讶和愤恨难平的表情——那张被一群流氓嘲弄的可怜的面孔，就会浮现在我眼前。

那时，我继续保持去活版所洗澡的习惯。夜间的下町，街灯稀少，阴森可怖。日暮黄昏，我独自一人从蛎壳町回家的路上，每遇到可怕的地方，就一溜烟跑步通过。这样的地方有好几处。在没有行人的黑暗的角落，时常站立或蹲伏着追逐美少年的学仆打扮的汉子。我自从经过那次"将校事件"以来，对于比自己年龄大的男孩子十分警惕。但自从日中战争以后，美少年趣味一下子兴旺起来，什么"nisesan""yokachigo"[1]等萨摩方言，在东京也流行开了。还有，战前，男孩子爱穿绫罗绸缎；战后，或许是倡导质朴刚健的缘故，孩子们普遍爱穿久留米蓝花印染、隐色条纹和平纹的棉布衣服。那些追逐幼小儿童的不良少年，都有自己固定的服饰，即使夜晚，从远处也能分辨出来。可以说他们必定穿一件印有家徽的黑色礼服，连着一根傻乎乎的又粗又长的白色毛织带子，或外面披着一件久留米碎花羽织大褂，羽织带子下端打个小结，从背后绕过来挂在脖子上。他们躲在暗处时，用羽织褂将头蒙得严严实实，以免被人看到脸孔。因为上面攀个带子，黑头巾上的白色毛带子更加显眼。现在想想，他们用那样的打扮，吓唬胆小的孩子倒是挺有意思，似乎没有存心想犯罪的人。我经常被这种不良之徒挡住去路，只得连忙逃往横街，拼出性命，一路奔跑回家。但从未遇到过一个劲儿吹着口哨、发出怪叫、紧追不舍的人。

比起蛎壳町来，渡过铠桥进入南茅场町以后，夜路更加黑暗。外茅场町有许多仓库式的建筑；内茅场町虽说也没有一家像样的店铺，但沿着内茅场町大街，自明德稻荷神社走到右前方五十号，便是东京电力公司的配电所，周围灯火通明，来到

〔1〕皆为萨摩（鹿儿岛）方言，即"美少年""可爱的稚儿"等意思。

这里就放心了。然而，配电所在神社内安装许多电灯；而神社外面，只是在一根电线杆上装一盏特别明亮的灯泡。配电所门前有一条大沟，机器整夜响声隆隆，朝大沟方向喷吐着团团白色的雾气。配电所距离我家还有半条街远，最后还须通过一段可怖的地段。就是从"明德稻荷"一侧转向小巷，离开道路，进入幽深之地。祠堂前边建有一座神乐堂，来到这里总觉得有些阴森之感。这座稻荷神社，每月八日举行庙会，当天于神乐堂演出神乐戏和轻喜剧。欢闹非常，至晚方散。但在平常，白天里静悄悄的，没有什么人前来参拜。祠堂很小，每个月有好几次飘然走来一位全身白衣、跋着独齿木屐、长发披肩的神主般的男子，稍作片刻礼拜就回去了。里头不住一个人。再加上，这座神乐堂地面高耸，因为建筑式样是下面可以穿行。夜间，堂下一派漆黑，我老是嘀咕会不会有可疑的人偷偷爬上楼来？会不会有妖魔鬼怪在祠堂出现？从那里穿过时，闭起双眼，加快脚步。动辄就觉得暗影中有微微响动，社殿深处漂起一团白物，银光闪闪。于是，猛然间脖颈生凉，头皮发麻，由于神经过敏，各种东西悉数出现，全身汗毛直竖。

即使待在家中，日暮之后，依然相当寂寞。普通民众点电灯的人家逐渐多起来，但万事都趋于守旧的我家，直到后来搬到神田之前，都是点油灯。就寝后，父母闺房内只有一盏方角灯。我每到黄昏，就被派去清扫街灯。那种活儿令我十分厌恶，至今都没有忘记。说是油灯，其实那时还很简单，只是用一根又细又扁的棉纱条，作为吸油的灯芯儿，末段点上火就行了。当时还不会制造汽灯。清扫时，首先卸掉外罩，呵一口气，使得挂上一层水雾，然后将棉花用布包成棉花球，穿在竹棒尖端，用这种工具揩拭灯罩内部。灯罩下方一般作酒壶形鼓胀，那部分必须反复擦洗才行。接着，用剪刀尽可能将灯芯断面平平地剪齐，不得出现凹凸。剪了左边剪右边，剪来剪去，不是太多就是太少，费尽九牛二虎之力。灯芯剪不齐，就会出现尖尖的三角火焰，以至于外罩充满油烟而破损。紧接着，将玻璃油壶灌满灯油，用布巾将壶外侧擦干净。我干体力活儿天生笨拙，为了做好这件工作，我的膀子、袖口、膝盖和身上，都沾满了灯油。自打住在浜町时代因油灯闹出乱子以后，我特别小心，操作起来更加费时费力了。

常常是直到半夜父母还不回来，我和精二还有嬷嬷在家留守。或许父母亲在蛎壳町聊天，再不然就是父亲先回库房卧室睡觉，母亲去"钱汤"[1]洗澡了。我要在这里就前面遗漏的事情补充一些。从前在下町，大多数都爱洗钱汤，不是富裕家庭，自宅里没有浴场。我所有的亲族中，只是活版所一家有，像"伞屋"也算是米屋町一流人家，伯父全家以及店里的伙计们，全都洗钱汤。——一般不叫"钱汤"，而叫"汤屋"。在我们家里，每天早晨父亲总是喜欢先喝上一碗酒再去洗澡。所以，他一大早就去钱汤了。母亲自打搬来五十六号，专门去"汤屋"洗澡，只有我依然去活版所借光。汤屋就在代官屋敷附近，但母亲每次总是夜里十点钟才去。这是因为，夫妇面对面吃晚饭的时间太长的缘故。父亲只要喝上一杯酒，心情就会特别好，闭着眼睛，伸展着上半身，喉咙眼里"咕嘟"一声

幼少时代

响。听说父亲每次出席艺妓酒宴，一定点唱《都都逸》[1]。比起久右卫门小舅的"义太夫"，我以为还是父亲的《都都逸》和《端歌》[2]的艺术性高。当然，父亲在这方面只是个一知半解的业余爱好者，会背的句子也不多，一旦醉了，脱口而出的必然是《散髪》和《暗恋之路》。一旦无话可说，不论是义太夫、清元、常盘津、长葛[3]，或者别的什么，就东拉西扯随口哼几句。我在近旁一边听，一边巴望自己尽快长大，也能像大人一样哼唱那些歌谣。父亲一旦声音太大，母亲就困窘地说：

"孩子爸，别唱了，邻居们都听到啦。"

母亲所说的邻居，指的就是住在后面的消防队员一家。父亲坐在茶之间里，后窗是敞开的。越过对面的板壁，两家只隔一道三尺宽的小巷。说起来，那家里经常聚合着许多年轻人，声音高亢地学唱运木号子。

父亲尽情唱了一阵子之后，咕噜躺下了。转眼间打起呼噜来。

"孩子爸，要感冒的呀。睡在那个地方，可真是……"

母亲为父亲盖上棉袍，最后又拽手又拉腿地把父亲抱起，

〔1〕宽政（1789—1801）末期至文化初期（1804—1818），以《潮来小调》《yosiko小调》为母题而形成的俚俗乐曲。天保末期（1830—1844），经江户人都都逸坊扇歌在书场讲唱而流行。运用其七、七、七、五共二十六字，表达男女相爱之情。

〔2〕用三味线伴奏的通俗歌曲。

〔3〕皆为当时各种音乐流派。

使出浑身力气，好不容易将父亲拖进库房卧室。母亲把父亲安置妥帖之后，就到代官屋敷洗钱汤。有时候，嬷嬷也跟着一起去。

"润儿，你先进被窝里睡吧，可不要睡得太沉了。"

母亲说罢就走了。嬷嬷尽快洗完澡一个人先回来，可母亲洗的时间很长，非得一个小时以上不回来。我一次次盼母速归，天花板的油灯依然点燃着，但心里不踏实，很难睡着觉。夜渐深了，那座配电所的机器声越来越近，远雷一般彻夜轰鸣。

"啊，妈妈到哪里去了？怎么洗那么长时间还不回来呢？"

我眼望着弯弯的小巷，细心倾听木屐的音响。行人几乎绝迹了，偶尔有一两个人，从内茅场町方向或外茅场町方向穿过。咔啦咔啦，咯唠咯唠，响起一阵清晰的木屐声。我热心地一一数点着，留意着。不一会儿，远方开始断断续续地传来幽微的脚步声，实际上那是等待已久的母亲的木屐响声。不管距离多么遥远，孩子总能分辨出那一定是慈母的足音。

"润儿，你怎么还没睡？"

母亲回来，瞧一瞧被窝中还在睁着眼的我。站立在灯下的母亲的容颜，仿佛刚用糠袋打磨了一个小时，两腮闪现着灼灼红光。

夜间，我很少上厕所。实在憋不住了，只得爬起来，战战兢兢去一趟。厕所位于自茶之间经过库房客厅的走廊的尽头，只有库房深处父母枕边的方角灯，透过障子门朦胧地漏泄到廊缘上来。其他地方一片漆黑。我放完尿在水盆里洗手的时候，更感到可怖。为什么呢？因为那个时代，室内还没有洗涤设备，要洗手得先把水倒入院子里的洗手盆里。不论哪个家庭，廊缘边的挡雨窗下都有小小的便门，打开小门伸出勺子就能舀到水。突然，庭院中的浓暗一股脑儿涌入眼眶，此时我的恐怖，较之盗贼侵入，令我更加担心的是，会不会跑出个妖怪？会不会出现狐狸精？那时候，我经常从祖母和母亲那里听说，深川的小名木川扇桥桥畔，始终有狐狸精出来作祟。我最害怕听人讲狐狸扮秃头和尚的故事。还有，有人谈起"狐狸鼓腹"的故事，说："瞧，那就是呀。"就听到远方响起嘭嘭嘭敲鼓的声音。这样的事我亲身经历过两三次。因此，我对狐狸精骗人的这种事儿，既相信又怀疑，而且很害怕。

有一次，深更半夜，母亲慌慌张张从厕所出来，一遍一遍呼喊父亲。我也被母亲的叫声惊醒了，迷迷糊糊听到父母在廊缘边窃窃私语。母亲似乎告诉父亲，她刚要进入厕所时，一个形迹可疑的人，从下面爬上来，母亲吓了一跳，立即跑出来了。父亲到厕所查看，那人影已经消失了。母亲还对父亲讲述着什么，说那人突然从下面伸出手来。母亲谈到关键之处，为了不让我们听到，特意压低了嗓音。总之，出现一个奇怪的黑影，由于母亲一阵嚷嚷，那黑影很快逃走了。从说话的口气上听得出，那人不同一般的小偷小摸。不一会儿，父母重回闺房，一切又归于寂静。我也满心疑惑地入睡了。

第二天，我放学回家，立即又想起昨天夜里的事，我问精二：

"昨晚你听到什么了吗？"

精二默默地从书包里掏出石板，用石笔迅速画一张图给我看，然后又马上擦掉。画的是厕所里伸出一只手来，五根指头给我留下了深刻的印象。尽管如此，为何那地方出现一只手，又忽然消失了呢？我实在很难理解。不过现在想想，那似乎是个变态的男人所为。而且，第二天早晨，精二也会把事情的大体经过讲给嬷嬷听的。

　　我写到这里，就很明白了，这件事肯定发生在精二上小学二年级以后，当时我至少十一二岁了。

偕乐园

下边，我想集中写一写将来同我具有最深关系的偕乐园笹沼源之助氏的交谊。

看到角川书店发行的《昭和文学全集》中插入我的文集中的月报上，登载了笹沼（以下敬称一律省略）的《谈谈我的朋友谷崎》，他写道：

> 我至今依旧记得我第一次见到谷崎时的感觉。……那是进入小学一年级的第一天或第二天，谷崎在石板上画了一幅武士像。……谷崎8岁，我7岁。
>
> ……他擦掉以后，又画了一幅小姐像。谷崎很喜欢画武士像和小姐像。

可不是吗，经他一说，我想起来了，我经常在课余时间，坐在教室里的课桌前，在石板上画武士像。不记得画小姐像了，不过，既然笹沼记得这事，就说明我也喜欢画小姐像。不久，日中战争发生后，我专对战争画感兴趣，尤其注意军舰的种类和军服的军阶，我对这一点画得特别仔细。

其实，我和笹沼在同一座屋子里并桌而坐，打从进入阪本小学一两年前就开始了，那还是在灵岸岛小岸幼儿园的时候。当时互不相识，后来熟悉了，谈起这事才知道，两人同时进入同一所幼儿园。笹沼说他是在进入小学一年级当天或第二天认识我的，遗憾的是，在那个很早的时代，我还没有准确的记忆。关于笹沼，我能回想起来的最早的记忆，是有一天，野川先生不知是缺席还是怎的，由体育老师黑田先生代他上课。黑田先生走进教室，对全班学生扫了一眼，说道：

"你过来一下。"

先生第一个指着笹沼，叫他站到讲台旁边来。

接着，先生又指着我：

"你。"

先生把我叫出来，同笹沼站在一起。然后，黑田先生自己也走下讲台，叫笹沼脱掉身上的羽织褂，又叫我也脱掉身上的羽织褂，先生两手各拿一件羽织褂，高高举到大家眼前，说道：

"同学们，我手里拿的是笹沼的羽织和谷崎的羽织，你们看仔细了，拿在手里这么一试，笹沼的羽织很轻，谷崎的羽织很重。轻的是绸子做的，价钱贵；重的是棉布做的，价钱便宜。但要说结实，还是棉布的结实。所以我劝大家要穿稍重一点的棉质衣服。回家告诉你们的母亲，就说是老师说的。"

黑田先生说罢，将羽织还给我俩，叫我们回到座位上去。

我穿棉质衣服，前面已经说过，是在日中战争开始之后。

看来，黑田先生以我俩的羽织裙做例子训诫学生，大约是在二三年级的时候。或许当时多数孩子已经穿棉质衣服了，穿绸子的人肯定很少。笹沼是饭铺老板的独生子，平素衣着自然华美，先生一眼就看到了。然而，我自己尽管被表扬，但当我从黑田先生手里接回羽织裙时，蓦然间热泪盈眶。这是我未曾预料的泪水。我到底因何而悲泣？我感到我受到一次突然袭击。一二年前，我一直生长于富裕家庭之中，如今却沦为贫家子弟。自己之所以穿棉质衣服，固然因时代的流行所致，但即便不这样，绸缎衣服再也难以上身了。抚今追昔，悲从中来。这不是很自然的事吗？但话又说回来，一心巴望再次重返往日娇生惯养的时代，这念头一直潜隐于心灵一隅，于预想不到之时，遂化作一汪清泪，汹澜而出。难道不正是如此吗？那天回到家里，我跟母亲说了这事，母亲对黑田先生满怀抱怨，她说：

"当着那么多学生的面，专门挑你同笹沼比穿戴，这也太过分啦。"

没想到，因为有这件事，我同笹沼成了一对好朋友。自那以后，我时常到他家里玩。当时，笹沼的家名叫"偕乐园"，是东京市内独此一家的中国料理名店。饭店位于日本桥区龟岛町一丁目二十九号，地藏桥桥角的二轩目。不过，由龟岛川流经桥下的阴沟，后来变成暗渠，地藏桥被掩埋，位于角落的桥爪医院也没有了。不久，偕乐园进入这一角落。这事还是留在以后再谈吧。这座偕乐园，自打笹沼的父亲笹沼源吾氏于明治十七年作为园主以来，六十年间，一直持续繁荣发展；第二次世界大战期间，至昭和十九年三月，东京都下属各料理店受命临时关闭之际，被迫停业直到今日。虽说记得这个店名的人很多，但对于我来说，更是因缘很深的一家商店。我在这里稍稍记述一下它的由来。

春阳堂发行的石井研堂所著《明治事物起源》，翻开此书饮食部分，有一项写着《东京市内中国料理店》，明治十六年十月三十日《开花新闻》登载了许多报道：

"将于日本桥龟岛町建设高楼，开设中国料理店，取名为偕乐园。目下正计划中。投入资金三万元，以股票组织为来由。虽然不像国姓爷三段目[1]的台词那般出名，但猪汁料理、羊形年糕和鼠型天麸罗等，都可以管饱你。"

"这家是都下唯一的中国料理店""直到大正四五年之前，都下的中国料理只不过寥寥数家，自十一年时候起，虽然很小，但各区都有好几家"，等等。

关于偕乐园，《日本桥区史》中的记述几乎与此相同。据笹沼所说，明治十六年间，原长崎的通辞[2]阳其二、柳谷谦太郎，日本桥"翁堂"果子铺的下村某等，主要由长崎出身的人作为发起人，涩泽荣一、大仓喜八郎、浅野宗一郎等等为股东，最初以会员组织而成立。而且，笹沼的父亲源吾氏，被委任为经理而开展业务。至翌年十七年，子承父业为园主，广泛地对一般顾客开放。他还说，创业时期，经营方面十分艰难，

〔1〕古典戏曲《国姓爷合战》（取材于郑成功反清复明的故事）中的三段目（第三幕）乃全剧高潮，最有名。

〔2〕亦称"通事"。江户时代世袭公职翻译官，主要担当日本同南蛮（荷兰）贸易的葡萄牙语翻译工作。

笹沼的母亲曾暗暗去当铺当东西。我和笹沼相识的时候,开业以来好不容易经过十年岁月,终于迎来了家运日隆的时代。

当时去笹沼家,应从代官屋敷大街拐向地藏桥大街,再向前走两三条街,就有一股浓郁的中国饭菜的香味袭来。那时的东京街头很少闻到这样的香味。那种异国风的、令人馋涎欲滴的甜香,强烈地刺激着少年的食欲。我对每天都能吃到这种饭菜的笹沼的境况简直羡慕极了。笹沼的全身,不管是手还是衣服,都浸透着中国料理的醇香,来到学校,也是浑身散发着这种香味。还有,偕乐园的厨师们,一旦去洲崎逛窑子,立即卷铺盖走人。我们在学校吃午饭、开运动会或出外远足的时候,我总是同笹沼换菜吃。笹沼的盒饭时常装着猪肉丸子、糖醋排骨、炒黄芽菜、油炸鱼等。笹沼吃厌了这类东西,喜欢吃我带的咸鲑鱼、煮蒟蒻。所以,每逢开运动会的日子,我就期待着笹沼分给我一些好菜吃。

偕乐园当时作为都下一家闻名的菜馆之所以繁荣昌盛,原因种种;但首先归功于笹沼的母亲笹沼东。世界上往往有一些有德之人,其真正价值尚未被人们所承认,笹沼的母亲就是其中之一。她不是世上常见的那种头脑敏锐、巧于周旋、八面玲珑的现代型女子。她身体肥硕,唯有这一点像老板娘,一口明显的野州[1]方言,直到现在,没有彻底摆脱乡巴佬的风情。不过,除了温顺之外,说不出有什么特殊的能耐,对职工们从来没有骂过谁一句。她每天坐在账房内的长火钵旁,手执

[1]栃木县古称。

长烟管，只顾及着吸烟。但就是这样，许多人来到她跟前，自然低下头来。一眼看去，从她满怀真诚的风貌上可以看出，这是一位充满慈爱、见不得别人的不幸的女子。她的表情富有感化力，任何一个恶人都不会对她拔刀相向。笹沼源吾氏着手经营偕乐园之前，从事各种事业均告失败，尝尽人间辛酸，40岁时，曾经打算从千住大桥上跳河寻死。不想比及晚年，到了最后时来运转。这一切全都仰仗着笹沼的母亲，这位女菩萨的阴德。

偕乐园生意兴旺的一个理由，在于无与伦比的中国菜肴很合乎东京人的胃口。当然，经过长崎人一番筹措改造，比起纯粹的中华料理，更接近卓袱料理[1]，可以说是一种经过折中的菜系。餐厅没有什么不同，依然是日本式餐厅，中央是长崎制造的红色圆桌，食客围坐在布垫上进餐。打从作为纯粹的中华菜肴流行起来之后，偕乐园亦为时势所迫，开始聘用中国厨师，增设中国风格的餐厅，制作真正的中国菜肴。懂得历史的人依旧怀念以前的折中菜肴——卓袱料理，总是希望围坐在榻榻米上用餐。

明治年间，时常有霍乱蔓延。最厉害的时候，甚至难于处理尸体。每当这种恶疾流行，市内日本料理店门客人大减，而偕乐园一家生意兴隆。还有，因为不同于日本料理店，没有邀请艺妓助兴的规制，有时反而成为一大长处。当时，适合于

幼少时代

[1] 以中国菜为本，综合和、洋、中三种风味，经过改造使之更适合当地习惯的长崎乡土料理。

政党集会、足可容纳两三百人的大型会场很少，每年议会选举时节，各种政客连续不断地在偕乐园楼上举办宴会。偕乐园由于不请艺妓，自然挑选貌美女子作女侍。有的完全可以同芝公园的红叶馆相比，成为最受欢迎的人物。正因为如此，世上谣诼四起，风传偕乐园某女侍与某位高官同床共枕。这只不过是毫无根据的传言罢了，这一点我比谁都清楚。不过，现在想想，有几个相貌出众的女侍倒也能回忆起来。其中，女侍长阿系颇为有名。她是纯粹的日本桥姐儿，最爱读红叶山人[1]的著作。听说是龟岛町当铺的女儿，不仅是清方笔下那样楚楚动人的美人，而且又是一位才女。笹沼的母亲既是一位德高望重的女子，也需要像阿系这般泼辣能干的女侍中的帮手。两人联手，管理下人，无所不至。经营一方，巧于应对。然而，阿系也有些艳闻相传，说她同当时的警视总监某氏关系不正常啦，在笹沼家里和笹沼的远亲某氏偷情啦，等等。这类事情也不是没有。

　　长期以来，家里雇用过各种各样的女侍，多数人勤勤恳恳，各善其身。尚未听说有人终生误己，做了"二号夫人"的。我曾奉为"园中第一"称号的女子等，逐渐过上了安闲的日子，嫁给一位很有本事的职员，至今依然过着平静的生活。坦白地说，我前后也有过一两个可以结为伴侣的女子，前一位还是在母亲活着的时候，我在第二次《新思潮》杂志发表《麒

　　[1]尾崎红叶（1867—1903），小说家。东京人。砚友社文学创始者。作品有《金色夜叉》《多情多恨》等。

麟》和《帮闲》的时代。因为笹沼也很赞成，有一天我陪母亲去偕乐园，若无其事地看到了那女子的姿容，并且通过笹沼向她求婚，被她随口婉拒了。第二个女子，是在我同第一任妻子分手不久及早就看上了的一位。当时从阪急沿线的冈本家里去北陆旅行，途经东京，见到如今的笹沼夫人说了这件事，没想到那女子回答说她前些日子刚刚嫁了人。夫人也不是不了解我的心思，为何不预先替我知会一声呢？我非常失望，怅恨不已。抑或夫人对我素来的行为完全失去信赖，担心我会给那女子带来不幸，心中早就有所裁断吧。

曾经有传闻说，先前那位嫌弃我的女子，出嫁后不久又离婚，如今孑然一身，独自住在东京郊外。想必她也六十多岁了，我打心里祝愿她余生幸福。

源君

偕乐园公子笹沼，是笹沼源吾氏和笹沼东夫人的独生子，名字叫源之助。他后来进入锦系堀的府立第三中学，胖得像头猪，同学们都喊他"豚豚"，诨号"哼哼君"。小学时的朋友，最后甚至连他的夫人，都叫他"哼哼君"。但阪本小学时代，一直是"源哥儿"。我眼下在文章里称他"偕乐园的哥儿"，事实上也确实是哥儿，但正如前面所记述的，当时下町的家庭，一般不希望孩子被称为"哥儿"，所以偕乐园的职员都管他叫"源君"。同一般人家不一样的是，即便源君本人，喊起职员们的姓名来，也不直呼其名，对女侍和厨师均按性别加上尊称。因为是饭馆，自然应该如此，但我听到源君将女侍长阿系也加上尊称，最初总有一些异样的感觉。

小学的成绩，一般来说，我第一，源君第二。（后来有个时期，出现两位比我优秀的孩子，我降为第三名，源君是第四名。）源君虽然平均分数不如我高，但有些科目十分突出，令大人瞠目而视。他的长处是善于推理，算术满分，但作文不太好，文科中只有语法解读是他的强项。

关于源君的推理能力，有两三次曾使我不得不佩服。那是几年级来着？有一天，我们两三个同学在他家聚会，不知是《少年世界》还是什么儿童杂志，打开一看，其中刊登着一个谜语般的问题。——义经和弁庆来到安宅关口附近，一个女孩子驮着一个幼儿玩耍。弁庆走近那个女孩子跟前，问：

"你有几个兄弟姐妹？"

那个女孩子回答：

"父子五人，母子五人，一共八人。"

弁庆不解，而义经立即明白了。

道理在哪里呢？

"这有什么难的？"

源君当场回答。

我们都闹不明白。

"就是说，女孩子的母亲生了三个孩子。"源君解释说，"父亲一方有三个孩子，母亲带着三个子女嫁过来，同父亲又生了两个孩子。因此，孩子一共八个，父亲的孩子五个，母亲的孩子五个。"

源君说明之后，我们还是想了半天才明白过来。

还有一件事，某家杂志上登载一首俳句：

采蘑菇，鼻子尖儿歌留多[1]。

我们看了，想来想去，不知这首俳句是什么意思。

"可能是这样的。"源君说，"抢纸牌时，你会用手摁住鼻尖儿底下那张纸牌，嘴里叨咕着：'啊，在这儿，在这儿。'采蘑菇也像抢纸牌，发现眼前生长的蘑菇，就喊道：'啊，在这儿，在这儿。'立即采下来。这和玩纸牌十分相似，所以说'鼻子尖儿歌留多。'"

当时，我们都被源君敏捷的思维惊呆了。本来，源君的文学才能有些欠缺，但这种场合，他的理解力很说明问题。

还有一件事，这不关系理解力的问题。

一般都是我去偕乐园玩，偶尔源君也来找我玩。我家很小，源君不进来，他站在边门旁大声喊：

"润君！"

于是，我就跟母亲说：

"我到源君家去玩。"

母亲怕我常去打扰偕乐园，心里很是过意不去。

"真是没法子呀，老是给源君家里添麻烦。要不，早晚请源君来一趟咱家，一杯茶都管不起，实在太不像话啦。家里本来就这副样子，连个待客的地方都没有。"

当时，母亲经常这么说。有一天，源君来约我玩，他站在

[1]新年游戏等使用的纸牌，每张印有短歌或俳句，排列地面，两人对坐，以最先取出被读到的一枚为胜。

外头喊道：

"润君！"

母亲听到喊声，对我说：

"你今天请源君进家里来，就说妈妈想见见他。"

母亲亲自来到便门边迎接，源君一个劲儿谢绝，母亲硬是将他请到茶之间，拿出座垫。

"哎呀，源君，这里很冷，实在对不起。润儿一次次去打扰你们，听说还给他好东西吃。这孩子从来不知道客气。请源君回去替我问候你家里人。改天我到你们家里表示感谢。"

母亲端出不知是三桥堂还是哪里制造的点心，沏上一杯茶，同源君谈了好一阵子。使我感到异样的是，源君对母亲说出话来，全然一副成年人使用的词语。要是闭上眼睛倾听源君和母亲聊天，谁也不会觉察这是一名普通小学校的学生，和一位上了年纪的老板娘在闲聊呢。不论谁，都会以为是两个大人在谈天说地，大摆山海经哩。

源君完全把我抛在一边，仿佛抱着"小孩子别理他"的态度，抓住母亲大讲偕乐园菜肴的食材的采购方法，营业方针。母亲问什么，他回答什么，毫不迟疑。要说应对之灵活巧妙，实在出人意表。我第一次看到源君如此早熟，宛若遇到一位与平时的源君不同的源君。

"源君真了不得呀！"

过后，母亲对他也是啧啧称赞。

本来嘛，开饭馆家的孩子，及早就从女侍、厨师那里吸取各种智慧，通达下情，更何况，源君年少老成，具有一般小学生所没有的各方面的社会知识，用以教导我们。例如，婴儿是

从哪里生下来的，似乎就是二年级时源君告诉我的。我开始
听到这件事时有些意外，因为当初我不太相信任何一个人。这
也难怪，那个时代，一般不进行性教育，年长的姑娘家，不少
人都缺乏这方面的知识。所以我对源君的话半信半疑，那也是
当然的事。这里顺便说说，有件事我母亲时常当笑话讲，说她
一位女性朋友生第一胎时告诉别人，"这是从一个想不到的地
方出来的"。还有一桩更可笑的事，说起来笹沼家的源君十二
年十一月，他23岁时，迎娶17岁的娇美娘——当今的喜代子夫
人。那位喜代姐儿（我们对她的称呼）婚后第三年喜产长女。
直到产前一星期，她始终认为婴儿是用刀划开肚子掏出来的。
按喜代姐儿的说法，分娩时，裁缝神仙出现。裁神先划开肚
子，取出婴儿；接着，缝神将肚皮缝起来。

"是的呀，谷崎君，你什么都不知道啊。"

喜代姐儿说这话时一脸认真，或许出嫁前有人这样告诉她
的吧？

"别开玩笑啦，喜代姐儿，您也相信？"

"啊呀，这不是笑话，谷崎君。生小孩时，裁缝神仙确实
会来的啊！"

"算啦，别说啦，还提这类荒唐的事儿。"

笹沼笑着斥骂喜代姐儿。我倒认为，她不是讲笑话，她也
许是真的这么想的。我有这样的感觉。过后我问笹沼：

"喂，你看她那样子，喜代姐儿真的不知道吗？"

"你听她胡说……"

"不，那倒不是，听她口气是认真的，所以才问你。"

当晚，笹沼将"裁缝神仙"的事对阿系说了，他想不动声

色验证一下，他的新娘子是否真有这种想法。事实证明没出我的意料。由此看来，喜代姐儿一旦从那"想不到的地方"出来个孩子，想必吓一跳吧。因此，在我看来，这是对少年时代为我实行性教育的笹沼源君报了一箭之仇。

源君的性教育次第发展，我们之间玩起了"万宝筐游戏"。

那时候，偕乐园有一座中国风格的老屋，后来废掉作为储藏室，变成了面积相当广阔的房子。不过，那里后来改建为日式客厅了。在我们幼少年时代，那里是个广阔的空间，中国菜肴使用的鱼翅、海参等干货都储藏在这里，满屋子散发着海产物的气味儿。地板房间不铺榻榻米，到处堆放着大型宴会使用的长方形桌子以及往昔中国室内用的大型餐桌。我们在源君的纵容下，经常到这座储藏室里做各种各样的游戏。我们将几张桌子并在一起当舞台，在上面演戏；我们学打仗，互相发射焰火。有一天，不知谁想出的点子，学习逛窑子。

所谓万宝筐，当时一般的家庭都有一两个，是草草编造的带有提梁的长方形大竹筐，遇到火灾，身边的所有东西都可以装在里边，立即带走。所以，这种竹筐总是放在显眼之处，以备万一。在偕乐园当时的库房餐桌上，并排放着两只这种古时候的万宝筐。我们立即将这种万宝筐当作花魁屋，三四个人轮番，一人为客，一人作女，在竹筐里并枕而卧。我和源君一连好多次既当花魁，又当客人。两人只是面对面在筐里躺一会儿，此外什么事也没干，然后再换另外两个人。剩下的人只是在下边仰望着竹筐嘻嘻发笑。这种万宝筐游戏，大概来自源君从厨师那里听到的洲崎一带妓馆的故事。我们对这种游戏很感兴趣，天天争当花魁，并将这类游戏称作"万宝筐"。

"怎么样，今天还玩万宝筐吧。"

大家都这么说。

当时的小学生比起今天，是多么悠然自得、天真无邪啊！我用下面这件事作为例子，未必是徒劳无益的吧。

一天，源君和我坐在教室的角落里小声谈论着万宝筐和花魁的事，旁边的同学们都看着我们一边低语，一边窃笑。这时，在黑板上写字的野川先生从讲坛上回过头来，问道：

"怎么了，你们都在吵吵些什么呀？"

于是，一个爱开玩笑的同学回答说：

"老师，笹沼和谷崎都是小色鬼。"

全班同学哄堂大笑。

"唔，笹沼和谷崎是小色鬼？"

野川先生也笑了。

"嗯，是的。他们俩最近每天都在谈情说爱。"

"嘿嘿，是吗，好啦，那就这么写吧。"

老师说罢，拿起粉笔在黑板上写着：

"笹沼、谷崎、助倍[1]。"

同学们又是一次哄堂大笑。

我对当时野川先生将"助平"的"平"字，写成"倍"字，至今都记得十分清楚。要是在今天，小学老师在黑板上写下这样的词儿，首先挨骂的不是学生，而是先生。

自那以来，源君和我完全被当作小色鬼了。有一次，黑田

[1]"助倍"和"小色鬼"的原文"助平"发音相同。

先生悬起一幅足利义满的肖像画给我们讲历史，先生指着义满的像说：

"这人眼角向下，看来是色鬼。"

同学们再度看着源君和我发笑。最后，有人告诉黑田先生：

"他们俩就是小色鬼。"

野川先生对"色鬼事件"并不多所指责，但在其他方面曾训斥过我们。

那时，野川先生居住在麹町、隼町参谋本部后方顶头小巷子深处。源君和我曾经有两三次，利用星期日邀约代官屋敷与力家的儿子胁田去过先生家。可想而知，小孩子当时从日本桥徒步走到隼町，回来时一旦出了先生的家，总是想到哪里买点东西吃。如果源君不和我们在一起，没有人敢掀开暖帘跨进饭馆的门。一旦有源君带头进入，胁田和我就会战战兢兢鱼贯而入。最初有那么一两次，从隼町走到麸町大街的一个角落，有一家荞麦面馆，因而就进去了。渐渐的胆子大了，到最后，似乎把这里也当作麹町了，登上了天麸罗馆子的二楼，大吃起天麸罗来了。胁田家的儿子正因为门第显贵，回家后将这事告诉母亲，挨了一顿斥骂。几天之后，我们三个被野川先生叫到面前，说道：

"你们都是普通小学校的学生，可以叫父母带你们去。三个小孩子一起下荞麦面馆，上天麸罗楼上，这怎么行呢？今后一定要改掉这个习惯。"

先生是怎么知道这些事的呢？因为地点就在先生的家附近，说不定有人向先生打小报告，或者我们在作文里早就写到过吧。这些都想不起来了。

顺便再说一件事。

前面提到过，南茅场町药师境内有些叫卖面人儿和糖人儿的小摊子。一天，源君说要给我看一件有趣的东西。

"润君，来，看看这件好东西。"

源君把我拉到捏糖人儿的摊子前边。

"捏糖人儿的叔叔，给我们看看好吗？"

源君怕周围的孩子听到，小声地说。

捏糖人儿的叔叔，一声不响地斜睨着源君的脸，装出一本正经的表情，趁周围没有别的孩子注意，悄悄地从摊子底下拿出一只大贝壳来。

"哎，小哥哥，快看吧，等会儿就糟啦，只有这个了。"

捏糖人儿的叔叔倏忽打开贝壳给我们瞧一下，又立即盖上了。虽然只是一瞬间，但确确实实看到一对男女糖人儿紧抱在一起。

这么写，也许有人认为源君和我都是不折不扣的不良少年。但绝非如此。为了我们的名誉，必须向大家说明这一点。万宝筐游戏，也只是出于小孩子的好奇心罢了，至于偕乐园的厨师们为什么跑到洲崎买花魁，对于他们真正的意图全然不知。城市的孩子们智慧早熟，似乎对男女关系很了解，但实行起来，反而是乡下的孩子更早。说实在的，不论源君还是我，知道女人是在20岁之后。

看似脾气倔强、心性高傲的源君，有时候，忽然变作一副不脱稚气的少年老成、端庄持重的姿态。

学校有位池田先生，对学生要求严格，嘴里嚷嚷不停，是同学们最害怕的一位老师。这位先生，不知是何种原因，曾经替野川先生代过课。一听说是池田先生，教室内立即安静下来，连声咳嗽都听不到。全班鸦雀无声。如此憋闷之中，突然，源君"哇"地一声大哭起来。

"笹沼，你怎么啦？"

经池田先生一问，"哇——哇——"，他哭得更厉害了。

源君悲啼不止。他一边莫名其妙地号啕大哭，一边抱着书包从桌边站了起来。只见从书包里滴滴答答，一个劲儿往外流水。

"哇——哇——，我尿啦！"

因为最害怕的老师来上课，源君强忍一泡尿不敢出声，最后实在憋不住，尿了满满一书包。

"傻瓜，快回家换衣服去！"

源君一只手兜着衣襟，一只手小心翼翼地抱着书包，不让包中之物漏下来，哭喊着出去了。

平素能说会道的源君，竟然也有如此失态的时候，想想简直太滑稽了。我们大家全都笑趴下了。

神乐和闹剧

如今，东京市内神社中保有神乐堂者，几乎没有了，甚至祭祀与庙会之日演奏神乐的活动也消泯了。当然，给今天的孩子看那时候的神乐，他们会感到尽是平淡无奇、枯燥无味的东西。然而，对于现在的我来说，巴不得再一次去人形町或茅场町，趁春日昼长、心境悠然之时，陶醉于神乐剧的气氛之中，观看那戴着妖魔鬼怪的面具、和着笛音与鼓声，翩然跳跃的素朴的舞蹈。

在没有电影和拉洋片的往昔，孩子们除了观赏神乐，再也没有可以娱目的东西了。我家附近，有同属一个町的明德稻荷，龟岛町的纯子稻荷、蛎壳町的银杏八幡，以及人形町的水天宫等，每个月分别演奏一次神乐。现在还记得的神乐堂最常见的剧目有：戴着女面具、穿着古时的女装，摇着铃铛跳舞；或者戴着妖魔鬼怪的面具跳舞；或者，如《石桥》中的狮子，顶着一头散乱的白发，戴着狐狸面具，身着金襕衣裳，套着高胯裤子跳舞；有的狐面上缠绕着妖魔鬼怪，做出各种动作，最后化作狐狸，极尽滑稽之能事；或者蓝鬼红鬼出现，威胁妖魔鬼怪……此外虽然还有好多，但这些种类最为多见。本来一般不说台词，只是随着竹笛、锣鼓的喧阗咚锵之音，跳舞做动作而已。因为孩子不喜欢这些，有时候也说几句台词。蓝鬼红鬼威吓人时，一般都说台词，蒙鬼面，声音嗡嗡，阴森可怕，听起来更像鬼魅的言语。

然而，这种幼稚而富于古雅趣味的大众化的神乐，今天回味起来也难以割舍。但在这里，我要特别写一写的是，每年五月五日，水天宫神乐堂举办的七十五座神乐。

普通的神乐称为二十五座，此种七十五座的神乐，尽我所知道的，仅限于一年一度在水天宫演出。这种神乐完全不同于其他神乐，而是一种程度很高、具有古代戏剧的丰富内容的艺术。勉强地说，和起京都壬生寺的壬生狂言没有什么不同。不过，这么说还是大不一样。那就是，一个是地道的狂言，一个是地道的神乐。壬生狂言的题材，来自德川时代的庶民阶层，七十五座的大部分，皆属于《古事记》和《日本书纪》时代有根有据的历史故事。

过去我所看过的剧目中，取材于最古老时代者，以往有青木繁绘制的《海幸》的传说——《日本书纪》卷第二神代之下，海宫游幸之处的火酢芹命及其弟彦火火出见尊（《古事记》神代十五卷所述的火照命和火远理命）的故事。

哥哥火酢芹命获得海幸后称为海幸彦，弟弟彦火火出见尊获得山幸后，称为山幸彦。然而，哥哥每遭风吹雨打则失其利，不得获物；而弟弟每遇风雨所阻，则不失其利，可得获物。故兄对弟曰："吾与汝交换立场试试看吧。"弟弟答应了，哥哥随即手持弟弟的弓箭进山狩猎，弟弟也拿起哥哥的鱼钩入海钓鱼。而皆未能获物，空手而归。哥哥将弓矢还给弟弟，欲索回自己的鱼钩；而弟弟说鱼钩掉到海里了，申述缘由以求赦免，但哥哥不依不饶，一定要他物归原主。弟弟只好将自己的十拳剑打碎，重新铸造数千只鱼钩偿还。但哥哥怒而不受，一定要弟弟归还原来的那只鱼钩。弟弟来到海边，徘徊于波高浪险之畔，垂头丧气，愁闷不止。突然，他看到一只河雁被水网缠绕，痛苦挣扎，随起怜悯之心，解其缚放归大海。不久，一位名叫盐土老翁的人走来，制作一艘无目坚间小船，载彦火火出见尊，推入远海。船自然潜入海底，经可怜御路，沿路走去，抵达海神之宫。此时，海神亲自出迎，引入宫中，铺设八层海驴皮，请坐于其上，设百桌筵席为他接风。[1]

尊将哥哥如何为难他的经过向海神讲述一遍，海神新筑宫

[1] 参见《日本书纪·神代下第十段》：

兄火兰降命，自有海幸（幸，此云左知），弟彦火火出见尊，自有山幸。始兄弟二人相谓曰："试欲易幸。"遂相易之，各不得其利，兄悔之，乃还弟弓箭而乞己钓钩，弟时既失兄钩，无由访觅，故别作新钩与兄。兄不肯受而责其故钩，弟患之，即以其横刀，锻作新钩，盛一箕而与之。兄忿之曰："非我故钩，虽多不取。"益复急责。故彦火火出见尊，忧苦甚深，行吟海畔。时逢盐土老翁，老翁问曰："何故在此愁乎？"对以事之本末，老翁曰："勿复忧。吾当为汝计之。"乃作无目笼，内彦火火出见尊于笼中，沈之于海。……是时，弟往海滨，低徊愁吟。时有川雁、婴蹯困厄。即起怜心，解而放去。须臾有盐土老翁来，乃作无目坚间小船，载火火出见尊，推放于海中。则自然沈去，忽有可怜御路，故寻路而往，自至海神之宫。是时，海神自迎延入，乃铺设海驴皮八重，使坐其上，兼设馔百机，以尽主人之礼，因从容问曰："天神之孙，何以辱临乎？"一云："顷吾儿来语曰：'天孙忧居海滨，未审虚实。'盖有之乎。"彦火火出见尊，具申事之本末，因留息焉。海神则以其子丰玉姬妻之。遂缠绵笃爱，已经三年。

殿为其住居，并将爱女丰玉公主许他为妻。尊与公主日夕绸
缪，互敬互爱，倏忽三年。眼下到了尊应返回陆地的时候了。
于是海神召集海内全体大小鱼虾，进行调查，果然从一条鲷鱼
的咽喉里找出来尊所丢失的火酢芹命的那只鱼钩。海神将鱼钩
还给尊，并嘱咐他："你上路返回故乡，见到尊兄，即口念大
钩、跟跄钩、贫钩、痴呆钩，将这只鱼钩反手投给他。"又将
潮满琼和潮涸琼两件宝贝赠与他，说道："尊兄如作洼田，君
则起高地。"遂邀集诸鳄鱼前来，说道："眼下天神之孙将回
陆地，途中颇费时日，你们有谁可以送他上陆地之世界？"话
音刚落，一条鳄鱼出来："我一日之内即可送到。"尊随即乘
鳄鱼而返。哥哥向他索要鱼钩，愈益凶狠，欲迫害其弟。弟弟
此时奉海神之教，兄每当对他施暴之时，则取出潮满琼。此
时，忽而潮水奔涌，哥哥为潮水几近溺死，大呼曰："救命，
是我错啦，请饶恕。"弟待兄呼救之后，遂取出潮涸琼，潮水
立即退去，海上复于平静。此种情形反复多次，哥哥日渐贫
窭，衰败无力，向弟弟投降，一切都听弟弟使唤。[1]

[1] 及至将归，海神乃召鲷女，探其口者，即得钩焉。于是，进此钩于
彦火火出见尊，因奉教之曰："以此与汝兄时，乃可称曰'大钩、跟跄钩，
贫钩，痴呆钩。'言讫，则可以后手投赐。"已而召集鳄鱼问之曰："天神
之孙、今当去去。尔等几日之内，将作以奉致？"时诸鳄鱼，各随其长短，
定其日数，中有一寻鳄，自言：'一日之内，则当致焉。'故即遣一寻鳄
鱼，以奉送焉。复进潮满琼、潮涸琼二种宝物，仍教用琼之法，又教曰：
"兄作高田者，汝可作洼田。兄作洼田者，汝可作高田。"海神尽诚奉助，
如此矣。时彦火火出见尊，已归来，一遵神教依而行之，其后火酢芹命，日
以褴褛而忧之曰："吾已贫矣。"乃归伏于弟。弟时出潮满琼，即兄举手溺
困。还出潮涸琼、则休而平复。

丰玉公主居海神之宫，身怀尊之子，曰："此乃天孙之嗣，不可生于海中。出产时必赴陆地。故请于海岸构筑产室，以待其时。"说罢，亲乘大龟之背，由妹妹玉依公主陪伴，辉煌出现于海上。尊于海滨用鸬鹚羽毛修葺产屋，然而尚未完工，即早产贵子。因而将此子称作鸬鹚草葺不合尊。……

水天宫七十五座神乐，大多取自这类题材。舞台比一般的神乐堂更加宽阔，似乎还附设着天桥。乐器种类大致与普通神乐相同，似乎极单调，但能面及衣饰华丽，各种小道具颇齐全。例如，山幸彦的彦火火出见尊，手持弓矢登场，是一出完全无台词的戏目。演员只是表演舞蹈，做动作而已。再加上没有内容说明和剧目题名，当时的大多数观众都不知道是哪个时代的故事，只能从观看演员表演的动作和聆听伶人的音乐上，了解个大概情况。不用说，我也是后来读了历史和传说故事之后，才回想起来当时那是怎么回事的。但即便是幼童，也在心里产生了深刻的感动，使之蒙眬地认识到，这就是日本太古诸神及其子孙的故事。

而今，我再次以《日本书纪》和《古事记》上的内容叙述了一番，但单凭七十五座神乐是不可能将这些故事全部表演出来的。我清楚记得的有：弟尊手执弓矢，兄命欺负弟弟，弟尊轮番拿出潮满琼和潮涸琼，兄命溺水痛苦挣扎，兄跪地向弟弟求饶表示臣服，等等。然而，对于无目坚间小船、鳄鱼、大龟啦，还有海神、丰玉公主、玉依公主啦，以及鸬鹚草葺不合尊诞生等事项，则记不清到底是否表演过。

天皇为人所杀场面，能、狂言和歌舞伎等喜剧，都不曾出现过表演的先例。而水天宫的神乐却偏偏演出这样的场面。我肯定观看过，眉轮王偷偷潜入安康天皇之寝所，操起身边大刀，向天皇脖颈砍去。

　　根据历史记载，安康天皇杀大草香皇子，纳其妃中蒂公主为己妃。不久，中蒂占据皇后地位，但她同大草香皇子生有一子眉轮王。眉轮王本为叛人之子，因其母深得天皇宠幸，获得赦免而养育于宫中。安康天皇三年八月，天皇巡幸山宫，于楼上开宴。酒酣，对皇后说："朕爱他，担心的是眉轮王。他如今长大了，一旦知道杀他父亲的是朕，他必定要报仇。朕时常担心这一点。"天皇说完，枕着皇后的膝头睡着了。此刻，7岁的眉轮王时时在楼下偷听天皇的话，他瞅准天皇睡着的当儿，"便取其旁大刀，斩杀天皇脖颈，都夫良意富美逃入家中。"（《古事记》）

　　其时，我对这个时期的神乐记得很清楚。中蒂公主对天皇说了些什么，天皇靠在皇后膝头睡觉的样子，7岁的眉轮王颤动着双手，握刀走近天皇的神态，皆能按照历史记述的那样，清晰地回忆起来。

　　还有，我曾看过后来做了天智天皇的中大兄皇子，在大极殿诛杀苏我入鹿的情景。这是我所记忆的七十五座神乐中，最大规模的剧目。依据《日本书纪》卷第二十四《皇极天皇》条目载，天皇在位四年六月，三韩使者来朝，黄子欲趁机举事，密谓仓山田麻吕曰："三韩献贡物之日，吩咐卿担当于天皇御前宣读表文之事。一俟卿宣读完毕，我等一同奋起，斩杀入鹿。"当日，皇极天皇登大极殿，中大兄皇子随侍一旁。皇子心腹之臣中臣镰足深知入鹿性格多疑，不轻易以心许，昼夜佩剑。逢俳优或授某种方便时，入鹿则欢然入手，解刀就席。山田麻吕进入，开始恭读三韩表文。中大兄训戒卫门府，一时封锁十二道通门，禁止出入。皇子亲自执长枪，隐于物荫之下。镰足等人手持弓矢，护助皇子。另使海犬养连胜麻吕将藏于箱中之二剑送给佐伯连子麻吕和葛城稚犬养连网田，命其必不可蹉蹰，立斩杀之。子麻吕等，于饭中注水而食，因事之可怖而反吐，而还其食物。镰足见之，不住责成和鼓励他们。山田麻吕即将读完表文之时，不见子麻吕等行动，随即冷汗直流，声颤手抖。入鹿怪讶，问其何以颤抖不止，山田麻吕对曰：“近侍天皇御前，畏怯之余，不觉流汗。”中大兄见子麻吕等慑于入鹿之威而不动手，“来呀！”大呼一声，随同子麻吕突然跃出，以剑斩杀入鹿头与肩。入鹿惊起，子麻吕挥剑刺伤其足。入鹿辗转至天皇御前，叩头曰：“天之御子今日正应使其即日

京都一景

嗣位也。我无犯罪，请予明察。"天皇大惊，随问于中大兄，此何故也。中大兄伏地奏曰："入鹿欲灭天子宗室，以倾日嗣之位矣。安能将天孙之地位让于彼等之人乎？"天皇即起，入奥殿。佐伯连子麻吕、稚犬养连网田，再砍入鹿数刀。时降大雨，潦水流溢满庭。众人以芦席、障子覆盖入鹿之尸。[1]

这里举出的这一场面，登场的演员有：天皇、皇子、入鹿、镰足，以下再加八个人物。大概另外还有天皇侧近祗候、三韩使者等人。内容非常戏剧性，动作富于变化，风趣不亚于观看戏曲。入鹿被杀之时，三韩使者大惊失色，随即退场。或

[1] 参见《日本书纪》卷第二十四：六月丁酉朔甲辰。中大兄，密谓仓山田麻吕臣曰："三韩进调之日必将使卿读唱其表。"遂陈欲斩入鹿之谋，麻吕臣奉许焉。戊申，天皇御大极殿，古人大兄侍焉。中臣镰子连，知苏我入鹿臣，为人多疑，昼夜持剑。而教俳优，方便令解，入鹿臣，咲而解剑，入侍于座。仓山田麻吕臣，进而读唱三韩表文。于是，中大兄，戒卫门府一时俱镰十二通门，勿使往来，召聚卫门府于一所，将给禄。时中大兄，即自执长枪，隐于殿侧。中臣镰子连等，持弓矢而为助卫。使海犬养连胜麻吕，授箱中两剑于佐伯连子麻吕与葛城稚犬养连网田，曰："努力努力，急须应斩。"子麻吕等，以水送饭，恐而反吐，中臣镰子连，嘖而使励。仓山田麻吕臣，恐唱表文将尽而子麻吕等不来，流汗浃身，乱声动手。鞍作臣，怪而问曰："何故掉战？"山田麻吕对曰："恐近天皇，不觉流汗。"中大兄，见子麻吕等畏入鹿威便旋不进，曰："咄嗟。"即共子麻吕等出其不意，以剑伤割入鹿头肩。入鹿惊起。子麻吕，运手挥剑，伤其一脚。入鹿，转就御座，叩头曰："当居嗣位天之子也，臣不知罪，乞垂审察。"天皇大惊，诏中大兄曰："不知所作，有何事耶？"中大兄，伏地奏曰："鞍作尽灭天宗将倾日位，岂以天孙代鞍作乎。"苏我臣入鹿，更名鞍作。天皇即起，入于殿中。佐伯连子麻吕、稚犬养连网田，斩入鹿臣。

是日，雨下潦水溢庭，以席障子覆鞍作尸。……

者不是三韩使者，而是俳优们吧？

　　据闻，人形町水田宫中断已久的七十五座神乐，已于去年（昭和三十年）恢复演出。新设神乐堂，五月五日开演。遗憾的是，去年五月，我居京都家里，放过了好时机。但愿他日再回东京，观赏诛杀入鹿的场面，当于一瞬间眼前再现六十年往昔之幻影。

　　关于神乐就谈到这里，下面转入轻喜剧范畴。对于我来说，轻喜剧和神乐一样，在某种意义上，可以说较之神乐，给我留下更加鲜明的印象。

　　可是，这里所说的轻喜剧，具体地说，就是滑稽剧。新村博士的《辞苑》有文："将现实所有作为材料，通过动作或手势，演绎荒诞鬼怪之故事的滑稽剧。"较之《大言海》的解释更加简要。如今，大阪的仁轮加等几乎废弃，东京的轻喜剧大体与此相似。仅限于大阪，就有"鹤家团十郎"等仁轮加专门演员，还有所谓"仁轮加师的一团"，明治时代曾进入东京。而闹剧就是戏迷们集中在一起，谈不上什么技艺，随便娱乐一阵子罢了。他们也在集会的场合，或宴席上演出。我经常观看的是，每月八日晚，于町内明德稻荷神乐堂演出的闹剧。就是在明德稻荷庙会之日，偶尔奉纳演出神乐，但在一般月份，则轮流演出滑稽剧。演员分别都是有工作的业余戏迷，但也有领导人物，一个"座头"似的男子，艺名曰"寿寿女"，被弟子们呼为老板。不记得寿寿女本名和本职工作是什么，他有一位弟子是制作花簪的工匠，名叫"花金"。这个"花金"也有一个名叫"小花"的弟子。花金的师兄弟中，有"铁匠金"，有"蝴蝶"等人。铁匠金是时常出入于偕乐园的修缮房顶工匠的兄弟。名字叫铁匠金，怎么不是铁匠铺的工匠呢？花金是个很受欢迎的人物，而铁匠金一脸严肃相，动作和台词格外出色，因此比谁都更讨女孩子的欢喜。后来，此人便以演戏为业，据说以"梅枝"为名，在某个地方跑龙套。

东京市内，除寿寿女一伙之外，还有各种剧团，但我家附近，除他们外再没有别的团体了。我还知道，这帮子人很少去龟岛町的纯子稻荷演出，除此之外，我不曾在别处看到过他们的表演。而且，蛎壳町周边，别的稻荷神社和八幡神社的殿堂，每逢庙会之日，上演的只有单调的神乐。因此，我自打迁来明德稻荷所在的横街之后，水天宫的七十五座自当别论，渐渐看厌了普通的神乐，恶人盼望每月八日晚上，去看铁匠金和花金的演出。

神乐剧白天表演，夕暮时分终结；而轻喜剧则夕暮开演，夜间九时或十时，有的甚至到十一时之前才结束。轻喜剧不同于神乐剧的地方是：即便是成人观看，也具有今日相声似的兴味，观众总是相当热闹。但虽说如此，茅场町、龟岛町和灵岸町一带尽是些没有文化的男女孩童以及闲杂人员，一般汇聚着上百人之多。人们非到日暮黄昏、道路晦暗之时不肯前来，集合的鼓声，于午后六时前后开始鸣响。到了那个时候，神乐堂内侧架起梯子，演员们次第登台。

"哦，现在寿寿女上场啦。"

"啊，那是蝴蝶。"

"那是小花。"

守在附近的孩子们吵吵嚷嚷聚集到梯子下边，其中有人爬上梯子，掀开布幕窥视后台内的情景。

暮色苍茫之时，观众不多，不表演有趣的节目。开始是简单的短剧，插科打诨的相声，接着上演内容复杂的滑稽剧。最初是演出正儿八经的歌舞伎戏剧，中途立即转为滑稽剧，这一点倒是和大阪仁轮加大体相同。然而，我由此而得知，尚未在正式剧场观赏过的歌舞伎还有好多。例如，《庆安太平记》丸桥忠弥的濠端，《天下茶屋》的非人小屋，《宇都谷山岭》的杀文弥，《御半场右卫门》桂川的道行、福冈贡和佐野次郎左卫门的恩断义绝，直到百人斩、团七九郎兵卫的杀义平次，《忠臣藏》三段目、五段目、六段目、七段目，《东堕落大师》巡礼阿弓段，《累》故事，《四谷怪谈》《弥次喜多》的盐井川、赤坂街树、卵塔场等等。在那五十六号巷口住了五六年，我总是慢悠悠吃罢晚饭，计算着演出节目渐入佳境之时，开始动身前往剧场。

舞台上没有背景设备，小道具之类也不大使用。后面只是拉上一道写着"寿寿女剧团"或什么剧团的印有熨斗标记的柿黄色布幕。棉花制作的头饰，多属纸糊的小道具。但这些也都渐渐华奢起来，开始使用本格的东西。衣裳也变得更加华彩。本来就是喜闹剧，以滑稽为主，后来就不是这样了，甚至连《土蜘蛛》那样的高级剧目也拿来上演了。不过，自《御半长右卫门》的道行等，开始出现嬉闹的场面，那个扮演御半的高个子男人，身高超过扮演长右卫门的演员，穿着毛纱友禅纺的宽袖和服，由长右卫门驮着走路，观众看了捧腹大笑。长右卫门感到背上的御半身子很重，问道："你怀孕啦？""卖给你，肯出多少钱？"御半反问。"五百文，我买了。"两人插科打诨。长右卫门说："石部宿馆的小睡……也有七月半的婴儿。"御半答曰："十月里也有儿童用的小蚊帐。"最后，长右卫门愤怒地将御半从背上抛出去了。这是弥次郎兵卫喜多八执意要添加的材料，想尽各种手段讨得观众喜欢。在盐井川，弥次郎兵卫和喜多八，欺骗座头犬市和猿市，两人欲代替犬市轮番由猿市驮在背上过河。《徒步旅行记》的原文中的内容是，河对岸的小茶棚里，犬市和猿市正在喝酒的当儿，他俩走了进来，从一旁将酒喝光。而在闹剧之中，不是喝酒，而吃的是真正的米饭和凉拌芝麻糊。我亲眼看到弥次郎兵卫和喜多八，夺取座头正在吃的饭碗，三口并作两口地扒下热气腾腾的大米饭，就着香甜的芝麻糊，别提有多么眼馋了。那情景至今不忘。

记不清谁演什么角色了，但盐井川的喜多八是演花金的。铁匠金这个角色记得最清楚，是团七九郎兵卫扮演的，发式、衣服完全是本式的。当他被义平次砍伤了眉间，用手摸一下，看见流血，大吃一惊，高叫："这就是我的脸？"随之变脸色。这正是铁匠金所扮演的角色。我曾经看过多次。一如斩杀义平次等真正的戏剧一样，壮烈而又残虐。往昔，忠臣藏的与市兵卫被杀，不像如今那般浅淡无味，而如大津绘的文句那样，开始喊一声"喂，爷们"，接着就是一大堆台词，什么"不，不，那不是阿金"啦，什么"那是准备好的饭团子"啦，什么"耳朵锵锵，眼睛模糊"啦，等等。到头来，仰面倒下，被定九郎骑在身上，彻底地开肠破肚而绝命。因此，滑稽剧也照此循规蹈矩地搬上舞台。但比起普通的滑稽剧来，演员们的做派和杀人场面，在观众眼里都显得十分逼真，一如观看不要入场费的缎帐戏。从演员一方面说，人人都很投入，逐渐摆脱了演闹剧的心理，将血腥的杀人场面演得更加阴森可怖。节目仅限于歌舞伎田地中还不够，还要仿照壮士戏剧，还要将当时闹得社会不得安宁的恶人、泼妇的行为加以戏剧化，使他们捆绑人的手脚，扼住人的脖颈，将尸体装进行李箱，射手枪，放烟幕，满身血肉模糊……每个月都不可没有一两出这样的恐怖场面。

当时，明治三十年春天，御茶之水发生了一起闻名的杀人案件，和我同龄的老人，或许还都记得吧。家住牛込若宫町的福岛县人松平纪义，41岁，于四月二十六日毗沙门庙会之夜，杀死蓄财的酒女出身的情妇御世梅九，用刀毁其面容，以期不易辨别，剥光衣服，用绳索捆入蒲包，从御茶之水地区投进神田川。然而，蒲包没有落入水中，而是被抛在五尺远的陆地上了。事情立即败露，引起轰动。致使纪义不久被捕。不用说，报纸上对这一事件大肆报道，还将当时死者被毁的大幅面部照相，同俳优、艺妓并列，摆在各地店铺出售。我在水田宫的庙会上，时常在小摊子上看到过。死者阿九年龄四十，比纪义小一岁，相传她依然保有一副"蛾眉新剃肤青青，叶樱将褪枝头红"的风骚。这场面本不该出现于壮士戏剧中，早就在同年六月，伊井蓉峰和山口定雄合同一座剧团加以改编，题为《大评判》，和《滑稽地狱巡礼》一起，在市村座剧场公演。我虽然没有看过当时的演出舞台，但大都知道当时的情景：山口定雄演纪义，河合武雄演阿九；河合的阿九和纪义夫妻吵架时，发挥酒女出身的顽劣，愈加激发纪义的丑态，非常精妙，等等。这些多半是从活版所的戏迷小舅那里听说的。大约是在一个月后，寿寿女一座在明德稻荷的神乐堂，模拟山口、河合的动作，演出了这个案件戏剧。

这次记不清谁扮纪义了，而扮演阿九的男演员，虽然忘记了他的名字，但却是一座剧团的一流花旦演员，那脸型记得很清楚，宽下巴，四方脸，虽然不算漂亮，但肤色白净，肌肉丰满，姿态和动作，颇像一位婀娜多姿女子。情节偏向于同情纪义，而把阿九描写成心地阴暗、有些歇斯底里的女子。男人一心要杀掉她，但阿九对他谩骂不止，声嘶力竭，恶言秽语，极力模仿河合的技艺，表演得相当出色。纪义终于忍无可忍，扼住阿九的脖子将她掐死。接着，用刀在死者脸上划上好几道口子，动作十分认真。然后揪住小辫子，提起头颅，使其朝向观众。

如今想想，在大道一旁的神乐堂经常公开上演这样的戏剧，那毕竟是将阿九的照片堂而皇之用来装饰店面的时代，所以才会有这类事情。舞台面对内茅场町大街、越过龟岛川前往永代桥的主干道上。白天人来人往，车水马龙，然而演出着人类阴森的杀人戏的时刻，却仅限于深夜，行人稀少，周围锁在浓重的黑暗之中。只有东京电灯公司配电所入口的电线杆上，点着一盏光线钝弱的电灯。外面，从配电所门前的大沟里，升起一股股热气腾腾的白色水雾。在这漆黑的暗夜之中，只有神乐堂狭窄的四方形舞台格外明丽。而且，染得血肉模糊的、脸型被搞得乌七八糟的女人的面孔，浮现于虚空，斜睨着四周。聚集在堂边的观众，瞬间里发出恐怖的喊叫。尽管如此，没有一个人吓得跑回家去。大家都屏住呼吸，继续观看下去。比起石川座剧场的舞台，这里的观众席相距很近，仿佛就在眼前演出，或许比山口和河合那个时候更加显得怪异。不一会儿，纪义将尸体放下来，用麻绳将两腿缠绕了好几圈儿。这时候，幕

131

落了。

　　这里顺带说明一下，明德稻荷上演的这类风格的滑稽剧，完全是寿寿女一座独有的东西。一般的轻喜剧，带有更加潇洒和纯净的趣味，寿寿女起初似乎也在追求这种风格，但不知为何逐渐划入奇妙的方向，变得畸形了。他们的节目，好歹使我在十岁至十五六岁这段时间，每月八日庙会那一天，在内茅场町的暗夜里，做过不少奇异的噩梦。对此，我绝不后悔。

　　前面所提到的大阪仁轮加鹤家团十郎一座来东京，记不清是哪一年了。或许比起明德稻荷的滑稽剧，我更早地观赏过仁轮加戏剧吧？那时，沿蛎壳河岸前往川口桥方向三丁目的角落里，有一家游乐馆。那是一座类似神田锦辉馆的高级演艺场建筑。我好像跟随母亲或小舅，在那里见到过鹤家团十郎。演出的剧目是《神灵矢口渡》，团十郎的顿兵卫，随处交织着滑稽的动作，关键时分却显得严肃认真，果然技艺高超。作为一个孩童，心里也很有感慨，这不就是一位出色的歌舞伎演员吗？顺便说明一下，游乐馆和剧场以及书场之间连接点上，有形状好看的小屋子，但那时候，这类情况很少见。在这里经常有难得一见的娱乐项目。我就是在这里第一次看到了幻灯提线木偶和电影。长谷川如是闲的令兄、已故山本笑月氏著有《明治世相百话》一书，据该书所述，东京初次放映电影，是明治三十年二月在歌舞伎座剧场。游乐馆放映电影，看来是在那以后不久的事。不过都是些简单而骗人的东西。一盘胶片，首尾连接，同一个场面，反复放映好多次。现在还记得很清楚的有：海岸边怒涛汹涌，一阵水花飘来，又立即退去了。一只狗追来追去，嬉闹不止。这个画面反复多次；远方平原的尽头，一列小如谷粒的马群，瞄准观众席径直奔来，渐渐扩大，迫于眼前，疾驰而去。接着，遥远的地平线上，又出现一列马群……这一场面，又是反反复复。有些画面，令人想起法兰西往日对新教徒的迫害和革命骚动，贵妇般的女人一个个被拉上刑场，站在堆积如山的木柴上，遭受火刑。黑烟蒙蒙燃起，将女子包裹在团团列火之中。不久，火焰熄灭了，尸骸被烧光，毛骨不存。这种场景也是反复放映。一身墨菲斯特装饰的恶魔左右，站立着身穿裸露衣裳的美女，恶魔呼唤其中一个，叫她躺卧在刀俎般的桌子上，用一张油光闪亮的大黑纸，将她全身包裹起来，做一个什么暗号，包在纸里的美女，随即漂浮起来。衣裾一端燃起火焰，整个纸包都烧光了。这个场景同样反复多次。

祖父久右卫门，某天晚上去看圆朝[1]的演出，归来途中于水天宫后面遭遇盗贼，吓得面色苍白地回到家里。我曾经听母亲说起过这件事。听说圆朝也到游乐馆演出过，我以为，祖父遇袭，肯定是去游乐馆听罢落语回家的路上发生的。由此可以想象，水天宫后街一带是个多么人迹罕至的凄清之处啊！

[1]初代三游亭圆朝（1839—1900），江户时代末期（幕末）至明治时代的落语家（单口相声表演者）。原名出渊、次郎吉。江户（东京）落语三游派创始人。

团十郎、五代目菊五郎、七世团藏及其他

　　我对歌舞伎最早的记忆是明治二十二年4岁的时候，我在浅草鸟越的中村座[1]观看了六月二十三日至七月的公演，剧目是团十郎的《那智瀑祈誓文觉》。在我即将消失的遥远的记忆中，给我留下整个舞台就是一面流动的大瀑布的印象。那是何年何月何地看到的戏剧呢？经过长久的考虑，前天在和远藤为春氏[2]交谈时，他说那或许就是鸟越的戏目，翻检一下田村成义[3]的《续续歌舞伎年代记》，果然找到了出处。据说

当时第一场戏是《文觉》，中幕[1]是《意中谜忠义画合》，第二场是《横岛田鹿子振袖》。可是，这些我全忘记了。不，扮演文觉的团十郎的音容虽已没有印象，但只记得瀑布奔涌的舞台上落下布幕的那一瞬间。中村座有时也称猿若座、鸟越座，本是由来已久的小屋[2]，明治二十六年一月烧毁，接着，十三世中村勘一郎去世，一直未获重建。记得我当时只去过那里一次。

翌年，二十三年从五月二十二日开始，在新富座，由团、菊、左三人演出的《劝进帐》，我看了这场戏。我清楚地记得，那时我被带到一座黑壁白漆的半圆筒建筑物里——那座建筑直到大正十二年那次地震之前还保留完好。然而，当时的首场戏是取材于上野之战的《皋月晴上野朝风》，终场戏是《近江源氏先阵馆》，但是除了中幕的《劝进帐》之外，什么都不记得了。俳优也只记得团十郎的弁庆和初代左团次的富樫。据《年代记》记载，可以得知五代目扮演义经。还有，这个时期，先代雁治郎开始东上，到歌舞伎座和新富座献演，作为迎接同仁的见面礼，拿出什么节目为好呢？大家聚在一起，经过一番商量，最终决定演出《近江源氏》中的《盛纲》一场。"节目单上已经排定，作为招待剧目，团、菊二人作杂兵出场，因此，雁治郎格外高兴，大江户初场舞台上，有梨园两大明星为其捧场，一身名誉，无上荣光。即刻向大阪的戏迷们报

[1] 第一、二场之间特别演出的独场戏。

[2] 剧场或展览设施。

告。正当欢欣鼓舞之余，团、菊二人遂觉没趣，临时撤场，不再露面，弄得勘弥十分难堪，不得不取消前约，最后只请求两人的名字排在节目表里罢了。"《年代记》如此写道。

5岁时看戏的记忆这是一次，第二年二十四年，还看了三月、六月、十一月的歌舞伎座以及六月的寿座。这些也都通过《年代记》获得确证。三月的歌舞伎座，第一场是《武勇誉出世景清》，第二场戏是《芦屋道满大内鉴》，序幕加演净琉璃《小袖物狂》，市川权十郎（不是河原崎的权十郎）饰演保名[1]。自前年新富座起，仅隔十个月，第一场和第二场都能留下深刻印象，可见5岁至6岁这个时候，对事物的记忆有了显著的进步。我阅读大和田建树的《日本历史谭》，学习源平时代历史之前，早已从这出戏中知道平家武士中，有个名叫恶七兵卫景清的人物。这出滑稽剧据说是樱痴居士[2]根据近松的《出世景清》，多少做些趣味性的改良，由默阿弥执笔编为五幕。团十郎的景清欲讨赖朝，东大寺大佛营建之时，番匠为之贫窭一生，此种状况被岛山重忠突出地表现出来；于可以窥见大佛莲花瓣一部分的舞台上竟成了罪犯，然后冲破牢狱杀死阿

[1]歌舞伎的舞蹈，该场之中，安倍保名，怀抱已故恋人的遗物小袖和服而狂舞。亦称"保名狂乱"。

[2]福地源一郎（1841—1906），记者、剧作家。号"温良院德誉芳名樱痴居士"。肥前国（长崎县）生。明治元年（1968）创办《江湖新闻》报，被禁，投狱。1874年任《东京日日新闻》主笔，支持政府，批判自由民权运动。后专念著述，作品有脚本《春日局》《侠客春雨伞》，史论《幕府衰亡论》等。

古屋的哥哥十藏等，皆可以朦胧地想象出来。我虽然不记得阿古屋带领景清之子石若探监的场面，但景清将十藏踩在脚下，叫骂一声"阎王殿待着去"，团十郎有名的音调，同样在我少年心里留下强烈的感动，后来很长时间，我都没有忘记这句台词，动辄提起"景清越狱"，模仿团十郎的声音表情，来上这么一句"阎王殿待着去"！

近松《出世景清》的原文有"清水寺的观音就是景清的替身"这一条，"仔细看看，过去看到的是景清的头颅，但久经历劫，立即变成光明赫奕的千手观音的头颅，真是难得而奇异。"这个场面采用时稍稍改变了样子。记得千手观音的橱柜里装上了电灯，灯光明亮地照射出来。但是对于我，感慨至深的是最后一幕，景清归服于赖朝之恩，他说道："今后还会引弓射杀你，每见到你就会燃起复仇之念，毕竟都是因为有这双眼睛的缘故。"说罢，自己拔出短刀，将左右两眼刺瞎。此时，团十郎坐在台阶上，面部一仰一伏，使眼球突露。于是，即刻成为盲人，双眼鲜血淋漓，走来走去，东倒西歪地从赖朝面前经过，走向远方。

我是跟谁一起看的呢？我肯定跟母亲一道看过。但我记不清是否有父亲，或者有活版所的小舅在场。景清为何刺瞎双眼？我虽然听过母亲的说明，但这类戏剧场面之所以清晰地印在记忆的底层，那是因为古代英雄大都采取这种异常的行动，很早就在故事中听说过奈良大佛的场面。还有，团十郎的高超演艺，在幼童心里也留下了某种诉愿。

第二场戏《芦屋道满大内鉴》，从前我听母亲讲过葛叶狐的故事。但据母亲所说，团十郎的葛叶，是怀里抱着婴儿，口衔毛笔，将"君若爱我来找我"这首和歌，写在障子门上的，所以我很想看到这一场面。然而，我看到时是用手写的，对此我感到有些失望。等我过了40岁之后，不料在大阪文乐座看到文五郎操演的葛叶，联想起遥远的往昔团五郎的面影，同时，母亲的身子也浮现于眼前，她仿佛凑近我的耳畔小声嘀咕道："看，那就是，那就是。"怀旧之情，油然而生。无可置疑，我在昭和六年写作的《吉野葛》这部小说，就来自我和母亲一起观看的团十郎的葛叶。

　　同年六月的歌舞伎座，第一场是《春日局》，第二场是《幡随长兵卫》，团十郎扮演春日局、家康和长兵卫。这些也都有零星的记忆。我模糊地记得，《春日局》中"骏府御鹰野"一场，一身旅装的阿局，坐在松树根上休息；而在"大御所遗训"一场中，家康对竹千代和国千代区别对待，他叫国千代从上段之间走下来，"你也想陪伴吗"？说完，扔下一包点心。国千代遭到家康呵斥，走下座席，"哈依"一声，平伏于地，拿起了点心。那副可怜的样子一直留在眼里。当时，扮演国千代的是和我一般年龄的童角银之助，后来不知是谁了。《幡随长兵卫》，只记得"浴场"那个场面。团十郎不用说了，甚至水野十郎左卫门的权十郎的声音也留在耳朵里。这位"浴场的长兵卫"，后来由吉右卫门数度出演，但团十郎终场的形式和吉右卫大不一样。团十郎是仰面倒在冲洗间的地面上，神态自若，任凭十郎左兵卫用长枪刺杀他。十郎左兵卫跨在长兵卫身上，用长枪咔哧咔哧刺入他的胸板。此时，幕落了。

　　同年六月，我在寿座见到了七世团藏还叫九藏的那个时代的渡海屋，大概也是和母亲一道去的。据说第一场是《吉田御殿》，第二场是《当的神明挂额》。这些早已没有记忆，中间《千本樱》渡海屋九藏的银平实和平知盛，其他还有刚刚想到的鬼丸（这个鬼丸，或许就是现在多贺之丞的父亲）相模五郎。我虽然不了解九藏演技的巧妙，但此时知盛穿着箭矢刺入白丝联缀的铠甲，扮演幽鬼，浑身缠绕船缆，从岩石上反身跳进大海，那副样子实在有些凄怆。因此，我时常在偕乐园、幸内假发店等地的客厅上，穿着硬纸板做的铠甲，扮演"船缆知盛"玩耍。这样说来，团藏富于特长的沙哑的嗓音，实际上从9岁就有了，传说是受某人欺骗误服水银的结果。当时传闻于街巷间里。二十年星霜，相隔日久，我在木挽町舞台上，在此接续他的演技时，对于我来说，最先怀恋的就是往昔以来始终未变的那副声调。

十一月的歌舞伎座，第一场戏是《太阁军记朝鲜卷》《复仇谈高田马场》，团十郎扮演秀吉、清正和船头与次兵卫，担任朝鲜人角色。第一场戏存在于我的记忆之中，御座船中大骚动；多数人被与次兵卫斩杀，沉入海中；秀吉逃离船中，在岩礁上避难；此时，与次兵卫追来，秀吉亲自拔刀斩之，等等。关于团十郎这里同时扮演秀吉、与次兵卫等，似乎在我的记忆里有误。记得在《高田的马场》中，几个侍从被安兵卫一人逐个击倒，但安兵卫这一角色似乎由五代目扮演。至于团十郎，我是从《年代记》上知道的。

就这样，二十四年，我曾四次跟大人去看戏。而在二十五年，自五月二十八日起在歌舞伎座，只看过《酒井太鼓》。除团十郎的酒井忠继之外，还有八百岁时代的中车鸟井忠基，以及不知是谁的狗腿子，被攻来的敌兵吓破了胆，狼狈跑下城楼，那副样子十分可笑。这时的第一场戏是《东鉴拜贺卷》，中幕是团十郎的《镜狮子》，第二场戏是五代目的《黑手组助六》，但第二场全然不记得了。我已经8岁，正是对历史和地理多少感到兴趣的时候，因而，福助的实朝在鹤冈八幡神社前被菊五郎的公晓杀死的场面等，令我看得特别认真。母亲经常对我讲福助的美貌和气质，他所扮演的镰仓右大臣这个亮丽的角色，尽管是在舞台上，一旦被公晓斩首，总是令人不禁怜悯和悲伤。据青青园[1]《明治演剧史》记载，这出戏中扮演北条义时的团十郎，"暗暗煽动公晓，使他杀掉实朝。他虽然一起前来参拜鹤冈神社，同时又假装生病，按着肚子登上花道[2]，回头看看，一边在打主意，不由地就放松了手指。但转念一想，又赶快用力按着肚子进入幕后"。虽然使人看到大奸雄的面影，但"这是内里功夫，观众不易理解"。我看到菊五郎的公晓揭开幔幕走出来，福助的实朝变成尸体横摊在舞台上，公晓走到跟前，将他的首级举了起来。我只记得这一场面，当时的团十郎则丝毫没有留在眼里。

后年，这出戏由六代目菊五郎重新上演，立即获得世上的好评。据说《镜狮子》此时由樱痴改编为长歌《枕狮子》，

〔1〕伊原青青园（1870—1941），明治、大正、昭和时代著名剧评家、剧作家、小说家、文学博士。本名敏郎，松江人。为《都新闻》（东京新闻）等写作剧评，任《早稻田文学》《歌舞伎》等杂志编辑。作品有《日本演剧史》《近世日本演剧史》《明治演剧史》，以及《歌舞伎年表》等。

〔2〕连接舞台和观众席的通道，演员可由此上下场。

"扮演青春少女的出色表现获得喝彩"的（青青园）团十郎的衣钵，不久还是由六代目继承下去。此外，团十郎令两个女儿扮演蝴蝶，也是这个时候。关于青青园团十郎"使自己的长女实子和次女扶贵子扮演蝴蝶这个角色"，谓之"歌舞伎剧增加女优的实例"，《年代记》上也说："这是我国大剧场男女共同演戏的嚆矢。"我记得很清楚，后来的翠扇和旭梅和父亲共同跳舞。而且，我没记错的话，此时团十郎的狮子精，面对两个小家童，似乎"唔""啊"地说了一声什么。

第二年明治二十七年，即便翻阅《年代记》回忆一番，也不记得去何处看过戏。只是从十一月一日，在歌舞伎座上演题为《海陆连声太阳旗》的日清战争剧，团十郎演大森（大鸟）公使，菊五郎演泽田重七（原田重吉），先代猿之助之后的二代目段四郎，演中国将领徐丁软，四代目松助演，扮大隐君（大院君）。只是记得当时团十郎和五代目的舞台形象，制作成连续三张画面，摆上了清水屋的店头。据我观察，自打前两年开始，我家逐渐败落，不可能像过去一样，频繁地去看戏了，但唯有母亲依然经常被活版所小舅邀去观看，我也逐渐很少被带着一起去了。

《年代记》记载，那时歌舞伎座入场票上等包厢一间付费四元五角，同等高土间[1]包厢一间付费三元五角，平土间包厢一间付费两元五角，中等看台席每人付费三角五分，三级看

[1] 歌舞伎剧场观众席设有包厢的时代，"高土间"乃为位于一楼正面、左右栈敷（看台）前土间之间高出地板一段、安设护栏的高级客席。

台席，每人付费二角。我们总是占据一间高土间，所以幼童时代添了我一个，并无什么特别。但随着一天天长大，再塞进一个孩子的座席，也是够麻烦的。

回想当年我的心境，和母亲一起走出南茅场的家，满怀激动地乘上人力车，一路奔向筑地方向。明治初年的新富町，一时有过一家称为"新岛原"的游廓，母亲现在依然叫那里"岛原"。渡过樱桥，走过当时新富座所坐落的岛原，沿筑地川岸经筑地桥前边向南拐，走到龟井桥旁边，立即就能看到歌舞伎座屋顶呈圆桶形的部分。歌舞伎座建于明治二十二年，当时建成后才经过四五年时间。剧场附设的茶屋共有十一间，开场时，楼上挂着染花的幔幕，我们经常在一家"菊冈"的茶屋边停车。接着，在客厅里休息一会儿，茶屋的女子急匆匆杵过来一双福草拖鞋叫我们换上，渡过踏板，进入小屋。我又脱去草履，登上歌舞伎座的廊下，记得那里滑溜溜的地板踩在脚下，布袜子底上有一种冰冷的感触。以往的小屋，一钻进木门，就觉得凉气砭肤，清风掠过洁净的裙裾和袖袂，薄荷般沁入领际和腋下。然而，肌肤的寒凉简直就像梅花初放时的明丽与清爽。一阵哆哆嗦嗦中，母亲催促道："快开演啦。"于是，慌慌张张沿着走廊跑去。

看完戏，再度坐车回家。记得时常下雨。这样的晚上，更能加深看戏的印象，所以记得很清楚。为了挡雨，人力车上遮着一块中国餐桌用的大油布，犹如挂着车篷子，那油气和母亲的发油，以及甘美的衣裳的气息，于黑暗里聚拢在一起了。我一边嗅着油气；一边倾听车篷上噼里啪啦的雨声，当日舞台上演员们的种种幻影、声音、唱词，以及座下的音乐……——再现于黑暗的眼前。尤其那些与母亲相仿年龄的女子，为保全忠义与贞节，或自杀，或为丈夫所杀，或离开最疼爱的孩子，当我看到这种场面，就会联想到，假如我的母亲万一也到那种地步，我该怎么办呢？我的母亲会不会也为忠义和贞节而舍弃我或杀死我呢？回家的路上，人力车摇摇摆摆，脑子里净想着这些事儿。

明治二十八年，我难得地到赤坂的演剧座看戏，那是六月八日开始的演艺活动。第一场是《怪谈实说皿屋敷》，第二场是《河内山》，新藏、猿藏、染五郎、女寅等，是二流演员的戏剧。活版所小舅，他是新藏的崇拜者，为了新藏，恐怕小舅是会去的吧。九代目团十郎的继承人做过评价，他说，除了新藏此外再没有第二个。世上专门看好他，所以我也怀着好奇心去看了。说实话，我没看出他哪里好。我对第一场的《皿屋敷》完全没记忆，只是对第二幕《河内山》玄关场的终幕，新藏河内山跨向花道，来上那句有名的台词："傻瓜！"颇似师傅团十郎。记得母亲、小舅，还有附近座席上的人们都齐声赞叹。

改年明治二十九年，一月六日开始在明治座剧场，由五代目菊五郎一座演出《义经千本樱》《道行初音旅》。歌舞伎座该月下旬也开演团十郎的《地震加藤》《道成寺》。近来，一味崇拜成田屋、厌恶菊五郎戏剧的小舅，为何要来看明治座的戏呢？他说不定怀着一番好意，在尚未过年的二十天内，就会带母亲和我一起去看戏吧？一座除菊五郎一门之外，还有五代目小团次、四代目福助（五世歌右卫门）等加盟。忠信、狐、权太和觉范由菊五郎扮演，小金吾由小团次扮演，义经和阿里由福助扮演，弥助由菊之助扮演，弥左卫门由四代目松助扮演，静御前由荣三郎时代的先代梅幸扮演，权太之子由丑之助时代的六代目菊五郎扮演。除五代目、福助和荣三郎外，这回翻阅《年代记》，开始就知道，哪个人演哪个角色。尤其想起小时候看到过六代目扮演权太之子善太，不胜今昔之慨！

或许，这次团十郎不在一起的缘故，11岁少年的我，也特别明显地感到了五代目菊五郎的魅力。剧评家杉赝阿弥[1]，在当时的《每日新闻》做过详细的评判：

"今春，明治剧场初演狂言剧，名伶尾上菊五郎一身兼演忠信、权太、觉范[2]三角色，好评如潮，名满京都。其他大小剧场，悉数为之停演让路。"

读了这篇文章，想起很多事情，不妨在这里一部分一部分地引用一些吧。

首先是歪子权太，"这是当代无与类比之绝品……终于看到想念已久的权太了"。

"名优扮演的权太，裸露半边臂膀，极力跳跃翻腾，用石子儿打落橡树果，捡拾在斗笠里。惟妙惟肖，炉火纯青。简直不像在演戏……小金吾正在脱去臂膀，被他立马用左腿压住，动作神速，难以形容。……听了妻子的忠告，场面为之一变，更加有趣了。权太教给儿子博弈之法。此乃先年协会排演之

[1]杉赝阿弥（1870—1917），明治、大正时期剧评家。本名谛一郎。

[2]剧中登场人物，分别为佐藤忠信（义经家臣）、泼皮权太（无赖汉，因犯法而改邪归正。令自己妻子顶替平维盛妻子而死，本人亦为之赴死）和横川之觉范（吉野山僧众，寄身于山科法桥僧身边的客僧）。

际，恭请陛下御览之戏目，但有人提出博弈不宜搬上舞台，所以这部分内容删除了。此次演出不必再顾忌这些，博弈的场面也照样出现了，并获得极大成功。退场时，权太把善太背在身上，因嫌麻烦，没有用手去扶，而是叫儿子扒住肩头，自己将两手袖在胸前，一路沿花道走去。这套精彩的动作是出自哪家门下呢？亏他想得出来。"

在寿司店，"严寒中光着上半身涂满红色油彩，如此漫长的故事，一个年老之人，想必很难承当下来，戏迷们也为他担心"。说起忠信，牌坊前授鼓一场尤其出色，因写道："大时代之锦画，菱形的家徽原样饰于头顶，面孔殷红似火，斜攀车轮型四天丸衣带……登上舞台，静静劈叉而立。'哈哈'绕圈狂笑，方角摇动。""退场时表演'狐六法'，背负判官所赐红丝绦铠甲，那种不可思议的形体动作，当为歌舞伎舞台表演最精彩的技艺，大受赞扬。除此之外，一切'道行'和'御殿'的退场，没有任何演员可以与之相比。过去，'道行'中忠信的狐六法，虽然多次看到过各家名伶的表演，但唯有菊五郎的狐六法，看起来浑身尽是灵狐，而非人也。"

御殿一场，"随着震耳的鼓声，大幕高起，定睛一看，忠信一身'右着附'（紫藤碎菊花上衣）装扮，由正面黑色阶梯上场，悄然而坐，沉迷于咚咚鼓声之中，静静道出一句'这不是忠信吗'？即使被杀亦无太大惊悚，而是'全然不记得被杀'，语调急速，不似出自人口。自此默然无声，接着被诘问，无力地走下楼梯……随着骨碌碌一阵巨响，这位忠信消失于地下。接着，上首的隔扇迅疾打开，跑出一只狐狸，衣衫华美无比。联想起初演之日，听说名伶不惜巨资，定做一套华丽

幼少时代

的服装，怪不得我等虽然远观，但着实为表现狐狸毛皮特点而织造的丽服惊诧不已……聆听大鼓之音，怀念父狐，演技高妙，出神入化，满场观众无不为之唏嘘流涕"。

"第二场，依然跳越下手的廊缘与柴垣，隐身藏形。第三场又随鼓音所引，出人意料地从舞台下座出现，从义经手里接过鼓，这些都是历来的招数；但跳跃栏杆等动作，博得台下近前观众齐声喝彩。……最后，他紧抱大鼓亮相，走向花道的动作，也是神来之演技。除菊五郎外，如此精湛的演技，抑或后世无人企及。"

文中一连串最高级的褒扬词语，最后写道：

"《早稻田文学》视我们为旧歌舞伎之爱好者，但并非如此。我等不是徒然胪列赞词。吁，如果赞扬即爱好，批评即谩骂，那么今日之评论家实难做人矣。"

我之所以长篇大论引述赝阿弥之评，并非一味沉溺于往昔之回忆，而是另有可言之处。那就是，不仅限于戏剧、音乐、绘画等，皆应尽早于少年时代观其最高级之艺术。长辈们不必考虑孩子们是否看得懂与否，也不要可惜金钱，同一种艺术，尽可能使他们观赏优秀之作。大人能看懂，孩子们也大都能懂。以为他们不懂是不对的。即使超出少年们理解水准，只要是一流作品，总会以某种形式在心底留下印迹，他日必然萌生感慨。我前边引用的赝阿弥的每一段话语，悉为我自身记忆之场面。例如，"椎木"一场的权太，投石打落椎树果实的动作，躺卧着扬起腿脚，压住小金吾紧握刀柄的臂膀，教儿子善太学习博弈，等等。其后又反反复复回忆过好多次。扬腿压住小金吾手臂时的形体优美精妙，绝非为孩子不能理解之表演。

指导善太博弈之术，虽然有的地方一时难以理解，但观众席各处腾起笑声，可见大致是看得明白的。寿司店一场，为自己亲生父亲所杀，鲜血淋漓的景象令人难忘。

"寒中裸肌涂红糊。"观赝阿弥所写，想来我是正月寒冬，随小舅去观看的。"一个年老之人，想必很难承当下来，戏迷们也为他担心。"当时，53岁的五代目，作为那个时代的人，看不出那样的年纪来。裹着漂白的腰围，脱去两膀肌肉，露出上半身，看上去其肉体依然富于弹性，充满青春活力。

"御殿"一场，忠信迅速变狐，狐时隐时现，每每出现于难以预测之场所。跳越栏杆等，本来具有童话剧的要素，为孩子们所喜爱。我也一边观看，一边感叹。这里，我再次提及旧作《吉野葛》，那不仅是我6岁时"和母亲一起观看团十郎之葛叶而引起思绪"，毫无疑问，也是受到五年后所看的《千本樱》一剧的强烈影响所致。假若不看五代目表演，恐怕培养不出那样的幻想。我于那部旧作之中，借一位姓"津村"的大阪青年之口，说出了下面一段话：

　　我时常想，要是能像那出戏剧一样，我的母亲是只狐狸该多好。我是多么羡慕安倍童子啊！为什么呢？因为母亲是人，虽然在这个世界上再也不可能指望见到她，但狐狸既然可以变成人，就可能随时借助母亲的形象而出现。但凡失去母亲的孩子看到那场戏，不论谁都会抱有这样的感觉吧。一旦走在千本樱的道路上，就会频频产生如下联想：母亲—狐狸—美女—恋人。这里，父母是狐狸，孩子也是狐狸，而静和忠信狐虽说是主从关系，但在观众眼里，又像一对恋人相伴而行，如此结构十分巧妙。或许出于此种理由，我最喜欢观看这出舞剧。（中略）我甚至有了这样的打算，我要努力学习舞蹈，以便站在汇报演出的舞台上扮演忠信。

荣三郎时代，父亲扮演忠信，自己扮演静御前的先代梅幸曾经说过，在"御殿"一场，其击鼓之法不为父所满意，"如此击鼓，狐不会出来"！父亲在廊下怒喝。由于狐始终不出来，梅幸感到十分惶惑。"道行"一场，"荣三郎所扮演的静，甚符合其情调，每一回转、呼吸，至今依旧欷然闪亮于鼻前"。赝阿弥这样写道。

"川连法眼馆"一场，"道具于幕中始终置于众多变化之系列，名优觉范之处理，皆与道具同时落幕，在和风的《大撒摩乐曲》[1]的伴奏下，觉范持长刀，押解狐出现于舞台。全场一时掌声雷动"。我这时看到觉范腰间斜插钢刀的风貌，在当天五代目的脸上，显得最为光辉非常。记得这时，跑出一群套着棉猴的可爱的小狐狸。那是第二次大战前夕吧，相隔日久，我从先代右卫门的觉范看到这个场面，发现和五代目那副干净利落的姿影大为不同，深有幻灭之感。不用说，富于现

〔1〕享保年间（1716—1738）创作的歌舞伎伴奏音乐，音调勇壮、豪快。

代理性的歌舞伎的舞台，没有出现狐狸等场面。橘屋[1]和六代目的寿司店权太，已经不再使用血糊之类的了。虽说也应遵照时代的趋势而发展，但正因为如此，真正的歌舞伎的趣旨，正在连年消亡下去。

荣三郎的静御前虽然也很美丽，但在气品之美这一点上，不及四世福助[2]的义经。田村成义将当时的福助称作"义经角儿"，我们少年时代梦幻中所描绘的义经，若是从绘画中选拔，正是那副模样儿。后年，除了安田靫彦氏的《黄濑川之战》中扮演的义经之外，再没有看到过那般俊美的义经了。不过，这是福助时代的义经，自打五世歌卫门之后，（中略）已经不再起薹儿[3]了。当时我看罢明治座的春季公演，这才理解，当年在大矶松林馆，母亲与真鹤馆的大伯母以及阿菊姐，为何为了看一眼当时26岁的福助，竟然那般追逐奔走，吵闹不休。但是，那时候的福助变成了寿司店的阿里姑娘，不如义经那样感动人心了。阿里脸蛋儿很美，但赤裸的双腿看样子没有涂白粉，又是大冷天，好像冻得红红的，我实在有点儿看不下去。面孔那般白净，腿脚也应该涂抹白粉才是。虽说是小孩子，但看起来总觉得不甚调和。

[1]歌舞伎俳优的屋号。为十二世以后代代市村羽左卫门以及所有弟子所沿用。

[2]中村芝翫（四世，1830—1899），歌舞伎俳优，日本舞蹈中村流家元。本名中村芝翫。屋号成驹屋。天保十年（1839），袭名一世中村福助。万延元年（1860）袭名四世芝翫，成为守田座座头。

[3]蔬菜因过期不收获而长出硬薹，比喻年老过时，风光不再。

那年四月三十日，歌舞伎座开场演出。团十郎、菊五郎、四世芝翫（四世福助的养父）以及福助等人，第一场演出《富贵草平家物语》，第二场演出《鱼屋茶碗》，中幕以芝翫的意休[1]、福助的扬卷[2]，而出现于团十郎主演的《助六》[3]之中，对此我很想观看，但终于没有被大人带领去。我每天站在清水屋店头，观看助六的三联画度日月。绘双纸上，比起团十郎的助六和福助的扬卷，芝翫留着髭须的意休赭红的面颜，给我留下最明晰的印象。而我实际上，更想看的是第一场《平家物语》，其兴趣超过《助六》。我阅读大和田建树的《历史谈》，对源平时代的故事非常感兴趣。因而，一心巴望净海入道、西光法师、内府重盛以及新大纳言成亲等出现于舞台，那将是多么精彩！于是，对于当年利用团子坂的菊花人形，编制那样的舞台场面，展出了团十郎的西光、权十郎的成亲、八百岁时代的先代中车的清盛，因此，我为更多地放过那些剧目而深感遗憾。

明治三十年，我观看四月歌舞伎座演出整本狂言剧《侠客春雨伞》，还有中幕的《和田合战女舞鹤》。记得青青园为当时写剧评，寄给《早稻田学》，他说："《团十郎》不适合序幕中晓雨那副年轻商人的打扮，名优同样年龄不饶人。"可不

〔1〕剧中人物，蓄须老生角色。

〔2〕歌舞伎旦角美女发型之一，所谓"倾城"。此处指剧中美女。

〔3〕歌舞伎《助六由缘江户樱》的略称。世话物（世俗人情故事），一幕，歌舞伎十八番之一。1713年初演，1749年二世市川团十郎第三次主演，遂奠定该剧基础。

是吗，他说的一点不错。但是，我在"仲之町"那场，晓雨对着钓钟庄兵卫说出"臭，臭"的台词，倒是团十郎一流的朗朗吐音，因此，每当说起"臭，臭"这句台词时，总是不忘模仿团十郎的声色。这句"臭，臭"的台词，往年海老藏、吉右卫门扮演晓雨时，一概省略了。我记得前代勘弥在"帝剧"[1]演出时，确实是说了这句台词的。但我认为，依然赶不上至今留存于我耳朵中的团十郎那种天马行空的音声。顺便说说，勘弥时期的钓钟庄兵卫，因为是由六代目菊五郎扮演，海老藏时代由现今的左团次扮演，他们固然谁也不弱，尽管如此，我感到团十郎时八百藏的庄兵卫，最为出类拔萃。

敗于口争，悄然无声，光着脚，撩起后襟，尾随晓雨沿花道而行的身影；在切腹现场，于楼上同晓雨相对而坐时沉郁的表情；想吸烟时摸索腰间，发现丢失烟盒后一脸颓然的表情……真是惟妙惟肖。六代目在"帝剧"演出这一角色时曾经说过，某些方面有人跑来逼问，有人发来恐吓信，使他深感困顿。由此可以察知，因为那出戏有些地方不合时势，不论是六代目或左团次，都很难再演下去。尽管如此，初演时或许因为八百藏一片热诚感动了团十郎，演出最为成功。青青园说道："《八百藏》的钓钟，风采照人，腹部也好，但切腹过于简单了。"但在少年的我看来，切腹之后那种表演也很好，并不觉得过于简单。庄兵卫切腹，团十郎的晓雨叹道："又失去一条

〔1〕帝国剧场。

好汉！"随后幕落，留下充分余情。冈本绮堂[1]的《灯下明治剧谈》也对当时有所记述："团十郎的大口屋晓雨和八百藏的钓钟庄兵卫等，一致受到好评，占尽风光，堪称今年未曾有之盛事。""晓雨手执素色蛇目伞出场，一时期，素色蛇目伞风行全城。"

我对当时中幕上演的《和田合战女舞鹤》，也有着种种回忆。第一，通过这出戏，我开始将注意力转向丑之助时代的六代目菊五郎。丑之助在那前一年的《千本樱》中，扮演权太的儿子善太，那是后来看了《年代记》才有这般感觉的。五代目的儿子比我大一岁，是个艺名叫"丑之助"的可爱的少年。我最初知道他，是在团十郎扮演女武者板额之子市若这一角色的时候。市若虽为少年，但甲胄缠身，全副戎装而出。此外，佐佐木纲若丸、千叶佑若丸等几个武者之子登场，同市若进行一番问答，因而，我对和自己同年的少年，身着铠甲，披坚执锐的打扮十分艳羡。论起团十郎的板额，"脚本照旧使用原来的《和田合战女舞鹤》，但破门后一场的板额，一头垂发，脑后呈钵状，绑垂直护腿，套毛皮胶靴，一副传统历史剧演员的打扮，使观众大为震惊。以至于有人说怪话，说这种打扮雌雄难辨"。绮堂写道，"身着和式罩衫的优雅的女子，将怀纸按压在门上，含有这种狂言剧趣味的剧目……团十郎演出这样的历

雪后庵夜话 flow reading

---

〔1〕冈本绮堂（1872—1939），小说家、剧作家。原名冈本敬二，别号狂绮堂、鬼董、甲字楼等。以代表作《半七捕物账》赢得歌舞伎新锐作家之美称。

史剧，之所以往往使自己成为部分观众批判的靶子，正是因为这种坏毛病缠绕不放，最终替代了晓雨的大力称扬，致使这个板额声誉欠佳"。我虽然对于历史剧的细微的道理不甚了了，但本来决算不上好男子的团十郎的脸，那样的装扮，看起来稍感丑陋。而且，平时靠演艺之力比实际显得高大的身材，当时看上去变得非常渺小了（或许为演出女人娇小之态，故意装成矮小个儿）。关于这一点，我想起过去六代目评团十郎《道成寺》："最初上场的瞬间，那是多么难看的脸型啊！然而一旦跳起舞来，忽然觉得并不显眼，反而一变而成为亮丽之女子。"板额也是如此。市若自害一场，普通身着和式罩衫后动作之优美，那种突出来的伟大的眼球，厚厚的嘴唇，全都被人忘却尽净。听到市若在障子门对面唱诵"南无阿弥陀佛"，随之号啕大哭，使人感到只有团十郎才能演得如此动情。其后，除了文乐座的人形剧外，我长期没再看过狂言，相隔很久，再观赏去年刚刚辞世的梅玉，不能不重新联想起团十郎的演技。梅玉当然也是一名优秀演员，但在那时的舞台上，比起过去的团十郎来，则令人兴味索然。

我在四月的歌舞伎座，观看了扮演市若后的六代目，然后隔了两月之后，不料在蛎壳町街头又获得就近观察他的素颜的机会。那是当年六月二十八日，他的表兄菊之助死去，三十日那天，从新富町的寺岛家出殡，葬列由樱桥出发，经过铠桥、人形町，走向本所押上的大云寺的途中遇见他的。人们预先都知道所要经过的路径，为了一睹演员们的风采，大家都争先恐后地沿街迎接，嘴里不住议论着，那个是谁，这个是谁。我也站在铠桥大街的三原堂附近，等待队伍的到来（当日大概是礼拜天，因为我不大会旷课前来观看。再不然就是举办葬礼的时间很晚，大致不出这两个缘由）。我期待着，心想丑之助必然会来参加葬仪的。果然，我看到他戴着黑礼帽，下穿条纹裙裤，一身正装，坐在人力车上。那年我12岁，已经不再穿黑色鱼子纹羽织褂、勒博多腰带和套仙台平纹裙裤了。（我穿过的衣服接着传给精二穿）想起当年家庭富裕的时代，自己也曾拥有过那样的礼服。看到丑之助，不由联想起一去不复返的往昔的生活，满心怀旧之情，不得自已。

菊之助死后十天左右，七月九日，号称团门四天王之一的市川新藏也死了。而且，我同样在人形町大街迎来那次葬仪。据青青园《演剧史》记载，新藏本来是田安家收纳室职员的儿子，除了武艺和技能，扮演小生和旦角，与同门八百藏一样精巧，自然成为八百藏的一名好对手。况且，八百藏舞蹈方面不行，新藏却是舞蹈的行家，动作和台词均圆润、流转，充满张力。模仿团十郎音调明朗，极有辩才，而且富于文笔之才，出版小说《寒风》，为杂志《学习之友》供稿。还有，他学鹭流[1]狂言于矢田惠哉[2]，学书于市河万庵[3]，学画于中野

[1] 狂言流派之一。据传室町初期路为流祖。至江户初期十世鹭仁右卫门一代遂确立家系与艺系。

[2] 矢田惠哉（？—1893），鹭流狂言师。其唱腔最终为该流艺术之绝响。明治二十六年，殁于神田佐久间町江岛屋隐居所，葬于深川猿江明住寺。辞世俳句为："花将暮，我亦脚步匆匆，踏上回归路。"

[3] 市河万庵（1838—1908），书家。市河米庵之子。

其明[1]，画名号"雪童"。正因为如此，对新旧脚本均有相当理解，事实上，作为下一代的团十郎，可以预料，将会创造一个华丽的将来。只可惜，不到40岁就去世了。师傅团十郎也悲悼他的死，他说：

"我的改良的意见，已经无法进行了。我所到之处，其他俳优亦很恭谨，一旦成为单身，便都为所欲为起来。对此，给与忍耐的是已故的新藏。还有，他所扮演的仅有的一个角色，都很优秀……新藏要是活着，我的改良主义或许直到我死后，都将继续进行下去。"（《樱痴居士与市川团十郎》）

新藏自身似乎也有这种抱负，他坦言："下一代的团十郎就是我。"世间为他起的诨号就是"十代目"。二十八年，他以演技座为据点，与八百藏举行火热竞演的时代，我似乎看了两三回。他因患眼疾，戴着眼罩登台演出，这事我也知道。但是，除了上面所述《河内山》这出戏之外，其他一出也记不得了。

《年代记》有这样一段文字：

"生前教导职为中讲义[2]，遗骸乌帽子装束入棺，以神式祭奠埋葬于谷中公共墓地。"

我记得，这种神式葬仪，尽管是俳优之死，但也极为简单，参加葬礼的人屈指可数。社会上对他迅速的荣达抱有反

[1] 中野其明（1834—1892），明治时代画家。

[2] 教导职是明治初期遵照明治天皇《大教宣布诏》（1870年1月3日颁布），为弘扬大教（神道教）而设置的宗教官吏制度。教导职最上位分为教正、讲义、训导等级别，每一级再分为大、中、小三种，共有十四级。

感，嫉妒者也很多。他本人就有喜欢吹嘘的缺点，原因或许就出在这里。这位堪称"梨园中菱田春草[1]"的人物，患有眼疾，二十六年发病，过程不佳，经常入住红十字病院和大学病院。接受当时的名医斯克巴[2]的治疗，曾一时迅速转好，然二十九年为出演团十郎《重盛谏言》中的宗盛，旧患再发，以致毙命。葬礼当日，我于路边听街谈巷议，有人说："新藏的病并非一般眼疾，原是梅毒引起的。"他这人受到过横滨轮船旅馆西村之妾的宠爱，其后做了她的养子，或许梅毒一说不无根据。

当月十一日起，在歌舞伎座，菊五郎演出默阿弥原作《小猿七之助》，我没有去看。因为故事情节残酷、卑琐，宣扬不伦，以《时事新报》为先头，各家媒体群起声讨。一周之后，警视厅命令停止演出。记得母亲和小舅，一块儿聚在活版所内客厅，频繁地谈论这一话题。还有，十一月的歌舞伎座演出《椿说弓张月》和《时平公七笑》，团十郎扮演为朝和时平。小舅去看了，带回一份演出节目表。他没有带母亲和我一块儿去。这么说，明治二十六年歌舞伎门票，高土间每间费用三元五角，"这次各种费用加在一起，共花去二十元。看来，戏剧也不能稀里糊涂地看下去了"。有时小舅也发些牢骚。那是

〔1〕菱田春草（1874—1911），明治时代日本画家。与横山大观、下村观山同为冈仓天心（觉三）门下。致力于日本画革新。代表作有《落叶》《黑猫》等。

〔2〕Julius Scriba（1848—1905），德国外科医师，1881年来日，讲授西方外科学，对现代日本医学多有贡献。

三十年前的事情了。而且，不知是否因为这一点，三十一年的春季公演时，我被带去观赏在二流小屋——中洲真砂屋的演出。第一场是《不知火谭》，中幕是上卷《倾世忠度》和下卷《大和桥》，第二场是《阿静礼三》，其中，涟太夫实际上就是萨摩守忠度和礼三家橘时代的十五世羽左卫门，还有三七信孝和阿静讷升时代的先代宗十郎。尽管他们二人的技艺当时尚未成熟，但却真正处于生气勃勃青春年华的绝顶，我为这两个人的美丽与妖艳深深迷醉。家橘在前一年真砂座的时候，《年代记》写道：

"家橘的门票卖得很快，中幕带屋扮演阿半和长吉获得好评。第二场竹门之虎亦模仿伯父菊五郎。"由此可以察知，他们的成就在这前后已经获得承认。最初，还不是凭借容貌和姿态受人欢迎吗？也许就在当时或稍后，一天，我从偕乐园出来，在门口遇见正要乘人力车的家橘，惊叹于世界上竟然有如此的美男子，简直让我看得出神。不一会儿，他乘上车子，顺势微微飘起和服的衣裾，倏忽瞥见那玲珑剔透、晶莹白净的下肢，不由惊叹，多么漂亮的腿脚啊！但由于家橘精明能干，比起倾城涟太夫，他所扮演的忠度和礼三更受好评，讷升也颇为丰满圆柔，较之信孝阿静要出色得多。毕竟讷升代代皆有特别的色相，现宗十郎的筵生时代，也具有女人们所不及的婀娜资质，如今的六世讷升也承传了父亲和祖父的面影，往昔《阿静礼三》出现于非人小屋场中的四世讷升，身边仿佛飘荡着一股妖氛般的氤氲的空气。依照戏剧所说，礼三郎是被称为今业平的美男，阿静是被称为小町阿静的美女，都是当年家橘和讷升最为理想的角色。然而，迫于义理人情的礼三郎，硬生生被拆散之后，悲痛欲绝的阿静凄艳的姿色，给少年心里留下深深感动，久久不消。母亲也是强忍激动之情，看完那场戏。而且，我们也不知出于何种情况，剩下最后"小矶原"一场没看，就退席了。

"眼下离场回家，免得继续哭个没完。"母亲这才放心地说。

总之，自幼童时代直到今日，我在舞台上所见到的旦角之中，于扮相俊美这方面，可以说没有人能比得上当年的讷升。

此外，团十郎主演的《矢口渡守顿兵卫》、五代目主演的《马盥的光秀》等，也存留于我的记忆的底层。记不清何时何地了，鉴于谈论戏剧的话语太长了，就此打住。加上不久之后活版所也家道没落，小舅到此为止，也不再邀约我们一起去看戏了。其后，只不过跟父母去书场听听单口相声什么的。就这样，不久到了明治三十五年，父亲终于陷入穷途末路，我17岁住进筑地精养轩（场所在京桥区采女町，今天的银座东五丁目）家庭教师的家里，以后的数年间，几乎每天都经过令人怀想的歌舞伎座门前，但无暇再向剧场内瞅一眼，自然也就看不到这四五年来"团、菊的晚年"了。三十六年二月，五代目菊五郎去世；九月，九代目团十郎去世，歌舞伎暂时进入沉滞期。然而，我由活版所小舅那里所感受的众多的恩遇之中，及早观赏到九代目和五代目精湛的演技，并给予最高评价。再次，我很想再重复一遍，这对一个多感的少年来说，施予了多么大的功德啊！说起这一点来，小舅不单是出于和母亲的姐弟关系而邀我看戏，他肯定知道我能理解剧中情趣，特地使我高兴高兴吧。至今，我依然这么想。

从幼年到少年

我在前面提到过，父亲在米屋町经营"久屋"商店的时代，出生的第三个儿子送到千叶县中山的乡下做了养子。其后，搬到南茅场町第二座宅邸，两年后即明治二十九年，才生下长女阿园。因为是长女，所以哪儿也没有送，就在家里养着了。（阿园之后，又连生了两个女孩子，最小的叫"终平"，这两个女儿都送人了。）母亲当时33岁，正逢厄运之年，不出奶水，我一直被指派去购买浓缩奶粉。当时替代母乳的只有一种当今还继续存在的"老鹰"牌浓缩奶粉，就是普通的condensed milk，但好多人都错读为"麦尔克"。但"麦尔克"一定是印有老鹰标记的炼乳。当时日本桥大街一丁目或二丁目西侧，有家"大仓"洋酒店，我每次都被指定到那里买奶粉。一茶匙浓稠的炼乳，需要兑一杯热水溶解后才可喂婴儿。我经常躲着母亲，偷偷地从铁罐里舀一匙稠嘟嘟的炼乳喝。现在喝起来，依然又香又甜，更何况少年时代的我吃起来多么美味，那就可想而知了。再说，老是偷吃终归会露馅儿的，所以在吃完一罐子这段时期内，只可偷吃两三回，每一茶匙都要再三品味之后才肯下咽。

去洋酒店除了买奶粉之外，还要买单舍利别[1]或波尔多牌子的红葡萄酒。单舍利别混在药里使用，波尔多似乎是供父亲时常代替日本酒喝的。父亲曾经在青物町开办过洋酒店，那个时代，父亲店里葡萄酒、白兰地、利口酒、味美思、雪利酒等高级洋酒应有尽有。因而，他对洋酒的知识十分精通，似乎很想品味一下过去这些熟悉的美酒。一般人都认为西洋酒比日本酒更卫生，更有利于健康。另外，我也因为办理各种要事，曾经去过日本桥买东西。那时，"榛原"纸店位于海运桥大街，不管是不是喜庆之日，只要想去就到店里买一些米糊纸[2]和纸捻儿。（米糊纸为掺入米糊漉制的杉原纸。关西虽然也使用杉原纸，但不用米糊纸。而在东京，称米糊纸为"米糊"，今天依然沿用此说。）"山本"紫菜店、"人字边"鱼皮[3]店、"山本山"茶叶店等，也是我经常去的地方。至于饼果子[4]店（最近东京已经不再叫饼果子，而叫生果子了），母亲只认准"三桥堂"一家。所以，她总是派我去小网町采购。那家店面如今似乎依旧坐落于原来地段，不过，从前的入口不正对铠桥大街，记得是开在南侧的。一进入店内，一

〔1〕医用单糖浆。

〔2〕原文"糊入纸"，手工漉纸中掺入米糊以增白色。

〔3〕将鲣鱼蒸煮、腌制等工序，反复晒干后，再经削皮而制作的食品。

〔4〕即以糯米粉、果子面混合奶油、水果、干果等材料制作的各类糕点甜食。

位攀着背带、系着围裙的男子走出来，不知是老板还是掌柜，都是由他为我装好果子。那人30岁光景，长面孔，皮肤白皙，我至今没有忘记他的样子。然后，为了买齿刷[1]和牙签，最常被派去的是芳町的"萨鲁亚"店。吉原一带的妓馆，在我读大学之前，她们不用牙刷，专门使用这种齿刷。普通的商家三十四五年前也全是这样。因此，每天早晨刷牙，满嘴里都是留下的碎屑子。

日本桥附近，有"须原屋""大仓书店""青木嵩山堂""丸善"和"博文馆"等书店。因此，我从十三四岁时候起，将父母和"伞屋"伯父给我的零钱积攒起来，买了不少自己读不懂的艰深的书。有一年，我等不及书摊上货，及早到博文馆买了临时增刊的《少年世界》。这是第一次买书。因为我知道发行部门也可以零购，其后，我还去那里买了帝国文库的《八犬传》和帝国文库的《太平记》续本。比起《八犬传》来，我是先买的《太平记》，一千多页皮脊装订的厚厚的一本书，捧在手里喜滋滋的，顿时感到自己变得伟大起来了。记得我心中十分激动，一路上一边翻看一边走回家来。当时的学生都被"忠君爱国"的思想禁锢了头脑，那第一卷中的"赖员回忠事""资朝俊基走关东""君王谋反未成""君王谋反次第藏不住"，当发现后醍醐天皇征讨北条计划被记述为"君王谋反"时，我产生异样的感动。还有，第四十卷最后一项，"细

幼少时代

[1]原文为"房杨枝"，柳木或竹子制作的牙具，比牙签长大，一端为分枝状用于刷牙和染黑齿。

川右马头西国上洛事"最后的文章，亦即《太平记》全卷的末尾，以"成为中夏无为[1]一代，实所难得"一句作为归结。看到这里，南朝失败，不仅再次回到武家天下，足力氏的治世虽然继续动乱，依旧是"实所难得"，这到底是怎么回事呢？我感到非常奇怪。我知道上田秋成的《雨月物语》收入帝国文库的《珍本全集》，我曾经去买过。后来听说还有木版印刷的一整册，又去嵩山堂买了一本。我还去嵩山堂买过大盐中斋的《洗心洞箚记》。一个小学生竟然读这样的书，完全是受到继野川先生之后稻叶先生的感化所致。关于这些，以后在先生的专题中再加以记述吧。

眼下手头有一册明治二十九年四月发行的《西游记》和《弓张月》合订本，帝国文库版，定价五十文；三十二年发行的《太平记》，帝国文库再版，六十文。之所以能经常买这类书，主要是靠伯父和小舅给我零钱。至于那时候的父亲，是如何维持生计的，每月的收入是多少，当时的我全然不知。我所知道的只是，当时父亲不再走访自己蛎壳町的老窝，而只去兜町了。父亲在兜町出入于何种店铺，是否每月都有固定工资，自己是否开交易所，交易所是经营大米还是买卖股票……这一切我都不得而知。但有一点是明确的，我家的生活很不宽裕，每月一到月底，父亲大多灰着脸，双眉紧锁，爱发牢骚，动不动就向人诉苦。还有，兜町也变得没有人间味儿了，父亲也不大在外吃饭、喝得醉醺醺地回家了。晚饭时他必然归宅，换上

[1] "天下太平，无所作为"之意。

一件便服，隔着长火钵，同母亲相向而坐，天南海北地聊着。从人世间的社会百态，说到当天发生的各种事件。只是自己的前途一片灰暗，事业颇不如意，到头来对兜町的人种说三道四，以至于对整个世界都深怀不满，牢骚满腹，非得征求母亲的同感才肯罢休。父亲的意思是说，一般的人都很狡猾，都是些煮不烂、烤不熟、难以下咽的死猪肉，唯有父亲这样的人才是正义之士。我在一旁暗暗倾听，觉得父亲说得对，我家之所以贫困，不是因为父亲不努力，而是因为社会不重视像父亲这样正直而富于德义的人造成的。我对这一点确信无疑，有时愤世嫉俗之余，写入作文给稻叶先生看。

母亲也和我一样，努力使自己相信，是这个世界不好而不是父亲不好。但另一方面，她也绝不会忘记，初代久右卫门好容易分给她的财产，全是由于父亲的无能而丢掉的。她看起来时不时会想起往日的荣华，忧叹今天的境况远不如前。母亲经常对我谈起，她在明治初年，铁道只修筑一半的时代，她和她的父亲、姐姐们，乘上一列人力车，到箱根、江之岛、镰仓、伊香保等地游山观景。母亲还说，那个时代必要时就从东京预先订好人力车，跟着一起走。每月的戏剧和狂言一次都不落下。母亲的妆奁盒里，装满了老演员们的照片，其中单是我听到名字或略有记忆的就有中村宗十郎、坂东家橘、八世半四郎、三世田之助、二世秀调、四世高助、二世女寅等人。母亲死后，这些照片一直由我珍藏着，直到大正十二年那场地震中被焚毁为止。现在回想起来，多半因父亲生意场的失误，有的月份入不敷出，坐在长火钵两侧的父母经常发生激烈的争论。而且多数场合，都是母亲一个人不停地唠叨个没完，什么沦落到如此可悲的境涯究竟是谁之错啦；什么一年年苦熬下去到底作何打算啦，等等。父亲总是看着地面，一言不发。此时父亲的表情充满无奈，看得出他即使沉默不语，内心里也是满怀对母亲的愧疚。不过，有一两次，父亲并未一味听母亲数落下去，突然爆发，大肆吵闹起来了。虽然没有互相扭打，但有一次，母亲将一团擦过眼泪的鼻纸，从铁壶那边朝父亲的膝头扔过来，父亲也因此动了手。当时还很健壮的御美代嬷嬷，从厨房里跑出来拉架，劝慰双方相互谅解。然而，谁也不肯相让，母亲哭着打开衣柜，换上外出的衣服，御美代再三劝止，她都不听，前往蛎壳町去了。父亲期待着祖母和"阿庄"小舅派人来，他有些坐立不安，只顾挨着火钵烤火。果然过了一个小时，活版所的学徒工来接他了。此时已经是深夜，夫妻好容易从茅场町回来了。但此后的两三天，谁也不愿搭理谁。

"润儿，爸爸妈妈还吵架吗？"

祖母很担心，她好几次这么问我。

那时候，代官屋敷有一家"鱼文"鱼介店，那里的老板娘每天一早都来卖货。这一带一直认为，"鱼文"的鱼都是东京湾捕捞的鲜货，老板娘也以此为自豪。正因为如此，她挑着担子溜乡叫卖，价钱也就特别贵。随着渐渐陷入生计之苦，父亲时时提醒母亲：

"今后还是要简省些，那样贵的鱼不要买了。"

"鲣鱼生鱼片不吃了，鯵鱼和沙丁鱼已经足够了。"

鉴于"鱼文"从前还在四十五号那个时代就常来常往，又是老板娘亲自登门出售，母亲她不好轻易拒绝。老板娘早上十点左右，趁着父亲去兜町上班，将后门的油纸障子拉开，招呼道：

"早上好。今天要买鱼吗？"

紧接着，她拿出写着草书字母的薄木片儿，一一报出当天的鱼名。不过，她虽然念完了，但并不急于推销，而是花上二三十分钟和你砍山门，说些同生意毫无关系的事情，借以消磨时光。其间，老板娘站在后门口，母亲站在厨房铺着木板的地方，聊个没完没了，花费的时间实在太长了。不用说，母亲心里也有数，如此长久的闲聊，并非因为老婆子犯傻，看来今天非得买点什么不可了，实在不行那就来块干鲣鱼肉吧。"鱼文"的老板娘到底是老板娘啊，要是粘缠个没完，那就再多买点什么好了。老婆子似乎看穿了母亲爱面子这个弱点，到头来还是她占了上风，完成了一笔生意。母亲不管自己和孩子，只想着给父亲买一份生鱼片供他下酒。父亲虽然嘴里嘀嘀咕咕，但见到生鱼片也并不动怒。

"到底还是'鱼文'的鱼鲜美啊！"

"真是难得啊！"

他一边吃一边赞不绝口。

不晓得当时是因为蔬菜远比鱼肉牛肉和鸡肉便宜，还是出于母亲的喜欢，我家平生的副食品皆以蔬菜为主。大都是莲藕、芋头、山芋、慈姑、牛蒡、蚕豆、豆角、豇豆、扁豆、竹笋、萝卜等，拌上鱼皮屑、酱油和白糖。估计小孩子不太喜欢，为了提味，便用油炒一炒，或有时候做点儿甜味牛蒡、油炸茄子、蒟蒻调芝麻酱和杂烩豆腐汤，倒也可口。不过，做起来或许太费事，所以不是经常能吃到。"神茂"[1]的"鱼筋"[2]和"半平"[3]，比起蔬菜店更是难得。蔬菜里喜欢吃的只有山药粉汤。虽然听人说"吃多了会胀肚子"，但还是吃了一碗又一碗。鱼类菜肴比起红烧，大都是蒸煮的多，比目鱼、鲽鱼、六线鱼、鲹鱼、鳕鱼、鲱鱼、鲨鱼和鲣鱼干等，都是煮了吃。红烧的有蒸鲽鱼、鲂鲱、沙丁鱼和飞鱼之类。煮鱼，我不爱吃。此外，碰到礼拜天，能吃到鱼和蔬菜天麸罗[4]，连父亲都破例来厨房，那就到了全家总动员、极其热闹非凡的时候。不过，这样的场合少之又少。

夏季，有时候饭菜馊了，前一天吃剩的东西，父亲说扔了可惜，再烧一烧硬是叫我吃下去。这实在叫人受不了。有时发臭了，捏成饭团儿，浇上酱油，做成炒饭。尽管如此，还是臭得叫人受不住。相反，最高兴的是每月十日祖父的忌日。虽说周年忌日是六月十日，但每个月到了这天，就在库房客厅里放上一张八仙桌，桌上安放一枚经过放大的祖父遗照，摆上一盘西餐菜肴。之所以挑选西餐菜肴，一是爱赶时髦的祖父晚年喜欢吃西餐，二是为了使一直瞄准供品的我和精二开开洋荤。当初，品种并非限于一盘，渐渐地也就定为一盘了。照例是从"弥生轩"或"保米楼"订购一盘火腿蛋卷，上头添上几朵荷兰芹。之所以订购蛋卷，可能是出于"一切两半，有利于兄弟

〔1〕位于日本桥的鱼肉制品名店。
〔2〕鱼皮、鱼筋以及鱼的纤维、软骨等混合制作的食品。
〔3〕鱼肉山芋粉饼。
〔4〕将鱼虾、蔬菜等蘸上淀粉油炸而成的食品。

和睦"的考虑吧。我当天放学回家,走到八仙桌前,一遍又一遍向祖父祭拜,同时斜眼瞅着蛋卷盘子,等待着吃晚饭的时间。而且,一旦坐到饭盘旁边后,总是将自己的一份和精二的一份两相对比,一边瞅着他的,一边咬一下自己仅有的那点膨胀的鸡蛋皮儿,细细地品味着,舍不得很快吃完。

说到洋食,我想起来了,当时的"西洋料理",自然没有"洋食"这个名称。在我们家里,除去祖父的忌日,几乎不吃店里的东西。我曾被招到活版所吃晚饭,由小舅请客。因受祖父的感化,小舅似乎也爱吃西洋料理,从位于小网町三丁目铠桥大街的商店"吾妻亭"送来饭菜。有时,小舅说道:

"前些时候吃的西洋料理叫什么来着?……嗯,很想吃啊,叫什么名字呢?"他思考了一会儿,"哦,想起来了。"

于是,他顺手从砚箱的抽斗里拿出卷纸,写上"炸肉饼"交给女佣。

明治年代的西洋料理,丝毫未被日本同化,忠实地模仿欧洲风格,比今日的样式更纯粹,更时尚。就拿调味汁来说,只使用英国制的辣酱油[1]。面包尚未传入如今这样的纺锤形和羊角面包,专门称为英国面包或方形面包,多数人吃的都是两端扭成一个结的面包,今天一般不再吃这种"螺丝转"面包了。西洋料理之外,活版所最常吃的是"玉秀"店的"Kashiwa"(《辞苑》上标的是"黄鸡"二字。即羽毛为

幼少时代

[1]原文为worcestershiresauce,蔬菜水果煮汁,加糖、醋、盐和香辛料制作的调味品。

黄色的上等鸡肉。今天，关西依然称鸡肉为kashiwa，但在关东，只是我幼小时代有这种称呼，如今不再通用了)。"玉秀"似乎就在活版所隔壁，或只隔一座楼。一方面很近，一方面京都的"Kashiwa"的确别有风味，类似东京鸡那种滑爽而柔嫩的甜香。所以，小舅一直是那家的常客。此外，小舅还经常招我去小网町"喜代川"（如今应该还在）鳗鱼店饱餐一顿。

父亲的胃病自打去四万温泉"汤治"以来，很长时间平安无事。搬到南茅场町五十六号以后，不知是第几年，半夜里胃溃疡突然发作，去厕所的途中倒在走廊上了。

"润哥儿，爸爸出事啦！"

嬷嬷将我喊醒的时候，父亲已经由母亲和嬷嬷两人抬到库房的卧室里了。嬷嬷连忙去请松山医生；母亲叫我赶快通知活版所。我喘着粗气，一溜烟儿直奔蛎壳町跑去。那阵子，也不害怕走夜路了。父亲的病一个月后虽有好转，但其后似乎经常复发，他总是说"今天吃饭不香""还是没有胃口"，时常来回揉肚子，大声地打嗝儿。

母亲平素不大生什么病。她身子修长，属于瘦体型，但往往体瘦的人，肌肉格外丰腴。天热的时候，经常挽起袖子，露出两只臂膀，摇动着团扇，或许有几分以皮肤白皙而骄人的意思。因为从小过着豪奢的生活，尽管缺乏锻炼，身子骨还是很硬朗，这或许因为生来有个健康的体质的结果。母亲患上现在很容易治好的丹毒，多半在我知道之后，早已卧床不起，五十多岁就死去了。不可思议的是，医生说她心脏很好，母亲自己和我都没想到会死。我和父亲相反，直到今天，都不曾感到过胃疼。十多岁时和精二两个都得过麻疹，染上两三次流感。除此以外，活到六十六、六十七岁，几乎没有因病而卧过床。这正是更多继承母亲的体质的缘故吧？

有悲有喜

俗语说"老大都是笨蛋",兄弟辈中,我给父母带来的麻烦肯定比谁都多。尽管如此,但我并没有经常受到父母的斥骂。最早留在记忆中的是在南茅场最初的家里,我六七岁的时候。

"好,好,你这样不听话,看我今天怎么制服你!"

母亲气愤地说。她叫来嬷嬷帮忙,在我小脚趾上烤艾灸。母亲每次动辄就要给我"烤艾灸",说着就拿来艾和线香,嬷嬷赶紧出来调解,紧握两手伏地,向母亲求饶:

"我再也不敢啦,对不起。"

只要这么一说,照例可以获得谅解。正当我异想天开的时候,谁知这一天嬷嬷完全站到了母亲一边。我简直慌了,一个劲儿大叫:

"我再也不敢啦,对不起!"

最后终于被按倒,坐上了艾堆儿,点上了火。

"好热啊,好烫啊!"

我大声吵闹，两腿乱蹬一气。嬷嬷一把揪住我的脚，使我动弹不得。

"好了，马上就完啦，马上就完啦。"

说着说着，母亲就在我的两个小脚趾上分别点燃了艾堆儿。老实说，比起灼热的艾灸，更可怕的是被两个大人摁住受刑罚。自打挨了灸，脚上的印痕两三天消不掉，割肉般的疼痛，弄得我很不开心。我每感到那地方疼，就想起受刑的日子，心里很悲伤。

这种事儿有过两三次，有一天，正在烧艾灸的当儿，父亲回家来了。

"怎么啦？不要哭，唉，好可怜啊。"他急忙抱起我，"妈妈给娃儿灸灸呢，算啦，算啦，不灸啦，放心吧。"

父亲用满含凄怆的亲切的话语安慰我。

这么说，父亲从未骂过我吗？也不是。我也挨过父亲的斥责。有一年，"伞屋"全家邀我们一起乘船去台场，到退潮的海边游玩。我第一个跳进大海，没想到那地方深不见底，我吓得赶快爬上船来。

"傻瓜蛋，瞧你急得那个样子！"

当着家族里众人的面，有意无意大骂：

"本来就是个铁秤砣，还想充老大，第一个抢着往海里跳！……"

看来，父亲眼见着我突然跳海，或许一时搞不清是怎么回事，但更重要的是当着伯父和伯父家人的面，自己的儿子干了件大蠢事，他脸面上过不去，才如此火冒三丈吧？其实，我也是一时糊涂干了错事，值得这般大声叫骂，在别人面前拼命揭儿子的短吗？真是个变态的老子！我心中愤愤不平。母亲因为晕船，当天不在场。父亲回到家里，照样又对我大骂一通。夫妇俩你一言我一语，不停地对我嚷嚷个没完。

记得在发生这件事之前，一个星期天，我一个人砍树制作木刀。我干手工活儿很笨拙，怎么削也不像刀。父亲看不下去了，说：

"快点儿拿来，我教你怎么弄。"

起初，他心情尤其好：

"这样，这样，"不管我怎么问他，父亲都不厌烦，"这里呀，这么来一下不就得了吗？"

于是，我就照着做。眼见着快要削成我所希望的木刀了，再糊上一层银纸就行了。我喜不自胜，"这里再加加工"，"那地方还不行"，一个劲儿提要求。这样终于把父亲惹火了：

"还要怎么样？你自己随便怎么干好啦！"

父亲突然大发脾气，我当时好容易即将完成一件事，乐此不疲，不管什么都不会扫我的兴。但这件事使我感到既遗憾，又伤心，一想起来就泪流滚滚。

嬷嬷御美代死时，我不是十二三岁就是十四岁，已经记不清了。我停奶之后，她改为厨房女佣做活儿。一天晚上，她蹲在洗涮间前的地板房里刷碗碟，身子猝然倒向左方，流了好多鼻血，满满一铁桶。松山医师很快赶来，诊断为脑溢血，暂时让她躺在女佣寝室里。几天后，由家住麻布十号的女儿夫妇接走，不久就来人通知说她死了。自打我出生那时候起，她就在我家佣工，关系非同一般，但死在非常之际，对她的家人来说，恐怕很难给予充分的回报吧。后来，御美代的外孙女儿也来我家做事情，但时间不长，又从桂庵雇了一名女佣。其实当时我们全家的生活水平，使用一名女佣已经有些过分，所以桂庵来的女子始终变来变去。经常没有人做厨房的事，只好由父亲、母亲和我分别承担。

新雇的女佣随便旷工，动不动就逃回桂庵。一旦有事，几个小时也不回来，我们觉得奇怪，到女佣寝室查看，日常用品都没有了。

"哎呀，又逃跑了啊！"

父亲母亲你看看我，我看看你，情绪很低落。算了，只得等着下一个女佣到来。这其中的几天或十几天，对于我来说是最痛苦的日子。

考虑父亲的内心，且不说往日荣耀之时，甚至一般的烧水做饭都不忍心叫母亲做。再说，母亲对这些活儿也不熟悉，到如今还像个饭也不会煮的闺阁小姐，所以日子尽管过得很艰难，依然需要雇一个女佣才行。没有女佣的日子，父亲比母亲起得早，点火烧锅，我也经常被命令代替父亲干活儿。冬天的早晨，库房客厅里亮着方角灯，父母还睡在被窝里的时候，我一个人早早起来，到厨房里做事。后来又增加一项，傍晚时分跑到各处清扫路灯[1]，这活儿比什么都可怕。那时候，二宫金次郎[2]幼年的故事时时浮现在脑际。不用说照他那样奋起

〔1〕当时街灯使用石油，每天早晚由点灯工人灭灯、清扫、点火。

〔2〕二宫尊德（1787—1856），江户时代后期经世家、农政家、思想家。通称金治郎或金次郎。幼时家贫，父母双亡。白日上山打柴，夜间编制草履。少年大志，俾至成立。

改变命运了，思来想去还是觉得贫穷最可恶。

我受过母亲仅有的一次严厉的体罚。原因出在哪里呢？母亲那样怒不可遏，一定是我干了使她难以容忍的事了。也许我吐露出来会给别人惹麻烦，所以无论如何都需要隐瞒下去。不是金钱上的问题，说是别人也想不起来到底是谁了。总之，我当初已经下定决心，坚决不开口。我被母亲叫到跟前，正襟危坐，不管怎么拷问，我都是重复着"不知道"三个字。母亲也耍了性子，拎起搭在长火钵上面的铁架子，抽出一根铁条，照我的屁股上狠打。那铁条外表磨成了银白色，是一根四五寸长的铁棒。记得嬷嬷过来拉架，那肯定是十二三岁的时候了。母亲当时根本不听嬷嬷劝解，铁棒打在我的衣服上，不轻也不重。

"我看你不说，我看你不说，好奇怪的娃子！快说吧，不说还要打！"

重复一句"不知道"，就挨上一次铁棒子。虽然手下留情，但同一个地方多次挨打，身子越来越疼痛难支。我要是想反抗还是可以成功的，理应也能逃脱。但我只是大声哭喊，莫名其妙地反复告饶："对不起，算了吧！"

这次体罚是如何收场的，虽说不记得了，但我一直挺到最后，这是确定无疑的。我想等父亲回来，母亲一定会告状，弄不好还要受到体罚，心里一直惴惴不安。没想到母亲见了父亲什么也没说。没有任何迹象表明母亲因为对我太过分而懊恼，所以，他为何对父亲一字不提，我一直感到不可思议。

悲伤的事情就说这些，下面说点儿高兴的事。不知后边所讲述的究竟属于哪一种。

父亲偶尔也如所预料到的，怀里胀鼓鼓地回家来了。每到这时候，朝夕的饭桌上忽然改观。就连我们孩子也看得出，这两天肯定赚了不少钱。

"今天你们想吃什么就吃什么，怎么样？牛肉火锅，还是西餐？"

说罢就订了好多我们爱吃的东西。母亲在一旁瞧着我们大吃大喝，一副心满意足的样子，想必心里也很高兴。然而，这个时候的我，心情很复杂。一方面嘴馋，喜欢吃得饱饱的；另一方面又觉得父亲挣的那点钱，转眼间就花得精光，一想到这种可怕的生活，不能不感到心绪悲凉。而且，一边感到悲凉，一边又吃得撑破肚子，到最后更加觉得悲凉起来。

父亲虽说也是这个家族成员之一，但蛎壳町和兜町的人们为金钱而一喜一忧，这种轻薄的表现始终遭到他的斥责，令他叹息不止。说起父亲，虽然有些清高自许，但在我看来，无论父亲还是伯父，在那些市场经济人中，都是属于上等的人物。或许因为谷崎家的亲戚全都是蛎壳町、兜町以及椙森神社一带的行情师的缘故，同那个社会的人们接触得多，所以很熟悉他们的风格。昨天还是拥有广宅大院的富豪，今日一变而为蜗居陋室的穷酸，可怜见地衰微下去。于是，"谁谁败落"的传言流布四方，朋友圈里也改变了态度。昨日的哥们不再理睬今天的失败者。这就是这个世界的定律，倒霉的人也只得认命，无须再发牢骚了。相反，昨天还处于穷途末路之徒，一朝时来运转，起死回生，转瞬间众皆蚁附，车马盈门，前呼后拥。"伞屋"店我曾多次见过这种例子。即便是从略略点头、打打招呼的方式上，也能惊人地看出来谁春风得意，谁穷困潦倒。在如此激烈的风云变幻中，始终保持江山不倒、度过幸福晚年的人，固然并不罕见；但一般的人一旦落魄，十之八九都很难东山再起，最后只有郁郁而终。像我每次所说的我的父亲等人，一跌到底，再也没有爬起来过。在米屋的经纪人中，就连恪守经营之道、全靠努力奋进而获得资产的"伞屋"的伯父，到了晚年——我逐渐以作家身份登上文坛的大正初期，因遭遇偶发事件而蒙受悲惨结局。伯父临终前为孩子们留下遗言：

"不论发生什么情况，再也不要做这种生意了。应该换个安稳的事业。"

伯父死后，"伞屋"的堂兄弟们，无由转向别的职业，只得违背亡父遗志，继续经营米谷和棉纱交易，到头来悲惨地倒闭，一间房子都未能保留下来。这是后话。总之，鉴于此种情景，我从小就对包括自己家族在内的那个社会上的人们没有好感，唯有我一个人暗暗期待着，决心走不同于谷崎家族其他成员的道路，绝不加入他们那一伙。

父亲和母亲往昔好几次去大矶的松林馆游玩、居住，自打那以后，再也没有机会夫妇一道乘火车旅行。只是在迁到南茅场町第二个家的时候，带我们游览过日光。大概是在嬷嬷活着的时候，父亲、母亲和我，以及当时不满10岁的精二一道去的。现在想想，父母陪伴我们兄弟，一家四口一道外出旅行，前后只有那么一次。记得似乎是暑假即将结束、天气最热的时候，我从前一天晚上一直兴奋得睡不着觉。不过，那时候，高兴的另一面，不能不暗含着一抹悲愁。原因是，当时父亲的交易所生意空前红火，可能赚了一笔大钱。我自然怀着在那里住上一两个晚上的打算。结果，父亲却说：

雪后庵夜话
low reading

"我们不住宿，当天赶回来。"

好不容易去了一趟日光，只能看一看东照宫的日暮门和眠猫，根本来不及看华岩瀑布和中禅寺湖，明白这一点，我的欢喜减少了一半。父亲和母亲还一再叮嘱我们：

"今天我们去日光游玩，不管对谁都要保密，即使去活版所和米店也不能说。"

出发定在一个礼拜天晴朗的早晨，鉴于礼拜天"伞屋"的伯父经常跑来串门，父亲犯了嘀咕：

"今天说不定实哥儿要来。"父亲有些担心，吩咐嬷嬷：

"弄不好，米店的少爷也会来的。他们要是来，就说我们和孩子们去上野玩了。"

父亲过了好久这次才赚到钱，本家不用说了，就连"实哥儿"也严加隐瞒，这对于亲族来说，实在有些不近人情。还有，相隔多年的一次游山看水，连住一个晚上都不行。一旦住下，亲族们自然就会知道。联想到父亲对母亲和我们兄弟的一番深情，感到既难得又可哀。

从上野发出的火车，乘的是二等车厢（当时也许分为上等、中等、下等三种车厢）。我想起当年本家的久右卫门小舅和正妻阿菊住在大矶的群鹤楼时，活版所掌柜的带我去游玩，在那里待了好几天，久右卫门夫妇陪我回家来。那时是第一次乘二等车，这回是第二次。即使是母亲，如此一身中流阶级的打扮，坐在宽敞的座席上，放眼眺望窗外的景色，除了当时同父亲结婚经历过一次之外，恐怕八九年再未有过乘火车旅行的事了。而且，父亲、母亲和我们一样，这次都是第一次踏上日光的土地。当时火车上的一些小事，我至今还记得，去时的车厢有两排长长的座席，乘客背对窗户坐在两侧。回程时乘坐的是今天所谓的"罗曼车"。而且去的时候，我们占据了背向上野山峦的席位。若问我这种琐碎的小事何以能记在心里，那是因为在我斜对面的席位上，坐着一位皮肤洁白、看来是富贵人家出身的气品高雅的小姐，同她父母坐在一起。这件事使我至今没有忘记。凭着少年的眼睛，很难判定一个年岁较大的女子的年龄。我确实说不出她究竟多大了，但估计不会超过十八九岁。我虽然在《少年世界》的插图上，经常看到闺阁美人的容颜，但那时才知道这样的女子确实存在。我分明意识到自己肉体中"性的觉醒"，凭借一个少年的狂痴，反复凝视着那位小姐的姿容。不，不仅是长相，从头发，从领口，从牙齿，从手指，一直到穿着白布袜子的足尖儿……——仔细而又固执地打量着，总也看不够。那副脸蛋儿在当时属于理想的标准型，鼻官秀挺，双目炯炯，瓜子脸。她意识到全车人的视线悉数集中于自己身上，一直低着头坐在那里。因而，看上去，这更使她增添几分秀逸与崇高。不仅是容颜，就连那根根玉指，也流露出几分高贵，白皙而优雅。盛夏时节，车厢内酷热难当，乘客们的脸上一个个像着了火。我一直盯着那女子雪白的手指，看得我浑身大汗淋漓。我想，有钱人家的美人大概都是这副模样儿。想着想着，进入了忘我的恍惚之境。这时候，那女子或许一时不知道眼睛该朝向何方，不由地瞧瞧我，嫣然一笑。我猛然一惊，回了她一个微笑。那一瞬的惊讶和喜悦——战栗般的感觉，抑或就是我的初恋吧。她的笑颜立即消泯了，视线转向别方。留在笑靥中的最鲜明的印象，就是那副整齐而洁白的齿列。

"……你瞧，简直无法可比。"

父亲当时凑近母亲耳畔小声说。

"到底还是气质不同啊，所以不愿挨着坐在一起。……"

父亲说罢，翘起下巴颏示意，母亲也默默地对他点点头。我从父亲闪闪烁烁的语句里，看出他们是在议论小姐，尽管我和父母看法一致而禁不住满心欢喜，但究竟是和谁作比较呢？"简直无法可比"，是指何人而言的呢？我顺着父亲下巴颏所暗示的方向望去，发现小姐同一侧座席的前方，坐着一位肤色浅黑、艺妓出身的上了年纪的女人，同那个不是恋人就是丈夫的男士坐在一起。说起肤色浅黑，她倒和久右卫门小舅的爱妾寿美有些相像，但那女子不如寿美那般婀娜多姿。父亲为何刚刚说过"不愿坐到一起去"，又马上将那样的女人同这位纯洁无垢的小姐加以比较呢？大人们的看法真是奇怪，我感到实在冒渎至极，同时又压抑不住满肚子的愤懑，只得在心中合十祝愿。

"小姐呀，我的父亲说了对你不敬的话，请你原谅吧。可我绝对不会有那些奇特的想法的。"

在日光没有特别值得谈论的话题。父亲熟悉名叫"小西"的一家旅馆，在那里稍事休息了一会儿；开始接触大谷川与含满渊的溪流时，多少满足了几分以往的憧憬；无论如何，不看看东照宫总是个缺憾，于是频频恳求，至少该到距离最近的里见瀑布看看；父亲说，急匆匆跑一趟回来，勉强可以赶上火车，你一个人去吧，万一赶不上车，就去小西旅馆住一宿。父亲还给我一些盘费，嘱咐我天黑走山路要雇人力车。不料走到半路，车夫不拉了，说前头不远就是，叫我自己去看，他在这里等着。我一人独自攀登，渐渐害怕起来，随之断念而返；就这样，好不容易才免于被全家抛弃。——我所记得的就是这么多。结果，当天去日光最使我高兴的是，从上野至日光的几个小时里，同我相向而坐的那位小姐的倩姿。

本家的小舅和米店的伯父伯母

我们全家自打在南茅场町五十六号开始衰败之后，蛎壳町活版所的机器继续轰响了十多年，由于小舅沉迷于茶屋的游乐之趣味，不再安心工作，致使生意渐渐萧条，同时也失掉了世间的信用。寿美在阿菊出走之后，本家的里院客厅只是获得了短暂的平静，她又很快再度离开了柳桥。尽管如此，她还没有同小舅分手，两个人经常到代地河岸一带会面。小舅渐渐放弃了动产与不动产，经常去麻烦伞屋的同仁兄弟。他虽然没多少钱玩乐，但和寿美一直保持联系。

小舅同比他年龄稍大的姐姐——我的母亲，好像比较合得来，瞅着白天父亲不在，有事没事都悄悄地进来，和母亲谈个没完没了。有一次，我放学回家，小舅就急不可待对我说：

"润一，派你去送一封信，行吗？……"

"好的，只管给我好啦。"

我满口答应下来。

小舅当着我的面写好信，掏出插在腰间的烫金皮纹烟盒。

幼少时代

"辛苦了，拿这个到那里的胜见跑一趟。你什么也不用说，只要默默地把这信和这只烟盒给老板看看就行了。"

所谓胜见，就是位于从前四十五号住宅斜对过，内茅场町一角的箱包店。小舅经常在这家店购买烟盒，什么草袋式的烟管烟袋，圆筒状的，带有高级金属附属品的，带有丝绒的，等等，他全都买过。我拿出这些东西给伙计看了，他很亲切地接待了我。

"请稍候。"

他让我在店外先等一等，几个人暗暗商量了一会儿，躲着我拨了拨算盘，然后说道：

"把这个带回去吧。"

他们把用烟袋盒换得的一包钱交给我带了回来。钱包里是小舅希望得到的金额。

"喏，拿去花吧。"

想不到，小舅还赏了我一点儿小费。

小舅自打没有什么人听他谈论自己和寿美相好的故事之后，他便紧紧抓住母亲，添油加醋大讲他与寿美非同一般的关系。当然，我从不在别的小孩子们面前提起。晚上，父亲回家，吃饭时母亲对他说：

"阿庄看来很得意，我问他有什么喜事，他就跟我大讲同那个寿美之间的关系。……"

母亲把自己听到的小舅的秘密，一股脑儿全对父亲讲了。我在一旁故意装作一无所知，巨细不漏地全都听个明白。

"他太傻啦。"

父亲虽然这么说，但也没怎么生气。

不用说，小舅对寿美一往情深，但不知寿美是如何看待小舅的。壮年时代的小舅，根据我的记忆，对照他二三十岁时候的照片来看，他是个很英俊的男人，假如生个女儿身，其相貌并不比母亲差，寿美更是无法可比。这段时间里，不知小舅究竟是如何说服母亲，避开父亲，大白天将寿美引到家里来的。时间大概是在下午两三点钟，有时小舅先来一步，焦急不安地等待着；有时寿美预先到达，对我们不好意思地寒暄一番，送点小礼物，同母亲唠一会儿家常。两人聚齐后，母亲默默陪他们到库房内室，我们或在六铺席房间里静静待着，或者在母亲眼神的指使下，到外面玩去。我和母亲共同瞒着父亲，并不觉得干了什么坏事。母亲同情自己弟弟的爱情，一心想办法满足他，其心理并不觉得内疚，反而有着任侠一般做戏的味道，使我感到非常高兴。如今，眼看着在我蒙昧之时，赐予我非凡的恩惠的小舅，如此穷困潦倒，我自己总想给他一番安慰。正好在这个时候，能给这位为生活所迫、被逼入穷途末路的小舅一腔温存，对于寿美的此种真情实意，我不能不抱有好感。

　　那时节，伞屋的伯父正值一路顺风顺水，随着不能再继续依赖本家，我们一家更是常常去米店打牙祭了。久兵卫伯父一家，一方面对放荡的阿庄满怀热情；一方面对于穷困失业、但老实本分的弟弟和助，更是寄予怜悯之心。他常在礼拜天来，和父亲一起带我和精二，到小孩子喜欢玩的地方去。回家时，必定找地请我们吃晚饭。我们曾经去越中岛和佃岛捕捉蝗虫，去京桥南传马町的河合，或登上元大坂町的"今用"吃牛肉火锅（在东京，所谓"鸡素烧"这一名称，也是后来才开始使用，当时只有"牛肉火锅"一种说法）。到大森海岸洗海水浴的时候，除了伯父、父亲和我们兄弟，还要约上活版所的小舅。伞屋的伯父不会游泳，而父亲同活版所的小舅都很擅长。小舅说要教我游泳，故意让我喝了好多水，嘻嘻哈哈嬉闹一番。细思之，那时候，身为商业会议所副会长什么的伞屋的伯父，那样细心照顾我们两个侄儿，自然出于对我们的关爱；实际上更出于对弟弟和助的怜悯，不是吗？随着自己的出人头地，对于地位每况愈下的不幸的胞弟，有时真想紧紧抱住他回到往昔的玉川屋时代，不是吗？我之所以这么想，是因为没有忘记伯父的一副慈悲心肠。

然而，在这里，我要对伞屋伯父的妻子阿花——对于我父亲她既是嫂嫂又是大姨子，对于母亲她是亲姐姐，对于我她既是伯母又是姨妈，务必要写上几笔的。

初代谷崎久右卫门三个女儿中的长女阿花，生于安政五年即戊午年，比三女——我母亲阿关年长6岁。她以入赘方式嫁给比她大1岁的江泽实之介——后来的谷崎久兵卫，并分得一份家产。我不知道那是哪一年的事，但我父母是明治十六、十七年之交结的婚，照此加以推断，大概是在明治十年前后吧。她生了三个儿子，两个女儿。最小的女儿阿隆生于明治二十四年。阿花自打33岁那年秋天起，病卧在床，十年未能下地行走，明治三十四年44岁时夭亡。她身体健康时，我只见过她一两次。那时我们全家住在茅场町，有一天，她来了，和母亲坐在楼下面对大街、嵌着窗棂的木格子客厅里闲谈。准确地说，记得伯母当时说她腿脚不甚好，看来，已经不算是很健康的人了。听说她的病始于二十四年十月初外出时跌了一跤，感到右侧腰眼儿疼痛，最初一周请人按摩治疗，未有好转，疼痛难支，住进一家名叫"樫村"的医院治疗，但在那里依旧没有查出病因。后来又去大学请青山博士诊察，到红十字医院施行电疗，一直不见好转的样子。接着又找佐藤三吉博士诊察。因为从外部很难下判断，决定切开检查。于是，又住进神田和泉桥第二病院，实施费时两小时的大型手术，切除腰部关节二寸长的腐骨。病名"关节炎"，最好在疾病未侵害骨头时加以处置，鉴于当时医疗水平，只有切开来才可判断，这也是出于无奈。

前面我曾写道：伞屋的伯母和母亲的长相不一样，"稍稍给人以阴险、可怖之感"。这固然是她天生就是如此，同时也因为十年卧床不起，生活各方面都不随意，更促使她阴郁不快，越发变得歇斯底里、我行我素了。虽说分家，但作为长女，驻守在父母家里，打从活版所衰微之后，伞屋的威势逐渐凌驾于本家之上，她越发有恃无恐，对丈夫久兵卫以下的家人颐指气使，为所欲为，脾气也变得焦躁起来。她两次住进第二病院，第一次是明治二十五年十二月至翌年三月，其间，最初一个月，伯父守在床边寸步不离，一刻也不许他去店里。不用说，除了有护士和女佣照料之外，白天里每天由真鹤馆的伯母、我母亲，以及她的长女阿菊，从上午到晚上轮流看护。病院的伙食很差，值班的家人总是想办法做些好吃的带给她。夜间，每晚从七点到十二点，由活版所分公司经理作为出差前来照料。一个月后，伯父渐渐被允许回家，到交易所聚会一下，下午三点之前，照旧晚饭也不吃，急匆匆赶回病院，陪伴病人直到第二天早晨为止。

就这样，伯母出院后，由于腰关节不能充分活动，只得伸直右腿躺着，或坐在椅子上，或由别人背着在屋里转来转去。我记忆中的伯母，要么独自一人坐在米店后院餐厅长火钵一旁的椅子上；要么将病肢前伸，家人围坐在她的脚边说话儿。我也常去看望她，对她磕头致敬；但她笑都不笑一下，一副强忍疼痛、焦躁而嗔怒的表情，斜睨着地下诚惶诚恐的我。看样子，除了腿脚不灵之外，其他一切都很正常，只是血色不太好，呈现出一副神经质细瘦的体势。佐藤三吉博士，其后每月来做一次检查，平素由附近的两位医生轮番前来探望。据那位被我们叫作"小菊姐"的长女阿菊对我所说，病人无处可去，一日三餐，要求换换花样。白天黑夜向各地餐馆订购饭食，但她嫌这也不好吃那也不好吃，连筷子都不肯动一下。于是，最后全都进入了"小菊姐"们的肚子。每天早晨，饭铺、烤鳗鱼店、寿司店、荞麦面馆的人们，出出进进，来家收集堆在厨房间的空盘子空碗，一拨又一拨。家人们长期以来，对于吵闹不休的病人十分头疼，总想送她去湘南地方空气疗养，但伯母不愿离家，即使偶尔到平冢、大矶一带走一趟，也是很快就回来了。于是，全家人总动员，跪请她再度出行。因为她说过不愿走得太远，有时就叫她到芝浦的芝浜馆住上一个月。谁知到那里一看，带有情人的房客太多，她又不满意了，说那些房客不好对付，住了四五天就回家了。

我母亲常说："即使是皇后，也没有我家姐姐那样的权力。"亲戚们人人都暗地里讥讽她是"女中豪杰""巾帼英雄"。我们大家都把凭借苦心经营、将伞屋推上米町一流商店位置的伯父看作伟大的人物。母亲她们虽然明知伯母不如丈夫，但也只好说："那位兄长在姐姐面前变得很渺小。"我忘记是因为什么了，有一次，活版所的小舅受到伯母极大的污蔑与嘲弄：

"你以为你是谁？你是个大傻瓜！"

之后，小舅跑到我家里，抓住母亲哭诉不止。

就这样，伞屋的伯母虽然生活于不缺一物的环境，但十年来饱受疾病折磨，骨瘦如柴，痛苦而死；我的母亲，穷困不堪，但始终陶醉于没啥出息的丈夫的关爱之中，一生平安辞世，她们究竟谁是幸福的呢？我时常作如是想。比伯母多活五年之久的祖母，听说经常对"小菊姐"说：

"没有比阿花更幸福的人啦。实之介因为能干，所以死得早，但却赢得了终生大名。他那种活法，谁也学不来。"

可以这么说，但也未必能这么说。

稻叶清吉先生

明治二十五年九月第二学期开始，我进入阪本小学普通一年级学习，稻叶清吉先生是我们的班主任老师。翌年四月，我考试不及格，先生令我留级，他便转而担当其他年级的班主任了。我从那时起直到普通科毕业，四年之间都受教于野川先生。没想到我同稻叶先生好像命里注定，明治三十年四月，我进入高等科，先生又回到我们班上，从此四年之间，一直都由他担当班主任老师。

野川先生正好同他交换，似乎担任女子高等科某年级的班主任。一天，我们上完课，在稻叶先生带领下，一个个走出教室，来到走廊上，只见操场对过的回廊上，野川先生正在带领一群女学生通过。

"喂——，喂——！"

我们立即骚动起来，睁大双眼，又是挥手，又是号叫。于是，野川先生一副乐滋滋的表情，默默地微笑着，从廊子上走过去了。

那时候，当时勒令我留级的稻叶先生，虽然不再是刚刚跨出师范学校大门、经历肤浅的老师了，但他依然是个朝气蓬勃、满怀热情与众多梦想的青年人。先生同他如今尚健在的长寿的遗孀千代子夫人结缡，那是多年之后的事了。我第二次受教于先生时，他还是个单身。先生婚后，迁移到三田凤冈町居住，在那之前，他曾在自银座通往品川的田町大街西侧有过一座宅邸。先生每天徒步走出家门，渡过芝桥、金杉桥，经过新桥和京桥，从日本桥大街的槙町或箔屋町一带拐向右方，从新右卫门町来到本村木町的材木河岸，渡过新场桥，抵达阪本小学校正门。其间距离约莫四公里以上。自新桥开始，已经有了铁道马车〔1〕，不久，芝口和品川之间也有了铁路，但纵然如此，先生依旧安步当车，踽踽独行。我经常在学校大门口，同对面桥上走来的先生相遇。先生总是行仪威严，只见他满脸带着紧张而肃穆的神色，匆匆走来。比起穿洋装，他多半喜欢穿和服，怀里时常揣着一本爱读的书，书的一端稍稍露在衣服外边，随之走进教室。他喜欢看的书籍有：中国古代圣贤的著作、佛教等哲学禅学为起始，自平安朝至德川时代和歌与软文学〔2〕书籍，其范围非常广泛。他带来的都是适合揣在怀里的薄薄的日式线装书籍。有时候，他也带来一些自己深有所感的

〔1〕行驶在铁轨上的公共马车。明治五年（1882），始建于东京新桥至日本桥之间，后各地模仿，竞相建造。

〔2〕软文学指以恋爱情色为主题的文学作品，如江户时代的浮世草子、洒落本、人情本等，以及现代的恋爱小说、戏曲等。另有硬文学之说，指给人一种坚硬感觉的哲学、汉诗文以及佛法等书籍。

古人的文章，这些文章一律用毛笔端端正正抄写在十枚二十枚的半纸^[1]上。先生的思想倾向于王阳明派的儒学、禅学，再加上普拉顿、叔本华等唯心哲学的影响。近来，我以为，有些方面则接近于铃木大拙博士的境地。尽管先生并不具备大拙博士那样深广的学问和识见，但作为一名普通师范毕业的教师，他是一位值得大书特书的勤于用功、具有坚定信念的人物。

我记得，先生藏有十卷本的《王阳明全书》，时常带来一卷在学校里阅读。他曾经从王阳明诗集中摘出一首写在黑板上，并加以说明。

险夷原不滞胸中，何异浮云过太空？
夜静海涛三万里，月明飞锡下天风。^[2]

此外，还有什么"破山中贼易，破心中贼难"等文字。

如今看来，虽然当时汉文的素养普遍较高，但我以为先生的水平超过一般小学教师。他的英语似乎不很好，但普拉顿和叔本华都有部分的翻译和介绍，借此都可以理解其内容。但是，先生所致力讲授的是关于佛教的哲理与书物。我很早以前，看见过先生带着弘法大师的《三教指归》、道元禅师的

---

[1] 便于毛笔书写的日本式仿纸。

[2] "飞锡"，出自智者禅师的典故，大师到达天台山，于两山之间投锡杖而飞越。这首诗的大意是：我从不把艰难险阻放在心里，在我看起来，就像天上云影一般飞过。夜深人静时，我考虑国家命运，思绪似海涛澎湃不止。我将乘天地之正气，乘光明之羽翼，迎接人生的一切挑战。

阪本小学校高等科时代，1900年前后。前排左起第二人
为稻叶清吉，后排左起第二人为谷崎

《正法眼藏》走路（当时，先生正在阅读白隐和尚的《远罗天
釜》）。比较易懂的当数先生对柴田鸠翁《鸠翁道话》心学的
阐释，不过，当他谈起铃木正三时，更是笼罩一番热情。这
些暂时不表，就我来说，他所面对的，就是一个从一年级读
到四年级，亦即从12岁到16岁的一名少年。

　　由于是这样一位先生，他上课时不采用墨守成规的教学方
法。不用说修身课，就连阅读和历史课程等，也都临机应变，
不受教科书限制。他实行自由主义教学法，有时完全抛弃教科
书，任意开无轨电车。有一年冬季，正要开始上课时，寒气骤
至，鹅毛大雪普天而降。先生猝然站立，拿起粉笔在黑板上

写着：

冰雪冷雨消融后，共同化作谷川水。

接着又写道：

停驹挥袖无影像，佐野雪原正黄昏。

如此等等，先生并非一味施行道学家诗文的教育，"停驹"本为定家[1]的短歌，定家此外还写下多首短歌：

春宵梦断浮桥畔，别语连峰横云空。

霜雪天高雁声远，归来春雨湿双翼。

先生喜欢西行，爱读《山家集》。

富士风靡烟消空，我心何处是归程？

无心人等望津国[2]，一派难波[3]春景色。

[1] 藤原定家（1162—1241），连仓初期歌人。歌坛领袖。《新古今集》撰者之一。
[2] 摄津国，古国名，今大阪府西北部和兵库县东南部一带。
[3] 难波（naniwa），大阪附近古称。

无心身亦知情意，鸟立沼泽秋暮深。

上历史课时，先生讲菅原道真的故事，举出"东风吹生花气浓""流水过身粘藻屑"等短歌，指出，道真的短歌还有较此更具深味的优秀之作。他随手抄下一首：

山回路断云乱飞，归影纵观心不慌。

他在讲解"明日复明日，樱花已散落"这首歌时，说："古代中国的圣贤，写过这首诗以规诫弟子。"说罢，顺手写了下来：

少年易老学难成，一寸光阴不可轻，
未觉池塘春草梦，阶前梧叶已秋声。

先生细述这首诗的作者朱晦庵的故事，涉及白鹿洞书院。有一次，他还从内村鉴三《爱吟》一书中引用托马斯·卡莱尔[1]的一首译诗《今天》（TODAY）：

白天又来到这里，

幼少时代

[1] Thomas Carlyle（1795—1881），英国作家、历史学家、哲学家。著有《英雄崇拜论》《法国革命史》和《衣服的哲学》等。

我们尽力不要浪费。

这一天自永远而来，

与黑夜回永远而去。

人尚未见到这一天，

一旦远去再也无人相遇。

白天又来到这里，

我们尽力不要浪费。

　　先生谈起卡莱尔这个人，讲述了他的《英雄崇拜论》这部名著。

　　先生将这些诗与和歌抄写在黑板上的时候，必定用他那抑扬顿挫的语调，反复吟诵给我们学生听。先生经常利用星期天，带领自愿参加的学生，到大森的八景园，目黑的不动〔1〕，堀之内的妙法寺，蒲田的梅园，四目的牡丹，堀切的菖蒲，泷野川的红叶等地方远足。往返途中，吟诗作歌，纵谈相关事件，毫无倦意。一次和低班同学一起出行，先生和低班班主任老师肩并肩，一边走一边唱起了谣曲：

　　细波粼粼〔2〕，志贺都城荒凉尽，

　　樱花遍野依旧红……

〔1〕通称泷泉寺。

194　　〔2〕原文中此处的"细波粼粼"系"枕词"，无具体含义。

于是，低班老师也兴致勃勃一同唱了起来。那位老师问道：

"这种谣曲的妙趣，孩子们能明白吗？"

"嗯，不会明白吧。"稻叶先生回答。

接着，两位先生三番两次继续吟唱谣曲：

细波粼粼……

上田秋成的《雨月物语》，今天与京町子的芳名一起，使得日本闻名于愚痴的欧美。我读高小时，人们开始热议西鹤作品和近松作品，知道秋成的人，街巷中几乎没有一个。《雨月物语》铅字本出版，最初作为博文馆帝国文库第三十二篇刊行，并收入珍本全集中卷。记得在那之前，我曾经读过稻叶先生誊抄的《白峰》一篇。先生经常用毛笔将古人的各类文章工工整整抄写在对折的半纸上，用细纸绳辑好，带到学校里来。《白峰》是专为我们抄写的，原文分成若干小节，每一小节都加了解说和评语。例如开头一节：

自打容许通过逢坂关守，一路向东，遂难再观秋日山间红叶。遍布浜千鸟爪印之鸣海潟，富士高岭之烟云，浮岛之原，清见之关，大矶小矶之诸浦……各地美景，无不留于心中。纵然如此，犹想见西国之歌枕[1]。仁安三年秋，经蒹葭苍苍之难波，身浴须磨明石浦之风，行行重行行。遂抵赞歧真尾坂之林，暂植筇小憩。

到这里是一个段落，先生加了注释：

以上记述西国之行所见各地美景，诸如"遍布浜千鸟爪印之鸣海潟""富士高岭之烟云"等，行文之美，叙景之妙，读之深感于心矣。

暗地里，我将《白峰》一文反复咀嚼玩味，甚至能将开头一节完全背诵出来。我还发现，幸田露伴的《二日物语》和泷泽马琴的《弓张月》后篇第二十五回，"八郎决死参灵坟"一段，均依据《雨月物语》而作。我把这两大作家的文章和秋成的著作对照着阅读。

当时的阪本小学校没有室内运动场，下雨时不上体育课。代之而来的是，由班主任将学生集中于教室内，自由讲述各类故事。博文馆发行的《少年文学》丛书中涟山人的《黄金丸》、川上眉山的《宝山》、村井弦斋的《近江圣人》、高桥太华的《新太郎少将》等故事，似乎都是野川先生担当班主任时为我们讲述的。这位先生此外还讲述了《汉楚军谈》中的鸿门宴，以及项羽被困于垓下，闻四面楚歌，遂与虞美人诀别的

〔1〕和歌所咏叹的遗迹胜景。

故事。其中，近江圣人中江藤树在他尚称为藤太郎的少年时代的故事，使我感慨至深。单凭野川先生的讲述还不过瘾，我又亲自买了一册《近江圣人》，爱不释手。如今，这本书已经散佚，仅仅为追思往昔，我也一心想重新购买一本。故事梗概如下：

藤太郎时代的中江藤树，幼少时代，为读书治学寄居于伊予大洲的舅父家里。远在故乡近江国小川村的母亲，虽然时时刻刻念子心切，但为了儿子精心于学问，将来成为有用之士人，忍痛决不准许藤太郎回家。有一次，藤太郎从母亲写给舅父的信中，得知母亲终日洗涮而手足皲裂，"皮开肉绽，每于雪晨霜夜，尤其疼痛难熬"。听到慈爱的母亲受到病痛的折磨，于心不忍，随后远走距离大洲二十公里外的新谷，拜访切支丹事件[1]中受到通缉的中田长闲斋，求取治疗皲裂的妙药。一个十一二岁的少年，瞒着舅父，违背母亲规劝，独自悄悄出行。而且，从松山乘船到今治，于兵库登陆，急匆匆赶往故乡。在翻越山路前往小川村途中，遭遇暴风雪，差点儿冻馁而死。终于在某一天早晨，抵达朝夕思念的自家门前。此时，大门紧闭，后院水井边传来辘轳的轧轧之声。似乎有人在汲水。转到后门一看，原来是日夜怀乡的母亲。

"娘，我来挑水吧。"

"你怎么不和舅父在一起？"

----

[1]天文十八年（1549），基督教广泛传入日本，江户幕府将之作为邪教大力弹压。

藤太郎无言以对，只是默默低着头。他看到母亲双脚裂开了口子，鲜血淋漓。

"娘，瞧您的脚，裂成了这样……"

藤太郎从怀里掏出特效药，一边为母亲的脚涂药，一边向母亲详细讲述了自己是如何跑完百里行程的。看到自己的儿子沉醉于母子亲情之中，她随即鼓励儿子说：

"好了，这不符合约定。你还是赶快回到舅父身边去吧。只是把那表达孝子之心的药留下来就行啦。"

就这样，藤太郎经过再三推辞，不得不收下母亲给儿子的一笔盘缠，离开家门，又回到四国。

慈母倚闾，游子回头，风雪满天，征程悠悠。

——以上就是这样一桩故事。

这是一篇针对少年教育、充满感伤之情的文字，记得我每读一次就要流一次眼泪。

野川先生担当班主任的时代就是这样的，下边谈谈稻叶先生当时给我们讲述《经国美谈》中威波能和巴比陀的故事的情景。

矢野龙溪的《经国美谈》前篇和后篇，分别于明治十六年三月和明治十七年二月，由东京药研堀的报知社出版发行。稻叶先生为我们讲解这则故事之前，我不知道这部作品。一开始，先生没有告诉我们书名，他说：

"今天给你们讲述一个有趣的故事。"

他先从那本书前篇第一回"贤王贤士立济民之功业，一群童子等感叹于历史之谈"一章开始讲起，作为先生对高小一年级新生的训导。我想那是先生担任我们一年级班主任不久，即明治三十年春天的事。如今，打开《经国美谈》开卷第一回的题目，文字如下：

斜阳倾于西岭，今日课程已告终，众多儿童皆归去。剩下一群以年龄16岁为首和年龄14岁的七八个儿童。一位教师模样、须眉尽皆雪白的六十余岁老翁，面对这些儿童，一边指着装饰于对面黉堂一隅的偶像，一边讲解着什么。

原文是这样的，先生几乎逐一改成浅显易懂的文字为我们讲述。正如冠于《经国美谈》这一书名上方的"齐武名士"一行文字所表达的那样，这是发生在古希腊都市齐武（英语Thebes，即忒拜）这个地方的英雄豪杰的故事，即忒拜击败斯巴达军队，掌握希腊霸权的历史故事。对于那些尚未听闻的西方各国的世界，首先是先生第一次为我们打开了眼界。不用说，当时我对一个地名，一个人名都感到新鲜，怀着一颗异常的好奇心，倾听老师的讲述。

这里是希腊北部的纳尔霍西斯之地，有帕尔那西斯托哈尔深山，山麓有纳尔德鲁赫城。这里有一座自古以来希腊人民深深敬仰的一宇神庙，供奉着名曰阿保留（阿波罗）的有名的尊神，掌管美术、音乐和医药之事，凭洞察未来事变之慧眼，赢得诸国人民之崇信。

——这就是那位"须眉雪白之老翁"一则"谈话"中的一节。此时,我早就知道"帕尔那西斯"这个山名,听说过名曰"阿保留"(阿波罗)有名的尊神的名字。但当时"忒拜",英语读作Thebes,再标上汉字"齐武",将雅典娜读作"阿赞斯",标上汉字"阿善"。斯巴达就是斯巴达,汉字标为"斯波多"。还有,第一回中出现的"巴比陀、威波能、玛留、势应本、边礼仁、彼留利、加伦、圭皮度、多莫俱"等,皆是成长之后,奔走国事,立下丰功伟业,青史留名之人。其中,巴比陀才略拔群,人品优美,后来"振兴齐武国势,使齐武一度立于列国盟主之地位。此英雄业绩,便是这位少年所为"。另外,威波能"宽厚深沉,善于用兵。后年,成为与诸名士共同扩张国势、击破强敌的历史学家,被赞赏为希腊史中第一流人物。这位少年就是此种盛德贤士"。

这群少年从雪白老翁那里得知:往昔,阿善被斯巴达攻陷,国都面临危机之时,阿善贤王格德,牺牲自身,拯救国难。此外,当阿善变成不顾人民利益的寡头政治的天下,艰难痛苦之时,出现一位英杰,名曰士良武,鼓励受虐民众,纠合军势,敉平三十奸党,再度恢复阿善为本来民政之国。稻叶先生说,这群少年从雪白老翁那里听完这些故事之后,大为振奋,互相畅抒自己远大的志向,决心将来为国家为人民竭尽全力。

先生接着说:

"今天就讲到这里,这就是这则故事的发端,是公元前394年的事情。当时,齐武的国势次第强盛,为了使国家确立希腊列国盟主的地位,上天使得这群儿童降临地面,以完成经国济民之大业。关于他们的故事，最近另找时间再为你们讲述吧。"

于是，这一天结束了。此后，稻叶先生一有机会就为我们继续讲解，前编二十回，后编二十五回，是多达五百多页的大长篇。于是，先生适当地跳过一些章节，挑选我们感兴趣的部分为我们讲述下去。后篇第十七回，《列国大兵大战隆具野》一章，描写同盟军总督威波能和副总督巴比陀，率领十六万军队迎战斯巴达二十五万大军于琉库特拉之野，公元前371年3月21日，早晨八时至十二时，双方鏖战，血肉交飞，终于获得大胜。

明治十六十七年完成《经国美谈》的矢野龙溪，于明治二十三年创作小说《浮城物语》，依然由报知社出版发行。为本书作序的有：森田思轩、德富苏峰、森鸥外、中江兆民和犬养木堂等人。稻叶先生不知为何，单单讲述了小说的第一回《小皮囊》一章，以后再没有持续下去。细想想，先生借《经国美谈》稗史小说之形式，纵谈西洋古代历史事实；与此相反，《浮城物语》乃作者空想之产物，不仅故事未完而终卷，多所荒诞无稽之事，不能满足阅读之趣；另一方面，日本人恣意侵犯外国领土，以掠夺他人财物与船舰为快，先生或许以为此种思想不宜用来教育孩子。

不过，下述一段话或许多余。距今六十五年前，矢野龙溪在这部小说的自序中写道：

昔奈勃烈翁[1]第一世帝之时，白耳义[2]画工某，画帝坠落地狱，为群鬼呵斥之图。盖彼国地小民少，常受法兵凌虐，愤郁无所遣泄，故发而为画。后人至今悯其志矣。若以后读此书者，能依此悯著者之志，岂不胜慨叹乎？唯我国势，日向隆运，确信决无此类之事也。

观此一段文字，其后日本于东亚之天地，一度实现《浮城物语》之空想；而今再度回复到往年弱小之国。回首兴亡之迹，知一国之消长，因时光之流逝，较人之一生更令人愕然，遂不堪今昔之感矣！

[1] 拿破仑。

[2] 比利时。

小学毕业前后

《经国美谈》《浮城物语》之外，我还从稻叶先生那里听到为数众多的故事，例如，《弓张月》第一回中的一则故事——为朝于崇德院同信西激烈辩论，实际上是向人展示自己非凡弓术的一面，令人惊叹。先生充分而巧妙的讲解，使我们手里都捏着一把汗。这也只是第一回的章节，也像《经国美谈》一样，没有长久为我们讲述下去。

我和笹沼在读普通科一二三年级期间，两人交替着拿头名。从四年级开始，有两个人俄然凌驾于我们之上。一个是京桥区久安桥边一家烤芋店的儿子佐藤孝太郎，另一个是北岛町二丁目角医生的儿子伊势良男。这两个人打从普通科升入高等科时，经野川先生安排，跳了一级，编入高等二年级。不久，佐藤考入日比谷府立普通中学校，伊势考入筑地的位于现在"东剧"附近的分校。那时候，下町的孩子们只要能上小学就满足了。那个时代，甚至读满高等科毕业的人也很少。因此，烤芋店的儿子立志升中学，无疑是个异数；佐藤的父母为自己

幼少时代

成绩优秀的儿子也是用心良苦。我们被他两人赶上之时，我的父母轮番指责我："你已经不行啦，还不更加努力吗？"口气里含着懊恼，有时给予轻蔑，有时给予激励。但是我并没有失去自信。后来想想，假如我和他们一样跳级，就不能受到稻叶先生的熏陶，要是那样，就不仅是一年两年的损失了。可以说，最后留下来反而是幸福。

笹沼读完高小三年级，考入普通中学筑地分校，我当时仍留在阪本学校。（当时的小学校制度，普通科四年，高等科四年毕业，但高等科二年肄业者，可以获得参加中学升学考试的资格。）我看到佐藤、伊势和笹沼都升学了，自己也一心想上中学。然而，由于家庭诸事阻碍，这一志愿能否实现，尚处于两可之间。父亲依然手头拮据，稻叶先生极力劝我升中学。父母也都赞成，尽量按照这种想法去做。目前，只管等读完小学以后，再加以考虑。父亲明年不见得行情依旧不走运，说不定伞屋的伯父也会在学费方面通融一下。这些也都是一厢情愿。不过，在孩子教育方面，伯父的思想相当保守，他认为町人子女，不需要高级的学问，倒不如作为学徒，实地掌握经商之道为上策。他就是这般想法，自己的长子到13岁依然不给上学，打发到大阪堂岛的一家中介店学做生意。作为侄儿的我，他不会赞成竭尽九牛二虎之力让我升入中学，这完全是可以想象得到的。尽管如此，我还是千方百计想升学，不愿意去当学徒。小小年纪，成竹在胸，只得抱着黯淡的心情，坚持读完小学最后一年。正是在这个时候，我努力争取向稻叶先生尽可能学习更多的知识。

笹沼上中学后，学生中又有一人成绩和我互争上下，直到四年级毕业之前，他考试得了头名，而我跌入了第二位。那位少年名叫木村岳之助，家住日本桥大道附近的万町或平松町一带。我记不清他是从何时开始崭露头角的，只记得有一次，稻叶先生在黑板上写下一首吟咏大塔宫神社的短歌：

忆往昔，镰仓宫，夏夜悲寥月影寒。

先生没有说明是谁所作，只是狡黠地微笑着。不久，我得知那首歌原来出自木村岳之助这位少年之手。我父亲听我谈起这首和歌，说道：

"嗬，一个小孩子，竟然这么优秀。好个'夏夜'，好个'月影寒'。看样子，你是写不出来的啊！"

往往在这种场合，父亲总是习惯于过分贬低自己的孩子，而一味褒扬别人的孩子。不过，这首歌却像父亲所言，出自一位十五六岁少年之口，无疑是一首"秀歌"。自那时起，我也开始尊敬木村了，嘴里亲切地呼唤着"小岳，小岳"，经常跑到他家玩耍。看样子，"小岳"的父亲不太富裕，从一开始，"小岳"就对升学断了念。高小四年级毕业后，有人照顾他，雇用他为三井物产公司的职员。后来，听说小学毕业的他，破例获得荣升，保有相当高的地位。据闻，他如今依然健在，就职于九州一带三井属下的一家公司。我好久没有再见到他了。

就是这样，稻叶先生所教的学生之中，虽然有两三位学习成绩超过我的尖子，但有的及早离开先生的膝下，有的舍弃学问而决心走实业之路。而我，一直受到先生疼爱，直到最后。我后来有幸免除做学徒之命运，得以进入府立第一中学学习，即便在那之后，我依然仰慕先生，始终坚持到阪本学校或位于三田的府邸拜访先生，依旧从稻叶先生那里，学到了远比从中学新的老师们那里学得的更多的知识。也许就是那时候，我在先生的启发下，阅读了大盐中斋的《洗心洞箚记》这本书。先生当时醉心于阳明学，正在研读《王阳明全书》《传习录》，井上哲次郎的《日本阳明学派之哲学》等书籍。在先生的促进下，我还从丸善书店购买了卡莱尔的《英雄及英雄崇拜》原版，一边对照土井晚翠和住谷天来的翻译，一边翻来覆去苦心钻研一窍不通的英文书籍。这大约是中学一年级时候的事。

这或许是我骄人之处吧。细想想，一个时期的稻叶先生，一切寄望于我的将来。自己所担当的班级之中，以有我这样一名学生而感到人生很有意义，不是吗？先生也很喜欢笹沼和木村，但他们两人都是理科系统的秀才，不像我这样，对先生的言行表现出强烈的反应。因而，先生似乎极力打算将我镶嵌在他所铸造的模型之中。不过，对于先生来说，虽然对文学有兴趣，但他真正的志向在于古代圣贤之道，似乎一心想对我实施儒学或佛教式的教育，最后以对我失望而告终。我逐渐对自己的哲学和伦理宗教产生兴趣，说实话，也是一时心血来潮，只不过都是从先生那里贩卖来的，随着觉悟到自己的本领在于纯文学，不知何时就离开了先生。

先生的方针，应该说属于近来人们津津乐道的早期教育，或者说天才教育。他把这种教育施行于当时的下町小学，也许有欠于适当。恐怕当时大部分学生都不会附和于他，但先生倾向于宁可牺牲生性笨拙的学生，也要爱抚少数英才。不知是否因为这一点，不久，阪本学校校长由岸弘毅氏变为中岛行德氏不久，先生为新校长所讳忌，以至被长期任教的学校解职。后来，也许在市内其他小学未能寻到适当地位，或者别有所感，随即到神奈川县橘树郡旭村的一座草木森森的乡下小学任教去了。我在上大学前，经常怀念先生前去拜访。然而，如今那一带的交通不知为何变了样，当时，乘京浜电车在鹤见下车，然后越过连接西北方的一道丘陵，还得经过几条田间小路，才能到达那块偏僻的地方。学校很小，虚有其名，而且紧挨着先生的住地而建。老师只有先生一人，看来只是普通科学校无疑。白天先生上课，师母集合村中年轻姑娘一起做针线活。有一年，我到橘树郡的二子村拜访大贯晶川，从那里徒步前往旭村，道路无限遥远，走到哪里都是起伏连绵的丘陵，此外都是一无变化、极其单调的景色。东京附近的神奈川县居然还有如此落后的农村，实在令人感到惊讶。《万叶》东歌中有歌曰：

古婆橘媛[1]多情去，海天茫茫何所行？

一说"古婆"是这里的地名，听说有弟橘媛墓和神社，以及众多古坟和贝冢。看来，在这块具有古代气息的素朴的土地上，先生一边缅怀小川村圣人中江藤树，一边过着村夫子的生活，正是出于内心所愿吧？于是，先生久久埋名于旭村，不知是大正哪一年，从学校推知，移居铁道沿线附近，受雇担当芝

---

[1]弟橘媛，日本武尊之妃。随尊东征，由相模前往上总时，怒涛汹涌，航路不通。弟橘媛代尊舍身投海，以镇海神，军始得渡。

浦冲电气公司仓库管理人。后来，每天上班都是乘京浜电车，在八丁堀下车。大正十五年十二月某日早晨，他从站台穿越轨道跑向对面时，不幸被电车撞击致死。据我推想，享年不满55岁。

秋香塾与暑期讲习会

我从阪本小学毕业前一两年，曾经临时在上学途中附近一家私塾学习汉语和英语入门知识。之所以这样，是因为当时想到自己或许没条件升学，倒不如先提高一下比小学更高的学力为好。父亲也考虑到这一点，尽管家计贫窭，还是答应我进入私塾学习。

我参加位于筑地住居附近的暑期讲习会是后来的事。我觉得首先要学好汉学，当时下町一带随处都有老汉学家所开设的私塾。南茅场町近郊，穿过药师境内，前往北岛町方向，在代官旧迹大道南侧，有一家名为"高林五峰"的著名的书道塾。这家私塾，高宅广院，门第众多；而我所进入的秋香塾，却好像以往的小型"寺小屋"[1]。当时，有一位闻名的学者，名

〔1〕"寺小屋"（terakoya），江户时代为施行庶民教育，以僧侣、武士、神官、医生等为教师的儿童教育设施。明治以后，随着义务教育的普及，此种教育设施渐次消失。

叫中村秋香，但我所在的秋香塾和中村氏毫无干系。想不起姓什么了，只记得那宅子位于龟岛町一丁目四十一二号附近，从我家前往位于与力的胁田家的半路上。比我早入塾的是胁田家的儿子，我是在他的劝告下才进入那家私塾的，后来，我一旦学起来反而比他更热心。大门口悬挂着"某某秋香塾"的古旧的木牌，跨过三铺席的玄关，走进六铺席大小的房间，就在这里听先生讲课。我每天早晨上小学前，先来这里听讲半个小时。先生是一位六十开外的老翁，蓄着长长的胡子，我去时他刚吃完饭，须髯间尚氤氲着大酱汤的热气。先生走出来，坐在我的这张桌子对面。课桌照例是矮腿桌，一头一律紧挨着墙壁。这使我连想起《寺小屋》这出戏中的松王"多出一张桌子"的场面。我去阪本小学穿一般衣服，去上私塾就穿绸缎外褂。如今不太使用琉球草席了，但那时候的私塾全都铺设那种草席。赤脚直接跪坐在草席上，脚背上留下一道道草席的印痕。

初级生一开始学的都是《日本外史》《日本政治》等带有日语行文习惯的容易理解的汉文。而我早已跟稻叶先生不仅学过《洗心洞箚记》，还学过大槻磐溪的《近古代谈》，以及零零星星讲授的各类和汉诗集。因此，我在秋香塾自《大学》至《中庸》《论语》《孟子》，循序而进，读完了《十八史略》《文章轨范》等。虽说是学习，即普通所谓的"通读"，并不进行文章的解释，只停留于音读阶段。例如：

心不在焉。视而不见。听而不闻。食而不知其味。此谓修身在正其心。

右传之七章。释正心修身。

先是由先生读我们听，接着由学生照着读。文字只要读准了，就算通过，继续进行下去。木版印刷的《大学》原文，先生用点字尺[1]，一一指点着活字版上的大号字体教学生阅读。那时候，小学老师大都用一根藤子教鞭；而私塾先生时常都用这种点字尺。据说这种点字尺，有的用木、竹、象牙或金属制作，经过手工精雕细刻而成。最常见的就是简单的竹棒，犹如晾晒布匹为撑开幅面而使用的竹木棍棒。先生用点子尺，一个字一个字，一边指着一边阅读。

秋香塾住着老先生及夫人，还有一个20岁上下的女儿，三口人生活在一起。看样子，虽然不怎么繁盛，但早晨一到那里，便由那姑娘代替先生上课。到后来，代替先生上课的时候逐渐多了起来。姑娘虽然不算美女，但皮肤白嫩，肌体丰腴，素朴的铭仙绸包裹着富于曲线的肉身。我一切都按照尊师之礼仪对待这位姑娘，所以并没有什么特别的感觉。然而，一旦隔着狭窄的矮脚桌坐下，一股热乎乎的体臭便扑鼻而来。再加上这位姑娘也和老先生一样，发散着强烈的大酱汤味儿，我一闻到她呼气，就感到莫名的烦恼。姑娘说话的嗓音，使我联想起唧唧的蝉鸣，含着鼻音，读道：

　　　诗云。桃之夭夭，其叶蓁蓁，之子于归，宜其家人。

幼少时代

[1]原文作"字突"或"字指"，用来指示文字，便于阅读的工具。

宜其家人，而后可以教国人。[1]

　　我以为光是通读还不满足，时时求教文章的含义。先生和姑娘都不大能轻易回答我的问题。我在家中就《十八史略》中难读的文字问母亲，母亲总是尽可能地告诉我。细思之，那个时代的，大凡条件较好的家庭，就像今日学习英语一样，就连女孩子也要施行汉文教育。我的母亲在做姑娘的时代，也同样具有那样的教养。

　　很长时间里，我一直把秋香塾这位姑娘当作老先生的女儿，有一次忽然听人说，其实是他的妾。这是胁田告诉我的街谈巷议，还是由我家去偕乐园途中的水井畔听说的呢？也有可能是为我母亲梳头的师傅传过来的。这些都不记得了。

　　"听说她是那老爷子的小老婆，你没想到吧？"

　　当时这就是对那女子的评判。

　　最初对我施行英语入门教育的依然是稻叶先生。

　　当时，阪本小学校大约从三年级开始学习英语。但记不得属于课外科目，还是必修科目。除英语之外，还要讲授记账学。我曾经拿着记账棒和账本上学。但因为不喜欢，也没有认真学。记得稻叶先生第一天讲授英语时，劈头第一句就是：

　　"'我有一支钢笔'，用英语说就是：I have a pen。"

　　于是，学生们都很高兴，反反复复练习"阿依，哈弗，哎，派"的发音。这是我第一次听说英语。先生将这句英文写

〔1〕后两句非原文所有。

在黑板上，让我们练习，此外不记得还写了什么。而且，自那时起，以学习拼写法为主。

皮哎—派，皮阿—怕，皮欧—泡。

一边看着黑板上横写的文字，一边跟在先生后头练习发音。总之，小学英语也就学会读拉丁字母，达不到阅读一部《National Leader第一读本》[1]的水平。

那时，筑地居留地有一所纯粹由英国女子任教的英语学校，没有一个日本人教师。所谓居留地，是指明治三十二年因条约改正[2]而允许杂居内地的欧美人专有住宅区，设立于京桥区明石町。这项制度废除之后，这一区域依然保持旧态，脱离日本人、带有异国趣味的西洋馆舍鳞次栉比。这里有一家英国人开办的夏期英语私塾，正式的名称是"欧文正鸿学馆"。涂漆的板壁式建筑大门口，悬挂着汉字书写的木牌，谁也说不出什么名字，一般都叫"暑期学校"。不过，刚才我所说的"一家英国人"，到底是真正的英国人呢，还是来自上海、香港等地的各种白人聚合而成的呢？这些我都不敢保证。她们都是十八九岁到30岁光景的"巾帼异人"，风姿艳丽优雅，表面上以姊妹相称。有一位堪比她们的母亲的老婆婆，没有一个男人。最年轻的一个似乎叫爱丽丝，据说19岁，此外还有叫作莉

[1] 日本国会图书馆典藏本，明治二十二年（1889）版，出版者山田重正。

[2] 明治时期废除江户幕府时代同外国缔结的不平等条约。1894年，成功撤销治外法权（第一次条约改正），1911年，恢复关税自主权（第二次条约改正）。

莉、阿格奈丝、苏珊等名字的女子。她们多少都懂点儿日语，会写片假名。尤其是莉莉，能说一口流利的日语，几乎同日本人无异。奇怪的是，这些女人虽说都是姊妹关系，但各人的长相都不相同。

暑期学校只有三四两个年级，各班分别于下午四点和晚上七点开始上课，讲课时间一个小时，科目由姊妹们分担。我入学时是下午上课的初等科，教师是最年轻的爱丽丝姑娘。全班学生三十余名。教授法是二级以上的学生使用本校自编的教材，初等科学生皆由老师将英语会话抄写在每个学生的笔记本上，用日语片假名标上发音，再还给学生，逐个加以讲授。除此之外，还有一帮子精通英语会话的上流子弟，前来上家庭教师科目。他们不用教科书，只是自由会话。我们班课程月工资一元，而家教班一个月的收入似乎相当可观。当时一元钱虽说绝非是小数，但当时英国人比我们生活水平高，我们属于未开化国民，而他们是文明国民，所以只得给他们支付较高的工资。

我进入这座暑期学校，是受更早入学的胁田的劝告。他说，我们可以一起来去嘛。胁田家里，他的两个哥哥很早就进了暑期学校。而且在我上小学之前，他二哥去美国留学，他大哥到美国看望弟弟，还到各地漫游。我记得他大哥海外归来那天，胁田及早离开学校，兴高采烈去迎接大哥，哥哥送他一辆自行车，后来，胁田骑着这辆自行车，到处转来转去。这大概都是在我读高小二三年级的时候。胁田凭借哥哥们的关系，一开始就同"异人们"混得很熟，那位日语熟练的莉莉，时常抓住胁田一起闲聊，同他开玩笑。暑期学校房舍内，楼下全部辟为教室，二楼是她们的卧室，上完课，"异人们"都上了二楼，我们这些普通的日本人，谁也不许朝楼上偷看一眼，但说到胁田，鉴于他的哥哥们享有特别招待，所以他也上楼参观过一次。听说，楼上的房间一律铺着豪华的地毯，悬挂着绣花窗帘，桌椅和床铺都使人眼睛一亮，仿佛到了外国。胁田想必是听哥哥们讲的，他曾小声告诉我，说这家的女异人们，暗地里在日本上流绅士们中出资买客，也到歌舞伎演员里物色对象（也有被买的可能），上一代的梅幸[1]就是其中一人。而且，虽说是家教课，但又很诡秘，据说是晚间在楼上的房间里上课。有件事实可以证明胁田的话并非撒谎。昭和二十九年[2]一月二十七日《东京新闻》的《谈话室》专栏，刊登一篇不久前去世的河原崎权十郎的文章，题为《六世的病患心理》。其中涉及暑期学校的事，兹引用一节如下：

> ……那时候，筑地有一家暑期英语私塾，我被送到那里补习英语。暑期学校有比我早些入学的上一代羽左卫门、梅幸和福助（上一代歌右卫门）等人。说是去学习英语，其实只是借口，暑期学校的姑娘中有苏珊那样俊俏的女孩儿，大家经常请她针灸按摩……

幼少时代

[1] 尾上梅幸（六世）（1870—1934），歌舞伎旦角名优。容姿艳丽，技艺娴熟。擅长扮演社会人情剧目中人物。

[2] 1954年。

后来，我的老同学笹沼也进入了暑期学校。有一天，笹沼和我想到楼上看看，谁知刚刚登上楼梯，中途就被人发现给驱赶下来了。当时，我两一眼瞥见楼上房间的装饰十分华丽。

最初教我课的爱丽丝姑娘，长相虽说较丑，但正值青春花季，看来只比我大三四岁。要是日本人，仅仅是个小姑娘，怎么能站立在讲坛之上，面对一群莘莘学子呢？然而，在体躯矮小的日本人眼里，她是一位多么威风凛凛、举止优雅的白种人女子啊！所以，一开始，大家都老老实实听她讲课。论容貌，按照当时我们一般的通识，她不是细皮嫩肉的瓜子脸，相反，她生就一副狮子鼻，大嘴巴，高颧骨，双颊肥嘟嘟的，肌肉堆积过多。然而，仔细一瞧，她的长相颇为可爱、天真，头发丰厚，浑身充满紧张而泼辣的青春活力。我有生第一次盯住一个西洋女子仔细瞧，夏天的午后，爱丽丝身穿短袖上衣，薄如蝉翼，露出一双皓腕，那雪白的肌肤使我目夺神摇，简直惊呆了。爱丽丝虽然身个儿像大人，但心性仍是个孩子，动不动就发

浅草十二阶。画家镝木清方为谷崎小说《少年》（1911年4月，中央公论社）绘制的插图

笑，经常是正上着课，突然碰到一件小事，就咯咯地笑起来，同时又想拼命忍住。下午上课的学生中，有很多人是银座一带商店的伙计和掌柜，过不多久，这帮家伙都来欺负"爱丽丝老师"，用粗鄙的日语对她冷嘲热讽，羞得她满脸通红，以便取得心理上的满足。

我没有勇气嘲笑爱丽丝，但也伙同笹沼和胁田，一边瞅着那一带西洋馆舍的墙壁，用孩子们一道游玩时刚刚学会的英语骂上两句。有一次，学会一个英语词儿"pickpocket"（小偷），发现一个比我低两三年级的可爱的小男孩，躲在花坛后头，就冲着他说：You are a pickpocket。那个男孩子没有生气，而是清清楚楚回了我一句：I am not a pickpocket。我们都为能通过英语交流思想而万分高兴。自那之后，我们每天在洋馆前徘徊流连，但那男孩子从此不再露面了。

我至今依然能记住暑期学校每个月学费一元，这是有原因的。那年，笹沼和胁田不知何时都退学了，只有我一个继续读下去。从茅场前往居留地，要先由龟岛町经过八丁堀的三角，渡过中之桥或稻荷桥，再向铁炮洲方面走去。到了冬季，回家的夜路上总有一个小流氓，蹲伏在异人住宅或教堂背后黑暗之处。我很害怕，晚间经常脱课，到周围去逛庙会，或者到人形町、日本桥大道和银座一带消磨时间，以便回家哄骗父母。有一次，一个月没去上课，母亲给我一元一张的纸币供我交学费，我没办法处理。如果是十角或二十角的零钱，就可以随便花掉，但如何瞒住父母将一元纸币花完，却使我伤透了脑筋。我把这张纸币夹在书页里很长时间，结果被了解内情的笹沼看到了，"这不是交学费的钱吗？"一句话被他识破了天机，好歹将这一元钱抛费掉算完。

　　就在此种情况下，我心神不定地读完爱丽丝的初等科，又升入高一级班里学习。然而，这是一座极不负责的学校，不是按规定届时举行正式考试，到时候谁都可以升级，前后究竟保留多长时间的学籍，是不太清楚的。总之，暑期私塾是由一群年轻美丽的英国女子自称教授英语的学校，但教学方法混乱，缺乏秩序和组织，实际上未能起到语言教育补习的作用。关于这一点，我还记得，二年级时，班主任似乎不是莉莉就是阿格奈丝，讲授内容是关于浅草十二阶的《Eiffel Tower》。我知道"Tower"，但不知道"Eiffel"是什么意思，"十二阶"干脆就直接用英语表达不好吗？我有些不服气。翻开当时使用的暑期学校教学讲义，上面写着Eiffel Tower。现在想想，巴黎的埃菲尔铁塔建造于明治二十二年（1889），浅草十二阶建造于明治二十三年，日本当时还处于不太了解埃菲尔铁塔的时代。灵机一变，将"十二阶"译作Eiffel，但并未说明埃菲尔铁塔本来的意思。这群女子将"埃菲尔"发音成英语流的"阿依菲尔"，由此不难推知她们的教学法是怎样的水平了。

文学热

在稻叶先生协力下，我对文学开始大大激发起热情。当然，这种倾向从前也并非一点没有。岩谷涟山人主笔的《少年时代》由博文馆创办的时候，正当我小学二年级的新年，即明治二十八年新春，当时得知母校的毕业生中，有文禄堂老板堀野与七氏（笔名"京之藁兵卫"），我就暗暗对他产生好奇心，经常在文禄堂前走来走去。那是很早以前的事了。或许我那时已经得到创刊不久的《少年世界》，从杂志上就开始熟悉藁兵卫的名字了吧。

然而，回忆起我自己拿起笔搞创作，那是更早的事情了。那还是野川先生的时代，即普通科四年级的时候。当时，同班里有一位兜町人的儿子、名叫桥本市松的少年，桥本家有一位常来常往的文学青年，名字叫野村孝太郎。野村是蛎壳町行情师的儿子，大手町商工中学三年级中退，当时他游手好闲，什么事也不干，但却能写出一手美文文体的漂亮的文章。他曾进入山名贯义画塾学画，因此，同一班级的桥本、野村和我，伙同家住兜町的少年鹫尾信作，共同发行传阅杂志《学生俱乐部》。每月一期，各人用毛笔写在江户川半纸上，七八十张辑为一册，封面画及插图，大部分都由野村担当。在他的指导下，少年们自由自在地编制史传、小说、地理、科学、书画、杂录等栏目。笹沼、胁田和我，在桥本的劝诱下，都入了会。不久，编辑部由桥本家迁移到偕乐园笹沼的房子里，同时对杂志的体裁和内容做了大致的调整，暂时废除毛笔，改为蒟蒻版[1]印刷，但效果很不好，还是改回用毛笔了。

我们每天以具备主笔资格的野村为笔头，集中于偕乐园的编辑部，讨论文章的好坏，每人各自拿出作品，互相加以评论。野村比我们年长六七岁，当他坐在编辑部桌子对面，又写文章又插画的时候，我们都屏住呼吸坐在桌边，一心瞧着他，想以他为学习的榜样。野村颇为得意的样子，时不时舔舔笔尖，一边翻着眼皮对我们瞅上一眼，一边运笔。大家都一致认为，要是能像野村那样会写会画，该有多么幸福。没有一个人不羡慕他的才能。但是偕乐园的女佣们，不喜欢他翻着白眼看人，认为这个年轻人，在最好的年龄段，不上中学，不读诗书，也不上班，每天同几个小孩子厮混，究竟如何打算呢？难道不想做个正经人吗？她们虽然在背地里说他坏话，但我们却一直认为他是我们不可缺少的文艺方面的天才。我们将《学生俱乐部》改为《学习园地》，转入高等科以后，依然继续发行

[1] 誊写版之一，用特殊的墨水将书画描摹在纸上，作为原版，再行印刷。

下去。稻叶先生对这件工作也给与大力支持，每一期都给我们投稿，记得他的那篇《雨月物语》中关于《白峰》的注释，也是刊登在我们杂志上的。先生还仔细阅读我们的作品，在栏外细加评释，杂志水平有所提高，内容也变得丰富多彩起来。

然而，随着稻叶先生对我们的工作发挥强大的作用，野村青年的影像渐渐淡薄了，这也是无法改变的自然态势。野村自己当初也很清楚，他并不具备使得我们彻底信服的才能，他很后悔在所谓"最好的年龄段"里虚度光阴，幡然悔悟，随之转入横滨某商店，学习商法去了。不过，到了那种年龄，劳资双方不大容易相互契合，很快又回到东京来了。后来，在东京印刷有限公司谋得个职位，成为石版画的底版画工，另外，继续绘制水彩画以赚取糊口之资。不过，当时的详情，现在的伊东深水氏[1]或许比我知道得更清楚。深水氏比野村和我小好几岁，野村去东京印刷公司工作时，深水还在学校苦读，后来作为他的校友进入同一公司。我于明治末年，经野村介绍而认识深水，记得深水曾赠我一幅美人画。看到那幅画，我便想起如今已故的野村，可惜那幅画很可能在大正十二年的大地震中烧毁了。

这些暂不提，我进"一高"读书大约是在明治四十年前后吧。有一年，暮秋的一个夜晚，很想了解一下阔别已久的野村的近况，便前往深川富冈公园旁边的一间破屋看望他。在那之

[1] 伊东深水（1898—1972），日本画家。师事镝木清方，继承浮世绘传统，尤以美人画而知名。

前，我和他只是在偕乐园或路途中见过一面，直接到他家里这还是第一次。据我父亲说，野村的父亲曾经做过蛎壳町米谷中介店老板，红极一时，晚年穷困潦倒，在蛎壳町一代口碑也不算好。独子孝太郎母子二人住在深川的时候，野村早已成了故人。儿子野村当时二十六七岁，已经到该成家的年龄了，但为生活所迫，尚无力考虑婚娶问题。再加上其貌不扬，看上去羸弱多病，瘦骨嶙峋，体力尚抵不过一个女子。母子二人孤苦伶仃的生活情景，尽管使我感到一股淡淡的寒凉，但除了玄关之外，在这唯一一间六铺席的房间内，野村曾经翻阅藤村的《嫩菜集》这本书，摊开的书页正当插有一幅《西行法师望月图》的地方——西行画姿上面写着一首短歌的上半阕："人云望月叹，我非望月情。"[1]一个月光格外清雅的晚上，富冈公园森林的树梢满布着天鹅绒般的光带，就连野村杂乱而污秽的屋子里也渗透着溶溶月色，犹如水族馆一片明净。正好在这时候，他的母亲背后映着照在障子门上的月影，手里端着茶具，从厨房那边走进来。我突然被他母亲的容貌所迷醉，一时惊呆了，直到今天都没有忘却。想想野村的年龄，他母亲尽管年轻，至少也有四十三四岁了。但"人老珠黄"之类的词语，一概不适用于她。我全然没想到，我竟在这里遇见如此俊美的女人。我的母亲虽说皮肤细白不差于她，但这个女子比我母亲身个儿大一圈儿，故而腿脚修长，同营养不良而骨瘦如柴的野村

[1]西行法师《千载集》（86番·恋926）。整首短歌的大意为："人云望月叹，我非望月情，只为心上人，终夜泪不停。"

相反，她全身肌肉丰满，皮肤白嫩；她玉颜如盘，面相高雅，宛如戏剧中的花旦。我常常为没出息的父亲而叹息，既然娶了我母亲为妻，为何又置她于贫穷清苦之地？但是，那天晚上见了野村的母亲，我倒很想大骂野村一顿了。其实，令我感动的因素在于：她到了那份儿年纪，过着那样清贫的日子，穿着一身褪了颜色的衣裳。我甚至想说，这位母亲具有普通年轻女子所缺少的慵倦之美、略显暗淡以及肌肤松弛后的娇媚。她的魅力，正在于她自己未能注意到的地方。还有，看样子野村似乎也不知道自己母亲的价值。他如果知道，以往关于他母亲的一些风言风语，为何从未听他提及？或者，正因为野村眼里有着她年轻时候的影像，耻于对人谈起如今母亲的姿容了。

我之所以有这种感觉，抑或那天夜间稀有的月光赋予魔力的缘故吧？总之，我当时以为，有着这样的母亲的野村，没有必要再让他娶妻什么的，因为他的收入足足可以养活一个母亲。他后半生珍惜地守望着这位母亲，应该是满足的。除此之外，再也寻不到他生存的意义了。我虽然这么想着，但数年之后，我从茅场町棉纱店老板的儿子丸山金一郎那里听说，野村和母亲在深川的家中，并枕躺卧病床之上，一前一后死去。丸山是我小学同学，他父亲很会照顾人。不知何时，他照料起野村来了。野村母子病卧之后，丸山父子轮流担当看护。据说野村的病是肺结核，但母亲是什么病呢？是不是因内心华奢而感染上儿子的结核了吗？这一点我忘记问了。不过，据说野村比母亲晚死了几天，我以为，这对于那位可怜的母亲，同时也是对于苦命的儿子孝太郎，都是一件幸福的事情。

我认为，在启蒙时代，我从野村那里受到的恩惠决非一

幼少时代

223

般，所以，对于他临终前的生活，叙述得过于详尽了，现在回到正题。

　　阅读木村小舟氏的《少年文学史》，知道岩谷涟山人的《新八犬传》连载于《少年世界》，是明治三十一年新年，即戊戌年春天，我13岁的时候。可以说，这是一部使我对小说产生兴趣——充分沉浸于虚构的空想世界，饱尝游乐之喜悦——的第一部作品。在那之前，我虽然也读小说、写小说，但从未看到过那样大胆豪壮、自由奔放地反复来往于幻想世界的故事。我每个月都企盼着《少年世界》的发行日期，抢先阅读刊登于卷头的这部作品。我虽然不相信老纸狗能生下八只小纸狗，并且后来都健康地活着，但丝毫不觉得有什么不自然。不仅如此，还打心眼儿里巴望这件事能成为事实。而且，我看到那些由武内桂舟作插图的或跑或走的纸狗，愈加强化了这一幻想。少年的我，正如思春期的青年向往恋爱

东京帝大时代的谷崎（左一）

生活一样，我也向往《新八犬传》的世界。

正巧在那时候，我在偕乐园见到过涟山人。而且早就从阿系嬷嬷那里知道，他经常同红叶山人一道出现于偕乐园。有一次，我正在笹沼屋里玩，阿系嬷嬷来向我们报告，说涟山人和红叶山人正在楼上客厅里，叫我们到院子去看看。我和笹沼到院子里看了，只见客人除了涟山人和红叶山人外，似乎还有一两位。由于精心的安排，另外的客人都坐在里面，靠近面对庭院的廊缘一侧，而涟山人和红叶山人背倚一张八仙桌而坐。笹沼和我拼命伸长脖子自下而上仰望，最初只能看到他们两人的脑袋。涟山人和红叶山人似乎看到了我们，稍稍探着身子，脸孔转向庭院。涟手中端着一只空茶杯，在手里转了一下，朝我瞥了一眼。笹沼对我说，那就是涟山人。当时心中虽有几分疑惑，但后来同他数次面会，便不由想起十多年前幼年时代新鲜的记忆。不知是明治四十几年，又是第几次自由剧场试演之际，我在有乐剧场廊下，经小山内氏介绍，同涟山人初次会面交谈。当时，我就觉得和十多年前在偕乐园见到的他没什么不同。但对红叶山人，只是约略望其风貌，竟未能获得见面交谈的机会。

《少年文学史》的作者评《新八犬传》时说：

> 其构想颇为雄大，极尽变换奇拔之妙。有些虽重章积回，亦殆不许稍露端倪。对此，桂舟的插图，将魂魄寄予一无生物纸狗之上，于纵横无尽之中，以试生动飞跃之巧。

那部作品在涟山人为数众多的童话小说中，无疑格外凝聚着作者一番心血。然而，我对那则故事的无限倾倒，是自己也打算他日构筑那样的世界，还是仅仅漫然憧憬涟山人所描画的世界呢？如此的心理并不十分清楚。恐怕我还难以分清写作之乐和阅读之乐，但总是感到自己懂得创作意欲的萌芽，深知放逐心灵、巡游于空想世界的快乐，并经常耽于其中，不能自拔。这种习惯的养成，不就是从那时候开始的吗？现在回想起来，感到奇异的是，一方面是早年受到稻叶先生的教育，亲近那些与自己年龄不太相符的艰深的书籍，童话的世界和成年人的世界并存于头脑之中。我一面梦想着纸狗们东奔西跑的世界，另一方面又学习汉文版的《近古代史谈》，听讲日文版的《雨月物语》。

《少年世界》连载的小说之中，仅次于《新八犬传》之后，给我快乐的，当数河山人的《乞丐王子》[1]。此书原作者为马克·吐温，经河山人翻译、涟山人评阅、黑田湖山人补正而得以发表，虽然不如《新八犬传》那样一味奇思怪想，但作为实际上可能存在的故事而别具趣味。依田学海的《丰臣太阁》，当时也在这本杂志上连载，我对历史故事产生兴趣，即起始于这部作品。此外，还有幸田露伴的《文明之库》《休假传》，森田思轩的《十五少年》等等。自那个时代起，孩子们就觉得露伴非同一般作家，似乎是个伟大的人物。

---

〔1〕马克·吐温著，儿童小说，1899年由岩谷小波（涟山人）、川田河山（河山人）和黑田湖山（湖山人）共同翻译出版，东京文武堂藏。

我在这里，不能漏掉《日本历史谭》的作者大和田建树的名字。此人后来作为铁道歌曲的作者名震四海，但比起他的歌曲，《日本历史谭》早在好多年之前就由博文社出版发行了。这部丛书从第一篇到第二十四篇，首篇为《日本开国》，山田敬中插图；终篇为《威海卫》，水野年方的门人小山光方插图。我读过二十四篇中的大部分。其中，《菅公》（插图梶田半古）、《曾我兄弟》（尾形月耕）、《相模太郎》（山中古洞）、《九郎判官》（筒井年峰）、《恶七兵卫》（水野年方）、《楠公》（小林永兴）、《大塔宫》（歌川国松）等，逐篇不漏地反复阅读。据《少年文学史》记载，真正由大和田建树亲自执笔者仅为第一篇，其他逐篇皆为大和田门下的秀才、一位名叫福岛四郎的人（后来担任《妇女新闻》社长）所写就。但我当时不知道这个内情。我虽然没有感觉到这部文章体写成的《历史谭》中文章的魅力，但对于孩子来说，内容简洁明快，浅显易懂。再加上描写的事件很吸引人。《九郎判官》和《恶七兵卫》，更使我回忆起幼小时代，在舞台上看到的团十郎和菊五郎扮演的义经和景清。《楠公》和《大塔宫》，为不久之后我对《太平记》原文的品味做好了准备。这类历史谭的内容，究竟是基于严密的史实，还是稗史和小说交混的产物，我也不得其详。不过，当时的我也感觉不出史实和传说，还有纯粹虚构的故事之间存有着多大的差异。戏剧《义经千本樱》和《出世的景清》，以往曾实际过，同虚构的故事之间架起一道桥梁，我来往于桥的两侧，自由徜徉于空想的世界。

　　恐怕不仅是我，那个时代的少年，曾一度将历史和小说当

幼少时代

作同一类读物。记得好容易经过那个时期之后，我开始喜欢上《太平记》了。作为《太平记》中最美的文章或感人至深的文章，稻叶先生选出第二卷"俊基朝臣再度下关东之事"、第五卷"大塔宫熊野攻落之事"、第十三卷"龙马进奏之事"和第二十一卷"先帝崩御之事"等。那"遍野春樱灿，落花踏雪迷……"的俊基朝臣的东下；那"远望由良港，舳舻紧相连，往来于水面……"的大塔宫熊野攻落中七五调的意味等，久久使我迷恋。还有，我以为，叙述后醍醐天皇崩御的第二十一卷"先帝崩御之事"汉文调的描写，较此更胜一筹。自打我知道七五调的低俗而脱离其影响之后，方感到那种汉文调在写法上，除增加音调之美，还包含着深刻的内容。例如下面的写法：

　　悲哉，北辰位高，可谓百官如星列。九泉下之路，竟无一供奉之臣。奈何南山之地僻，虽万卒如云集，既无无常之敌来，更无御止之兵。仅如中流覆船，漂一壶之浪；暗夜消灯，向五更之雨。

　　寂寞空山里，鸟啼日已暮，土坟数尺草，一径泪尽愁未尽。旧臣后妃，泣泣瞻望鼎湖之云，添恨天边月，凤夜霸陵风，梦里慕花别。

　　这种的文体，主要表现于日语和汉语音节的组合拼接以及来自形象文字字体的蛊惑。内容虽然空疏，但当时的人们均看作是一种名文。其中一个原因在于：明治时代，水户学派的南朝崇拜思想占统治地位，我们正如当今青年讴歌民主与和平、反对法西斯与战争一样，憎恶足利氏之不正，而对吉野朝天子与楠氏的末路悲愤慷慨，更加增强了这类文章的生命力。

露伴写作《对髑髅》是明治二十三年一月，写作《二日物语》前篇《此一日》是明治二十五年五月。我以为这个时期，露伴的文章也反映了时代的流行，多带有美文调的成分。

> ……呜呼，叹良宵之夜短，天亮情缘尽。君乃片科川上浮花，香伴急流十里湍飞。我乃岸上柳，影沉水底，难于动一步……

> 为世所舍亦舍世，叱叱诧诧，反复徒叹息。猝然望长空，挥舞竹杖，猛击道旁树石。辗转跳跃，怒火烧心，瞋恚决眦，未知前路几许。……

无可否认，《对髑髅》结尾处这些地方，由于带有这种调子，往往会以今日的感觉去阅读它，而产生歧义；但从作品整体上来说，此乃唯有露伴才能创造出来的世界，是日本文学诞生的珠玉作之一。不难推察，当时发表这部作品会引起如何惊异。我知道这部作品是在十四五岁的时候，"君乃片科川上浮花。……"那几行文字，至今依然留在我的脑子里。

> 未出清水之世而见之眼寒，待我亲切的一棵松啊。你若于三冬不变其色，我之心亦不移一条。汝若飘摇于风暴间，使机上黄卷翻翠光；我亦乘风，令香烟漾于木梢之

幽花。……

　　……愚者讲解脱之法，如今佛亦朕之敌也，……泽萤舞天，暗里之念燃于世。朕乃动于暗而行于暗、笑于暗而憩于暗之下津岩根常暗国之大王矣。……

　　……佛陀为智，朕为情。智水湛千顷之池，情火举万丈之焰。……朕一脚所踏处，柳红花绿。朕一指所指处，乌白鹭黑，天死地舞。日月暗，江海涸。顽石笑歌，枯草开花，且芬芳。狮子驯于美人膝下，大蛇戏于小儿坐前。朔风暖，绛雪香，瓦砾放光辉，盲井喷醇醴。蝴蝶有声，夜深吟相思。聋者能闻，瞽者能见，剑戟折断亦可食，鼎镬亦可入而浴。……

《二日物语》中的《此一日》，因借上田秋成之构想，故作者无自夸创意之资格。仅就作品本身来说，虽劣于《对髑髅》，但比马琴《弓张月》所出《白峰》一条，本文依然似乎高出数等以上。可以看出，对自己的天分颇有自信的露伴，欲挑战德川时代两位优秀的先人。极尽华丽之文体，较之《雨月物语》之枯淡，虽有过于花艳之嫌，但对国文与汉文佛典之语汇，纵横驱使，遂达于和汉混淆文美之绝顶，非露伴所不能为耶！

　　或许有人说，以往的作者在修饰词章上颇多费力，以为这是无用的努力。但在我幼小时代，要进入文学之门，那是必由之路，所以我并不认为是无益的劳动。后来，我们的《学生俱

雪后庵夜话
low reading

乐部》和《学习园地》都停刊了，也无人再策划传阅杂志的出版了。因此，我们每人都独自努力磨炼词章，常常完成一篇满意的文章之后就送到稻叶先生手里，巴望给予批评。"推敲"这个词，要么被现在的人忘记，要么不加以重视，可是"推敲"一事，过去却是为文的一个方法。我有个时期，曾经作为磨炼文辞的手段，从古人各种著作中摘取秀句，抄录下来，用这些词语创作新的文章。《二日物语》中的《此一日》，我将后半部分誊抄在半纸之上，全部背诵出来。记得大和田建树的《日本历史谭》等，有些章节我也是这么做的。

关于我的《幼少时代》

听说杂志《心》[1]本月号已经出到第八十期了。他们也向我约稿，同时兼有祝贺之意。不巧，眼下《文艺春秋》每月连载我的《幼少时代》，实在腾不出手来。我生性不善通融，一旦着手干某件事情，非完成不肯罢休，哪怕花一点时间，也很难转向其他方面，连一封信都懒得写。话虽如此，但武者小路君和安倍君盛情难却，没办法只得就正在写作中的《幼少时代》，谈谈心中所思所想，聊以塞责。

我曾写过题为《青春物语》的文章，记述了开始借助第二次《新思潮》，初登文坛时候的事，即明治四十三年至大正元年之间的回忆。现在所写，则是幼少时代至少年时代，即明治

---

〔1〕《心》，月刊同仁文艺杂志。自1948年7月创刊，至1981年7、8月合并号为终刊。主办者为安倍能成、武者小路实笃、辰野隆、长与善郎、佐藤春夫等。

二十二年至三十四年之间的怀旧谈。而且，一方面是自己的生平记录，另一方面，目的在于让今天的年轻人，多少了解些现在已经彻底发生变化的明治中叶东京下町的情景。

人到老年，记忆力衰退。新近的事情转眼辄忘，但幼少时代刻印在脑里的东西，经过数十年也不会忘记。这回我打算尽可能从最早记得的事情动笔写起，一旦按此想法顺次回忆遥远的往昔，那些完全被埋没于以往底层的事情，又一一重新复活过来，自己也深感惊奇，原来这些事都完好地保留在脑子里啊！随着当时的往事次第浮现而出，写作也具有了无限的乐趣，决心将这些一个不漏地全部记录下来。

关于这一点，我是这么想，自己作为一名作家，迄今为止完成的工作，比原来的打算更多，之所以能这样，还不是得益于自己幼少时代的环境吗？我以往一直认为，自己成为如今这样一个人，靠的是青年时代以后的学问、经验，同社会的接触，以及和诸位前辈友人的切磋琢磨；但至今回头一看，别人不会知道，而我自己现在所具有的大部分知识，早已在幼少时代悉数萌生出来，青年时代以后掌握的东西觉得并非那么多。比如，我在《幼少时代》一章中提到的小学时的"稻叶先生"，我从他身上学到的东西，其后多年，皆以种种形式，在我各种各样作品之中，都留下了痕迹（因为稻叶先生本身就是一位特别优秀的老师）。与此相比，我从中学以后的先生那里受到的教育，没有留下什么明显的感化。我幼少时代观看的新富座和歌舞伎座舞台上的幻影，团十郎和五代目的各种演技，对于我后来的成长给予了不可估量的影响，这是不容忽视的。不，有时人形町的水天宫七十五座的神乐剧，南茅场町明德稻荷神乐堂的闹剧之类，也不逊于团、菊的戏剧，至今越发感到留下了非常深刻的印象。

基于这种缘由，《幼少时代》无疑是我的怀旧谈，但又同时包含超出单纯怀旧谈以上的东西。这也是事实。这是一个出生于明治十年代东京下町商家之子的生平传记，在那个时代的东京所具有的种种文化和风俗习惯的滋育下，不久以此为基础成长为一名小说家。这样说，或许更加贴切一些。

（昭和乙未[1]三月记）

　　〔1〕　1955年。

雪后庵夜话

我心我自知，

他人难分明。

一

记不清是昭和八年[1]还是九年，那年我50岁左右，我现在的妻子M子[2]三十二三岁光景。我同前妻分手后，在阪急铁路沿线冈本车站附近租住了一小套房子，雇了一个女佣。具体地点是，兵库县武库郡本山村（现在的神户市东滩区本山町）。当时，现在的妻子经常来访，有时住上一两个晚上再回去。她还未正式成为我的妻子，名义上的丈夫是根津清太郎。根津清家族在大阪本町拥有一爿大棉纱批发店，前两年才破产。她和清太郎依然同住一个屋檐下，表面上看起来还像是真

[1] 1933年。
[2] 谷崎松子，原名根津松子（nezumatuko）。森田家次女，姐妹四人，大姐朝子、三妹重子（S子：shigeko）、四妹信子（N子：nobuko）。

的夫妇。清太郎经营祖传家业失败后，蜗居于阪神鱼町的横屋，夫妻只是合住，实际上情缘已断。妻子有两个妹妹，姐姐结婚不久，S子和N子就离开根津家，和M子一起生活。因此，即便他们夫妻关系淡漠之后，三姐妹依然和清太郎共同生活在横屋。

　　M子三姐妹的娘家是大阪有名的藤永田造船厂的永田家族，是数百年来制造千石船[1]的造船工匠世家。后来，虽然家道零落，但在当时还很显荣。她们的父亲活着的时候，没有必要把女儿们寄养在根津家，据说，父亲安松看到两个最小的女儿老是给根津家添麻烦，深以为苦，每每将她们领了回去。可是，她们一旦回去，又立即返回根津家。M子的父亲是永田家族户主的中表兄弟，曾经以永田为姓，如今又改姓森田。后来，我听M子说，当时她心目中另外有人，未必喜欢嫁到根津家。但清太郎一片痴心，非她不娶，永田家户主三十郎也一个劲儿劝说M子答应下这门亲事。三十郎甚至这么说："你若做了根津家的媳妇，整个永田家族都沾光啊！"

　　当时的根津家占据着大阪富豪榜的上位，似乎是声名显赫的大家族。清太郎将两位妻妹领养到自己家，对方来要人也不肯放手，真是有点儿胡闹。虽然双方难免为此而打闹，但清太郎就是我行我素。安松只得忍气吞声，听其所以。这样，还不是因为慑于根津家的威势？不过，清太郎为何要把M子的两个

[1] 号称装载千石米谷的日本大型木造货船。1石（dàn）10斗，1斗10升（18公升）。

妹妹置于自己身旁呢？难道他对两个小姨子中的一位一直抱有特别的感情吗？但据我推测，不大可能。最小的妹妹N子还是个小姑娘，正在相爱女校读初中三四年级，大妹妹S子，自大手前女校毕业后，从年龄上看，应该刚读完高中英语二年级课程。照清太郎的说法，他时常想到，自己是根津家的独苗苗，父亲早亡，撇下老母一人，没有什么可以依靠的亲戚，从小孤苦伶仃地活过来，也没有兄弟姐妹。这时正巧M子过门，再加上同姐姐M子长相一样的两个妹妹经常来玩，家中顿时变得明朗欢乐起来。最初，两人放学后，总是路过根津家，同姐姐姐夫一道吃饭，晚间返回自己家中。后来，根津家从大阪市内的靫搬到阪急沿线的夙川，清太郎的老母住在另外一栋厢房里，打那之后，她们俩不知何时养成了习惯，干脆住在根津家里不走了。不用说，清太郎也把她们当作同胞妹妹看待。当时我也能想象得到，他是没有别的心思的。清太郎说过："这三姐妹长得很像，我见过大阪各色各样的女子，都没有比得上这姊妹仨的。看了她们三个，再也不愿见到其他女性了。"对于他这番心境，我也是大有同感。

M子常来我家住，对此，清太郎很是谅解，他们没有正式离婚，自然有着我所不知道的种种因由。看来，他是早晚要同最小的妹妹N子结婚的。不过，这位一时闻名于大阪的"根津清"，并没有断然草率地处理这件事，到了关键时候，他又犯起踌躇。M子每来我家，总是关在楼上的房间里不下楼，所以没有人见过她。但一出一进还是瞒不过人眼，渐渐地为街坊邻里所知晓，大家都风传说："那户人家跑进个媳妇呢。"这种事儿，要是被小报记者知道了，难免闹得满城风雨，我和M子

雪后庵夜话

1950年春，京都平安神宫赏樱。左起：三妹重子、四妹信子、松子的女儿惠美子、松子

想到这里都有些害怕。因此，那时节，除了冈本自家楼上那间房子之外，我们从未在其他地方见过面。

有一年，或许就是上面所说的昭和八年或九年的秋天吧，我总觉得正是写作《阴翳礼赞》的时候，这么说来那就是昭和八年。——我因为有事，要到东京去十多天。我俩不记得是谁先提了个方案：M子为我送行，半道上找个旅馆住一宿，第二天一早分别后，M子回阪神鱼崎，我前往东京。M子和清太郎协商，清太郎的意思是：说不定会在哪里被什么人撞见，尽量不要二人单独外出，不如将S子也带上为好，三人一起同行。S子明知这是个尴尬的角色，但还是应承了。于是决定作一次三人之旅。

一方是M子和我，一方是N子和清太郎，S子夹在这两对人儿之间，想必常常置身于一种苦恼而不快的立场之上吧。N子一时不喜欢清太郎，想另寻相好，清太郎说："除了三姐妹，我不打算找别的女人，N子不和我结婚，S子也可以考虑。"S子听到后大为恼怒，说："这是对我的侮辱。"三姐妹中，只有S子一人，不论在谁看来，那脸型，那身段，都无可挑剔，亭亭玉立，妩媚动人。她早该嫁个好人家，可一旦卷入这种诸多矛盾的家庭关系中，婚期也给耽搁了。S子本来没有理由为姐姐和妹妹两个担责任，完全可以任她们留在根津家，自己逃回森田家，一走了之。然而，那时候，父亲安松已经去世，哥嫂夫妇继承了家业，鉴于以往那种状况，眼下更难回去了。森田家哥嫂一方，或许还保留着被三个妹妹践踏殆尽一份感情；不过依S子的想法，只要没有等到M子和N子有了一定的去向，她就无法安心嫁人。于是，M、S、N三个，比一般姐妹更加紧紧抱成团儿。这是很自然的，她们不得不这么做。

假若不处在那种家庭漩涡之中，肯定能找到好婆家，了解S子的人都暗地里同情她，认为她是个可怜的姑娘。S子虽说对姐妹两人一般亲，但对M子更抱有好意。清太郎不在时，我一去根津家，就努力调整好我和M子的关系，以免引起女佣们的怀疑。必要时，我有意装作是他夫妇共同的朋友。清太郎曾公然表示，要把M子让给我。不过，我还没有直接听他说过这话，M子当然也不会强迫他这么做。我想，这事儿只能瞅准机会，通过S子或N子的巧妙周旋，进行耐心说服才行。

十月里的一个下午，M子、S子和我三人从大阪乘坐上行直快列车，在一个普通小站下车。具体地点我不说了，是大阪到名古屋之间的小站。S子比M子小4岁，当时二十八九岁，但看上去，比实际年龄显得年轻得多，也就是二十四五岁的样子。表面上是姊妹俩跟随伯伯一道旅行，订旅馆也是这么写。不记得M子、S子是如何打扮的了。我当时穿一件黑底闪光的盐濑纺外褂，不知因何需要，记得还很难得地穿了裙裤。因为没穿外套，所以看来那时节当是十月上旬光景。忘记外褂里头穿了什么，只记得光闪闪的外褂料子十分碍眼。晚饭时三人按什么顺序就座？用餐时有女佣照料，想必谈吐之间很不自然吧？不过，这些一概不记得了。我不用说了，S子和M子也都能来上几杯，酒看来喝了不少。不久，该就寝了，我一人住一个房间，姊妹俩住在另外的房间，中间隔着一两道墙壁。

三人用餐的屋子是旧式古代风格的厅堂，宿舍位于另外的地方。我的住房和姊妹俩的住房，共同邻接着一道长廊。廊外似乎是古代贵族之家的庭院建筑，有假山和泉水，但都被挡雨窗严严实实地遮住了。我们预先订好计划，一开始，M子陪伴S子在房里就寝，估摸着时间一到，就悄悄滑出被窝，撇下S子，沿走廊潜入我室。结果一切都按预定计划进行，不久M子就进入我的房里，大约是当夜一点之后。M子和我交颈儿共枕，绵绵情语，随后就迷迷糊糊沉于香梦之中了。睡眠的时间不算太长。突然，我被远处嘈杂的人声惊醒，立即警觉起来。这块远离都市的闲静的游览地，先前进餐时，厅堂内外一点声音都没有，沉寂得有些可怕。但这种情况正合我意，因为不必担心会走漏风声。不过这时，似乎微微传来三昧线的弦音，也许有人举办夜宴，请来了艺妓吧？各地有各地的习俗，这并不奇怪，因为是房间众多的大型旅馆，隔着几道房间，远方时不时传来的三昧线的琴音，并不会引人在意，很快就入睡了。可

1934年，婚前同居时代的谷崎和松子

醒来一想，眼下是人的声音。这声音自远而近，由一个房间传向另一个房间，渐渐接近我们的房间了。我猛然想到，这家旅馆正在遭遇临时检查。越来越近的人语，不是一人，而是两位警察。

突然陷入狼狈状态的房客的声音，被斥骂而无地自容的女人尖利的叫喊……两位警察轮流揪住男房客和女房客，半真半假，冷嘲热讽，严加审问。一间挨一间盘问，花费了好长的时间，实在没有必要。不仅如此，他们说话声音很大，传遍附近所有的房间。我自己不曾经历过临检，不知道这种场合，警察审问房客为何大声吵嚷，为什么不能低声细语，以免惊扰邻近的住客呢？听到这声音，又忽而思忖，这家旅馆的老板娘和警察看到我们这副样子，或许是暗暗多给我们些时间，让我们早做准备吧？

"喂，喂。"

我小声叫醒M子，她一直熟睡，毫无觉察。

"临时检查，快些回那边的房间！……"

她立即起身，出了走廊，径直逃回与S子共住的房间。我将她遗留下来的两三件小首饰，迅速藏在被子里头。警察们逐渐走近了，他们没有立即进入我的房间，而是先到姐妹俩的房间去了。

"打扰了，现在是临检。"

姐妹俩听到声音，打开房门。她们同我相隔两三间房子。

"啊，是这样，大阪来的。……和伯伯一道旅行。……"

起初，先是M子，接着S子，她们轮番回答警察的询问，声音虽小，但很清楚，也不颤抖。她们说话显得很从容，有意使我也能听清楚。大凡遇到这种情况，东京人总是惊慌失措，而大阪人，就连那些像这对姐妹一样的年轻媳妇和姑娘们，也都能做到镇定自若，不慌不忙。我在各种场合屡屡看到过，这回同样如此。从三个人的对话中，警察一定觉察到是故意留出时间让M子逃脱的，但他们或有感于姐妹俩的沉着冷静，或看出她们是有身份的女子，竟然没有一句恶言恶语。

"好啦，打扰你们休息了。"

警察留下这句话，关上房门。最后来到我的房间。我穿着睡衣，正襟危坐于床铺之上。本以为他们会对我吼上几声，但看到那副唯唯诺诺、生怕惹起事端的样子，我便打心底里瞧不起他们。

"看来，您是那两个女子的伯父了……"

两个警察并肩坐在我的床铺前，皮笑肉不笑地盯着我，那眼神似乎说：这个糟老头子究竟想干什么呀？被褥底下的东西鼓胀得老高，但他们看都没看一眼。

"这里边装的什么？"

其中一人望着我枕畔的手提包问道。

"那里装了一点儿旅费。"

同两姐妹一道外出，说不定会碰上不时之需，总得多准备些盘缠。

"一点儿，一点儿，究竟是多少……"

我怕他们翻检我的提包，便把包里的钞票全部掏出来给他们看。

"你呀，你包里装这么多金钱，还放在这种地方，不觉得太大意了吗？赶快寄存到柜台去。有钱人就是不一样！"

他们只是说了这么一句风凉话。

"对不起，我今后注意。"

我郑重行了礼，事情就这样过去了。记得按最初的计划还要逗留半天的，结果天一亮，我们就匆匆离开了那里。接着，从那里乘车经过好几个车站，费了好几个小时，到达一个小站。M子和S子坐下行车回神户，我赶上一列上行快车，买了一张二等卧铺，一路摇摇晃晃地离开了。现在想想，那天夜里实在有点儿悬乎。

可是，那两位警察出于何种考虑对我们高抬贵手呢？他们的目的难道只是取缔艺妓和赌博，对于比这些矛盾更深刻的家庭案件碰都不碰吗？也许这方面的取缔任务另有别的人员担当。再不然，他们或许和那家旅馆有特殊关系，有意识地加以照顾吧；还是M子和S子的举动和风姿引起他们的同情呢？——若这些都不是，那么或许他们害怕，一旦稍有差池，自己会犯过失。想到这里，我觉得自己有些太傲慢了吧。

一两年之后的昭和十年，我和M子如愿以偿公开同居了。我从冈本搬到阪神沿线打出[1]站旧国道附近，那里的房子租金比较便宜，我们在那里举行了简单的婚礼。出席者只限于妹妹S子和N子，还有形式上的介绍人K律师夫妇，以及M子的旧友、牙科医生H夫妇。M子的娘家哥嫂森田夫妇接到通知，但没有来。几天后，大阪的《每日新闻》突然发表我们结婚的消息，惊动了世人。

　　　[1]兵库县芦屋市地名。

就这样，我们顺利地结合了，既没有成为一直担心的报纸社会专栏炒作的题材，也没有被当作丑闻闹得沸沸扬扬。这件事全仰仗S子和N子暗地里帮忙，要是没有她们俩的努力，真不知会是什么样子哩。据说，清太郎迟迟不在《离婚书》上盖印，N子知道印章放在哪里，她便擅自给盖上了，清太郎也只得默认。不过，事情就这么搁置下来，直到我们在打出的家里举行婚礼时，从法律上说，M子才刚刚将户籍从根津家转移到森田家，并未纳入谷崎家的户籍。世上将这种关系说成是"姘居"[1]。但从我们心情上说，不同于一般的"姘居"，我们既是夫妻又不是夫妻，保持一种不即不离的特殊的关系。M子三姐妹一直维护着根津时代的家庭气氛，并以此完全征服了谷崎家。其实，我也希望这样，力求避免东京风格，而统一于大阪风格。（当时，我对三姐妹感情的内里，就是东京人对大阪人的那种exoticism[2]。只不过我没有意识到罢了。）按我最初的想法，打算将这种特殊的夫妻关系永远保持下去，但出于对社会和世俗的考虑，并未将这样的关系持续下去。约莫四年之后，昭和十四年春天，M子勉强入了谷崎家的户籍。那时，我将圆周内绘有常春藤的家徽，换成M子家圆周内绘有蔓草的家徽。

　　这些暂不说了，我至今还时常想起那个临检之夜。不管怎

[1]原文作"内缘"，未办理婚姻手续的夫妻。
[2]原文为英语，意思是"异国趣味、异国情调"。

么说，那天晚上警察们采取的办法很难得。但比起这个，一味为我们打掩护的S子的热情更叫我难忘。而且，她的热心不限于那一个晚上。当天遭遇不测仅仅是开始，以后类似的事经常发生。而且，每次都是S子不怕自己受损，奋力保护姐姐。没有她在背后周旋，我们真不知还会遇到多大的障碍和困难呢。

M子和我举办婚礼时，清太郎在横屋的那个家再也无法住下去了，他搬到青木海岸高尔夫练习场附近一座破旧的二层楼去了。他已经到了极度穷困潦倒的地步。那座破败的住宅自古为根津家所有，是根津商店的店员们洗海水浴时休息的场所。

那里长期空着，犹如乞丐屋，腐朽破败。有个时期，M子和两个妹妹，还有清太郎活着的老母，一同住在那里。S子和N子即使住破房子，也绝不肯回娘家去。M子既已失去妻子的权利，家中经济皆由N子掌握，两个姐姐需要零花钱，每次都得从N子手里拿，就像孩子央求母亲。她们光靠这些不敷使用，据说还得偷偷卖掉一两件珍藏的珠宝。尽管同名义上的妻子M子和特殊关系的N子住在一起是迫不得已，但玉树临风般雅洁的S子，生活在黑暮女鬼窟一样的房子里，随时可能遭人玷污，但她却能一尘不染地生活着，令我始终带着好奇的目光望着她。不光是S子，就连M子和N子，虽然住在这座破屋之中，但都不失昔日丰丽的内心，不论在谁面前露脸都不打愫，依然各自保持着原有的醇美。老母亲关在二楼顶头一间房子里，清太郎和三姐妹住在楼下。一间房子的榻榻米绽开了，露出焦褐色的芯子，障子门布满破洞。但屋子里放着镜台，她们依旧不忽视梳洗打扮。

"总不能把S子放着不管啊。"

在打出家中举办婚宴约莫两三天之后，我对M子这么说。因为我首先觉得对那种状态不能置之不理。M子和清太郎氏还有一双尚未懂事的幼小儿女，一旦结婚，同时也要引渡到我家里来。这样一来，除了清太郎和N子之外，剩下S子没人管了。（楼上的老母亲不久前已经去世，因此给我们结婚提供一个机会。）记得当时预想到会有好多行李，所以雇了一辆人力车自己坐，另外又带着一辆黄包车前去迎接。结婚是三月，这无疑也是三月里的事。但只记得是在一个晴明的午后。清太郎外出了，女佣也跑了，没有一个人影儿。家中除了S子和N子两人外，还使唤着一位往年专为藤永田造船厂建造阁楼的老木匠。二楼有两个房间，楼下除门厅外也有两个房间。S子在楼下一间房子里接待了我。

　　"我来接你们啦。"

　　一个平时很少说话的人，听我这么一说，好像在嘴里咕嘟了两声，点点头；但我未能听清楚她说的什么。于是，她从此不再言语，默默站起身来，上楼去了。我一个人被撂在那间房子里很长时间，差不多有一个小时吧。我不知道这样等下去到底好不好。是不是本来就不想去，那意味着让我快回去吗？真叫人摸不着头脑。如果要我等一下，本该说一声才是；竟然一声不响地猝然走开了。这种不明确表示去的做派，正代表S子的风格。我平时同她谈话，总是费尽心机，不戗她的性儿，处处赔着小心，千方百计适应她那难以结交的脾气，努力讨她喜欢。从她刚才走进房间的样子，可以看出她是预先想到会有人来接她们的，她把这看作是理所当然的事。尽管如此，那也让人等得太久了吧。也许她在思考，该不该将N子托付给无依

雪后庵夜话

249

无靠的清太郎氏，舍弃这座破屋；一起奔到好容易进入新生活的姐姐那里，会不会给他们添麻烦？她为这些事一时拿不定主意，正犯踌躇；还是因为行李太多，整理起来颇费时间呢？

"假如你们不方便，我先回去，改日再来。"

我本想站到楼梯口，从下面大喊一声。但转念一想，这样做太冒失，也显得没教养，随即犹豫起来。除了继续坐等，我别无他法。

"我们不想跟你去，你还是快回吧。"

我终于断定出这番意思，悄悄离开座位，颓丧地正要走出门外，这时，只见她正一次又一次向楼下搬运行李。让我等待那么长时间，也没有道一声"让你久等了"之类的客气话，看那神情，只是毫不经意地表示一下"一起走吧"的意思。我把那些行李全都装在自己的车子上，然后，她坐上前面那辆车，我跟在她后头走了。看起来是那样泰然自若，但她的无言的举动，给我留下极深的印象，恰到好处地表现出她那落落大方的性格。

一旦离去，S子再没有回过清太郎氏的家门。其后，她嫁给渡边氏，但渡边比较早地死去了。为了保留渡边家宗嗣，夫妻二人虽然有个养子，但她来到热海后，一年中的大部分时间，都和M子一起生活，直到今日。她和渡边氏实际住在一起的日子，只不过几年光景。

清太郎和N子没有正式结婚，虽说有些别的因由，但依我看，清太郎缺乏生活能力是主要原因。我有个时期非常憎恶清太郎，现在想想，那是出于对M子的嫉妒。清太郎出身公子哥儿，心眼儿很好，自从M子和S子来我家之后，他时常陪伴N子飘然来到我家玩耍，也有的时候是一个人独行。从清太郎的神情上看来，他并非对M子恋恋不舍，而是对于同三姐妹朝夕相处的夙川时代和靫时代的家庭气氛留连难忘。何况，落魄后受人冷落的他——甚至遭到N子厌弃的他，除了见见三姐妹的面，此外还有什么可以自我安慰的呢？对于这番心境，我想我当然也应该给予同情和理解。要说不合常理也的确不合常理，对于这种旷达渡世的做法，我感到困惑也是不无道理的，但我还是应当宽大为怀才好。看到一个包括三姐妹和家庭全都被夺走的人的寂寞和潦倒，总应该有些相应的处置才对。有些事情，不必刻意拘泥于世俗习惯和社会流俗。N子、S子，就连M子，她们看到我当时对清太郎那种苛刻的样子，也都一致给我批评和谴责，而对清太郎抱有几分同情。

我既然讨厌清太郎，清太郎也一定憎恨我。尽管没有我这个人在，清太郎早晚也会落入同三姐妹分手的命运，但要是没有我，那种命运也许不会如此急遽来袭，那种状态也许会持续下去，直到青木那座破屋的屋顶和廊柱腐朽坍塌为止。而且，三姐妹或许会流落四散，天各一方，谁也不知道谁在哪里。对于三姐妹，或对于清太郎来说，那样将会过着更加悲惨的日子。然而，站在清太郎一边想想，眼前的三姐妹——三人中至少有两人被整个连窝劫掠，他为此恼怒非常，无法忍受。不过在我看来，对于清太郎自己无力面对而分散于世上各个角落的"美丽的存在"，我已经尽可能将其归拢一处，为清太郎背负起他所无法处置的困难。换句话说，根津家已经完好地转移到谷崎家，不，而是打碎谷崎家，另造一个根津家了。只要我附着于其中，清太郎就能远眺或近察三姐妹的行末。这事虽然令人恼火，但想到他若能理解我替他收拾烂摊子的一番用心，或许不至于迁怒于我吧。

看到我经常出入于根津家，同M子很亲近，似乎不久就要结婚的样子，人们便不断前来规劝我：

"你不要再去根津家了。那个家庭既复杂，又混乱，你一旦同他们来往，就再也脱不开身，麻烦大啦！"

我明白，人们所说的"复杂的家庭"以及"脱不开身"等言辞的意味，内里也包含"三姐妹的存在"。其实，正因为我明知道这种复杂今后还会愈演愈烈，所以才打算迎娶M子的。我总感到，有种奇妙的因缘，将我同M子三姐妹住惯了的奇妙而割不断联系的根津家，缠绕在一块儿了。众口铄金的世间，认为根津家溃败的原因，在于清太郎一味按照三姐妹的意志行事。实际上不是那么回事。清太郎在宗右卫门町一带，虽然是个游手好闲的公子哥儿，但单凭这一点，不会导致根津家的败落。其根本原因，在于清太郎缺乏经商之才，拙于经营管理。再加上十五银行[1]的破产，也起到了推波助澜的作用。反过来从森田家方面看，可以说是清太郎一手葬送了三姐妹的前程。那可是智慧、容貌、家业等冠于整个大阪的光艳无比的女儿们啊！纵然M子命苦，但陷S子和N子于不幸的责任全在清

---

[1]1897年在改组第十五国立银行的基础上成立的普通银行，第一次世界大战中获得重大发展，1923年关东大地震中遭受破坏，1927年再因金融危机的打击而关闭。

太郎。森田家完全有理由怨恨清太郎。我曾听闻N子和某外交官有过很好的交往，想到她那高尚的品格，我为N子的不幸叹息。S子和N子都有过无数次这样的良缘，要么自行斩断，要么被对方斩断。总之，这不是根津家和森田家谁应该怨恨谁的问题。清太郎或许葬送了三姐妹的前程，但同时也为三姐妹而葬送了自己的前程。这些都是互为因果的。

　　M子姐妹的母亲，据说年轻时就死了，京都人。三姐妹中，最为辛苦而最有活动能力的当数最小的N子。此女子即使独立门户，亦不会有冻馁之虞。M子最为雍容华贵而富才气，但或因生长于永田家或根津家展翅雄飞的时代，缺乏一种"顽强不屈的耐力"。

　　　不敢大声唱，独爱低声泣，
　　　如此文弱者，原来是吾妻。

　　我曾写过这样一首短歌。她在生病的时候，经常像小孩子一样大放悲声，丝毫不想掩饰那副哭相。由于我看惯了不屈不挠、强忍眼泪的江户女子，对她这种表现十分不解；但同时也是她的魅力所在，此种柔弱终于不动声色地捆缚住了一个江户哥儿。这两位似乎是标准的大阪女子，但S子在某些方面却继承了京都女性——母亲的品行。在"坚韧不拔"这一点上，S子抑或超过任何一个人。她感情内向，非中意之人绝不相见，藏于深闺，不爱抛头露面。即使生病，也是不动声色，拥衾而眠。她将顽强的根性隐于心底，表面上看起来，文弱靓丽，柔情似海，唯其刚毅的性格决不轻易外现。这一切与京都女子颇为贴合。

因我而毁弃家庭的清太郎，战时流寓北海道，无依无靠，尝尽人间辛酸。战后，回到东京，为丸尾长显氏所收留。丸尾氏当是森田家的亲戚，同幼年时代的M子是朋友，时常出入于原先的根津家。丸尾氏因为这个缘故，不忍看到清太郎如此贫穷，委任他为东京宝冢歌剧团[1]女优宿舍的舍监。这一职务虽然并非出自清太郎所愿，但却表明，经过丸尾氏一手沟通，清太郎依旧没有割断同三姐妹的情缘。战后某年，我们一起到京都南座[2]看戏，他突然出现在剧场门口，要求看看亲女儿[3]一眼。S子出面说服他："这件事很难办，还是请回吧。"他听罢，乖乖地回去了，从此断绝了同我们的直接联系。我暗想，这样也好，免得他同宿舍的女优们风生水起，惹出乱子来连累丸尾氏。但就当时的清太郎来说，似乎没有那样的勇气。后来听说，他不声不响通过与三姐妹没有任何瓜葛的别一方面，迎娶了夫人，过上了幸福的日子。从前吊儿郎当的

〔1〕1913年阪急电铁公司经理小林一三创立于宝冢市的女子歌剧团，最初称"宝冢少女歌剧团"，1940年改为现名。"东京宝冢"即东京宝冢剧场（Tokyo Takarazuka Theater）的简称，位于东京都千代田区有乐町，宝冢歌剧团东京本部所在地，亦称"东宝"。

〔2〕京都市东山区的剧场，因位于四条大街南侧，故名。元和年间（1615-1624）获得正式批准的七大剧场之一。每年12月在此举办的"颜见世兴行"（歌舞伎新作首演庆典），成为京都之名物。

〔3〕根津清太郎和松子生有一男一女，儿子清治，女儿惠美子（1929年生）。谷崎迎娶松子后，转为谷崎家养女，其母死后，惠美子遂作为谷崎著作权继承人。

恶习也改掉了，摇身一变，成为一个正直善良的好好爷们。宿舍的女优们也都信赖她，一旦有事，就请他来商量对策。清太郎若活着，随着丸尾氏地位的上升，晚年的他也将如枯木逢春，繁花似锦吧。不幸的是，昭和三十一年，他56岁时罹患脑溢血猝死。众多女优前往吊唁，其中包括我的一位"粉丝"春川真澄女士，据闻她是哭得最厉害的一个。

我迎娶M子时，为如何称呼她而犹豫不决。鉴于上述那种关系，公开迎娶之前就一直称呼她"M子"，看来这种称呼难以继续下去了。但我直到今天依旧没有舍弃"M子"这一称呼，同时也没有添加表示尊称的词尾〔1〕。什么"喂"啦，"你"啦，"您"啦，等等，我只是嘴里囫囵一下就应付过去了。即使面向第三者，不是特殊需要，我也既不舍弃"M子"这一称呼，也不添加表达尊敬的词尾。这虽然来自天生的腼腆的本性，也想同世间的"妻子""老婆"等划清界限。同样，对她的两个妹妹也不当作妹妹对待。至于妻子作为拖油瓶带来的E子〔2〕，依照根津时代的惯例，至今仍然称呼大姨S子为"姐姐"，称呼小姨N子为"小主"。我现在也运用这一称呼，只是有第三者在场时，不得已才勉强称为"妻妹"或"小姨子"。（对于M子，较之"妻子"或许称"内人"更显得自

〔1〕日本人一般交往中，因身份地位及远近亲疏不同，男者名字分别后缀"先生、氏、样、san"或"君"字；女子则为"女史、女士、奥样、san、chang"等。

〔2〕即惠美子。

然些。）

很多人都知道我不喜欢客人来访。尽管这是事实，但我和M子同居前并非如此。我虽然对来客严于挑选，有好恶之分，但东京和大阪还是有少数几位谈得来的朋友。然而，在我娶她之后，交友关系也为之一变。从前，久未谋面之人，过些时候便很想见上一面，于是写信邀请他们来玩，有时偶尔征得M子的同意，一起到心斋桥招待朋友吃上一顿。我本来是个喜欢请客的人，眼下却一改旧习，简直一毛不拔了。打那之后，出入我门下者，几乎仅限于根津家和永田家的人们。也就是以M子为中心的她们姐妹周围的人。三番五次盛在饭盘里的饭菜，全都是大阪风味，而东京菜被看作是山肴野蔌，粗鄙难咽。过去阔别已久的老友，不知道我家的变化，他们从东京赶来看我，我在招待他们时，真不知暗地里费尽多少心机。我把门厅一侧原来的学仆[1]房间作为书斋，让出正屋客厅供三姐妹自由使用。这样一来，就没有待客的空间了。老朋友来访，大都会留他们住上一两个晚上。说起来我虽然明明知道也该在M子谅解的情况下，约她一起见见面才是，但我本人所承受的较之M子更加强烈的大阪风气熏染而形成的和乐气氛，不希望立即被异质的东西所打乱。直白地说，我不想让往昔的朋友同M子她们姐妹们相会。

我比老朋友更加重视新家庭的气氛。这件事也许证明我是个缺乏友情的人。但是，我并不想否认这一点。当时的我，

　　　　〔1〕原文作"书生"，在富贵人家边做杂役边读书的青年。

感到沉浸于新家庭的气氛之中，对于我自己比什么都重要。我从中寻到了无上的幸福。大家知道我避免同任何人见面，所以东京的朋友很少来访。最难堪的是偕乐园笹沼氏[1]来访的时候。先前我曾向他报告过我和M子同居的事，这会又得将M子作为我的妻子向他旧话重提。笹沼氏显然对这件事没有好感，相反他似乎极为反感，第二天就急匆匆去大阪了。新思潮时代[2]的老友木村庄太氏没有预先通知就突然来访，逼得我穷于应付。为了不使他见到M子姐妹，我陪他到书斋里说话。木村一走进屋子，将手里的旅行包猛地往榻榻米上一掼。很显然，他来我家，是把往昔的友谊当成是今日的麻烦了。

看到这番情景，我只好说：

"虽然不留你住下来有点不近人情，但我实在无法留你了啊！"

其后，我领他去神户，在山手的"菊水"饭馆一边进餐一边回忆往事，闲聊了两三个小时才分别。庄太氏是当晚回了东京还是在什么地方留宿，我当然不知道。但不难推测，他对我这种完全不近人情的做法深感失望，对我本人也一定抱着极大的恶感吧？打那之后，直到他患病故去，都没有机会和他再见上一面。即便再见，我也无言为自己辩护。

---

〔1〕笹沼源之助，作者伯父亲友。1907年，谷崎在东京第一高等学校读书时，曾受其资助。

〔2〕明治四十三年（1910）九月，作者会同小山内薰、和辻哲郎、后藤末雄、木村庄太和大贯晶川（雪之助）等人，创办同仁杂志《新思潮》（第二期），并在创刊号上发表史剧《诞生》。

石川千代，谷崎第一任妻子。
1915年5月结婚，翌年3月，生长女
鲇子

我虽然对待朋友很薄情，但新家庭的刺激，使我的文学创作热情俄然旺盛起来。从我宣称同M子结婚之前（避人耳目的幽会期）起始，不，早自以前我被允许出入于根津家，同作为根津夫人的她交际开始，我之所以渐渐写些东西，无疑是在她的影响下进行的。《盲目物语》《武州公密话》等，也能初见征兆。（中央公论社出版的《盲目物语》最初单行本，我是请根津时代的她题签的。）但明确将她置于脑际而撰写的是《刈芦》这篇小说。紧接着创作《春琴抄》时，也还没有公然同居。M子的父亲安松，曾在高雄神护寺〔1〕院中保有一座名曰地藏院的尼寺。M子曾经陪伴我在那座尼寺躲藏了十天。那段时间，我写完了那部作品的绝大部分。

距今二十五年以前，昭和十四年四月，我和前妻〔2〕生下的A子〔3〕——虽属谷崎家长女，但自那之后一直随其母生活，承蒙泉镜花夫妇做媒结了婚。假如没有这件事，我是不打算让M子做我户籍上的妻子的。虽说至今到底会不会下这个决心还是个疑问，但若没有女儿结婚这件事，那时我肯定不会这么做。

再重复一遍，我和M子总想保持类似朋友那样的关系。两

〔1〕位于京都市右京区高雄山麓的寺院，观枫胜地。
〔2〕谷崎润一郎于昭和五年（1930）八月，同千代夫人离异，千代与佐藤春夫结婚，其女鲇子随母亲生活。翌年四月，润一郎同古川丁未子再婚，三年后别居。
〔3〕即鲇子。

人相处较之妻子带有几分客气，多少留有几分间隙。我想将作为根津夫人的她和隐忍苟活过来的俗世的阴翳，依然留存于如今这个家庭的一隅。我不愿将一位贤妻良母型的女子带入这个家庭中来。我要求M子能理解我的这种心情，虽然不一定像我那般迫切，至少有某种程度的同感。但随着A子婚礼的迫近，森田家其他亲戚都坐不住了，M子也备受他们影响，随之动摇起来。就这样，A子结婚数日前，我很不情愿地将M子纳为户籍上的谷崎夫人。我也曾经下过决心，干脆废弃谷崎家，拥立森田家，我过去入赘为好。但是，即便如此，记得也遇到了一些阻碍。就那样直到今天，在一般人眼里，我们虽然是一般夫妻（或者说，不像以往那样），但我心中，当时的心情依然完全没有消失。

几年之后，出现了这样的事情：M子想给我生个孩子。

大正五年[1]，前妻生A子时，我并不怎么高兴。当时健在的父亲和母亲，连忙前来看望第一个外孙女儿。我对他们说："我讨厌小孩子，还是送给乡下人家养活去吧。"记得当时父亲极力反对，还被他们狠骂了一顿。那时候，时兴恶作剧趣味，有些人喜欢标新立异，一意孤行。而我绝不是那号人。同年，我在五月号《中央公论》上发表题为《做了父亲之后》的文章，阐述了我当时的感想。文中有这样一段：

> 认识我的人，都对我为人父一事大感不解。我本人也

　　〔1〕1916年。

深感自己遭遇了意外的事实。一般的人，结婚的同时，当然应该想到早晚会成为父亲，而我却完全没有这样的思想准备。

当时有位朋友（已故长田秀雄氏）前来看我，他笑着说："你为人父这件事，我总觉得很滑稽。"
我还写道：

> 生后约一个月的今天，我对小孩一直喜欢不起来。我想，恐怕永远都不会喜欢。……要是她大声哭闹，我就更想送给别人，但眼下倒不怎么闹人了。……好多日子，我已经忘记孩子的存在了。……比起这个孩子，更令我担心的是，会不会再生第二个第三个呢？要是生第二胎，就送给人做养子。为此，应及早约定人家。

现在，我已想不起来约定的对象是谁了。然而，有位作家无疑看到了我的这篇感想，他对我非常反感，写文章激烈地抨击我。我在某家杂志或报纸上曾读到他的大作。因为他和我是朋友，还算客气，没有指名道姓攻击我；再说也没有直接触及我的那篇杂感文，但无疑是针对我而作。很显然，这位朋友有了孩子，他自然疼爱自己的孩子，对我这种以疏离爱子而后快的非人道态度，抱着忍无可忍的愤激之情。

M子为我生孩子，这和A子多少有些不同。但从某种意义上说，更加使我困惑不堪。A子早已离开我身边，跟前妻在一起，并且结了婚。举行婚礼时，我暂时接回来，由我置办嫁妆嫁到了婿家，M子当时只是名义上的母亲。然而，M子一旦生下同我俩都有实际血缘关系的孩子，在我们之间的间隙里那几分客客气气，以及根津时代留下的阴翳等，就会消失殆尽。M子就会沦落为世间一位普通型的贤妻良母。业已化作根津家风的我家，就将为之一变，很难想象今后会是什么样子，说不定会变成一个颇为奇妙、疙疙瘩瘩的家庭。我一旦想到M子成了我孩子的母亲，就感到摇曳于她周围的诗魂和梦幻毫不留情地

谷崎润一郎与第一任夫人石川千代

骤然消泯。我不忍心有这样一个M子。

M子已是两个孩子的母亲。而且，这两个孩子，长子S治和妹妹E子，随其母成为打出时代的家人，在那里上了学。他们和母亲以及姨母们生活在一起，共同继承了根津的家风，同我没有血缘关系。后来，S治做了姨母S子的养子，继承渡边家家

叶山三千子，谷崎前妻千代的妹妹。赋予谷崎《痴人之爱》等作品以灵感的女性

业，去了京都；E子入籍谷崎家不久嫁给K家[1]，在东京成立了家庭。这虽说是好多年以后的事了，但他们兄妹俩几乎走过了相同的道路，离开母亲膝下也是预料中的事（我不想让E子女婿入赘继承谷崎家业，我未曾料到清太郎比我早死，我害怕他凭借E子这层关系再度出入于家中。我一旦再生子女，其结果必将更加疏远A子，至少会使A子产生这样的感觉。这样一

[1] 即观世家。

雪后庵夜话

来，A子就变得更加可怜。这就是我狡猾的借口。），所以鉴于此，每当想起这番情景，我就不希望在M子的家庭里有我浓厚的血液。

我同M子商量堕胎的时候，M子显露出悲哀的神色。她表示很想在这个世界上留下和我共同生养的孩子。沉睡于她心底的母性之爱突然觉醒了。她重新认定我是她的丈夫，她想营造起处处委身于自己丈夫的家庭生活。但那样一来，过去那个艺术之家就要崩溃，我的创作热情也将衰退，或许我什么也写不出来了。我反复向她说明这种情况，M子再三考虑之后，有一

雪后庵夜话 Slow reading

1931年1月，谷崎与同在文艺春秋社供职的古川丁未子订婚，4月结婚

天，她没有和我商量，就擅自跑到中央公论社原社长岛中雄作氏家里哭诉衷肠。以往，她从来没见过岛中雄作氏，她不等任何人介绍，就去叩岛中社长私宅的门扉，对于从未采取过如此莽撞行动的她来说，需要多大的决心啊！

"我今天去小石川岛中先生家了。我一个人独自决断，实在是不应该。"

她回来后对我说，我听了猛然一惊。

"不知岛中君说些什么。"

M子如此回答了我的问话。

"岛中君说：'谷崎君他不是早已说过不喜欢小孩吗？他肯定这么说过。我很了解谷崎君，他是个艺术第一主义。但他很理解你要生孩子的心情。作为你，这是很自然的事。所以，没关系，你就生好了。其余的包在我身上了。'他的话给了我力量。"

尽管听了岛中氏的意见，但我还是不想改变初衷。平时，我总是顺从她，对她俯首帖耳，但那时，我极力表示反对。结果她还是听从了我的劝说，在芦屋的某家医院，做了手术。从她的心情上看，我认为，她对我以及我的艺术的热爱是极其深厚的，胜过她自己肚子里的孩子。[1]

M子很长时期都未能忘记堕胎带来的悲痛。她似乎时时都在想着，要是那时能生下个孩子该多好。她看到别人家年龄相

[1] 据《谷崎润一郎传》作者小谷野敦考证，谷崎和松子关于生子和堕胎一事纯属虚构。

仿的孩子就忍不住哭泣。有时，她的眼眶里突然莫名其妙地涌出泪水，令我时时感到不安。那时节，她肯定在思念自己本该生下的爱子。我总是躲避着她的目光。她的眼睛一旦泪光闪闪，我就赶紧移开视线。绝对不可对她提起这件事来，这是我家的禁忌。我只有一次在随笔中用几行文字讲述了这件事。自那之后，我害怕再看到她的眼泪，直至今日都未再提起过那时候的事。这回是第一次详详细细将当时的情景记录下来。因为已经是二十多年的往事，那番悲哀早已淡漠，随之而来，眼泪也很少见了。这次为文，抑或再度诱发她新的泪水吧？作为对她剧痛的补偿，我当时发誓，我将尽力抚养好她和清太郎生下的S治和E子，建立幸福的家庭，以此使她获得安慰，虽然这种安慰并不充分。

虽说我在她心中划了一道难以治愈的伤痕，但至今回想起来，对于我和M子之间未能生下一男半女这件事丝毫不感到后悔。不仅没有后悔，而且随着时光的流逝，我越发觉得，还是不生的好，否则生下来反而显得荒唐。S治和C子姑娘结婚，生下T子。E子嫁给了有个大阪出身的生母K家的H夫，生下K男。S治的女儿T子、E子的儿子K男，相互间自然有着间接的血缘关系，但同我没有这种关系。这帮孙辈是冲着亲生祖母和S子才到这座热海宅第住下，融入我的家庭的。对此，我感到万分满意。令我无比高兴的是，我家庭内血缘之纯洁，乃出自永田家以来关西之风的惯习，言谈举止、吃喝爱好、衣裳花色、皮肤明艳、肌理感觉……论其精确，细小到腌菜之刀法，尽皆井井有条，纹丝不乱。

第三次结婚。1935年1月，在
打出下官冢自宅正式和松子结婚

我时不时想起M子为我生子一事惹起的事端，深怀畏怖。要是10岁或20岁前，我还可以忍耐。随着年龄的增长，我是多么难于处理这等事啊！我想起我和自己父亲的关系。自打我过了二十三四岁之后，几乎经常同父亲干架，拌嘴。那个时代，父亲打心眼里憎恨我，我也打心眼里憎恨父亲。谁能保证我同我的孩子之间不会如此呢？越是有几分才能，越是优秀子弟，就越容易这样。而且，一方面有了M子、S子、C子、E子、T子和K男，彼此之间相处起来，是多么麻烦和复杂。孩子要是个女的，又会出现另一番意味的麻烦。或者我自己这方面更加麻烦。我有胞弟和胞妹。出于同样意思，我并不愿意同他们来往。弟妹之间也许觉察到这一点，或出于和我同样的羞愧感，他们也有的并不想主动亲近我。其结果，正中我下怀。

　　我时常回忆起永井荷风[1]先生的生活态度，不禁同自己比较了一番。

　　荷风先生与我不同的是，他继承了祖产，一开始就过着优裕的生活。但是，兄弟亲戚关系不睦，似乎断绝了一切人情来往，这一点倒和我很相似。他的心境恐怕也和我一样吧。他两次结婚，两次都是同居，时间很短。一次是大正元年[2]九月二十八日，虚岁34岁，担任庆应大学教授之时。先生迎娶某木材商之女，翌年四月十日离籍。实际夫妻生活期间或许更为

　　〔1〕永井荷风（1879—1959），小说家，东京人。本名壮吉。主要作品有小说《地狱之花》《隅田川》，以及散文随笔《晴日木屐》和日记《断肠亭日乘》等。

　　〔2〕1912年。

短暂。第二次是大正三年八月三十日，先生和藤间（后改为藤荫）静枝结婚，翌年二月十日离籍。其后直到79岁逝世，终生过着漫长的独身生活。这一点和我大不一样。

在我全然没有结婚经验的时代，自明治四十四五年[1]至大正初期那段岁月，十分倾倒于永井先生的生活态度，始终抱有艳羡之情。先生二度结婚失败，听到他婚后不久离婚的消息，深感他做得对，非这样不得了断。有鉴于先生之失败，我自己也决心不娶，将一生奉献给艺术。然而不久，我觉悟到我自己和先生在素质上大不一样，那种事情我自己绝对办不到。

首先，为了贯彻先生那种孤立主义和独身主义，必须拥有丰富的资产。然而，我缺少这一点。非但如此，当时的我身负众多系累。我的父母健在，且有幼小弟妹。不致力营造先生那般放纵的性生活，就无法创造出那样的作品来。然而，我却受到各种经济上和家庭上的束缚。其次，我在对待女性的态度上，同先生的行为方式迥然各异。我是个feminist[2]；而先生则不是。我在恋爱方面，是个庶物崇拜教徒，fanatic[3]，不折不扣的过激主义者；而先生则不是。先生较之自身视女性为卑下之人，似乎将她们看作玩物；而我则不堪忍受。我视女性为高于自身之人。我总是从自己一方仰望女性。非为我崇仰者，皆不作女子视也。我虽然也曾踏入游廓或花街柳巷，追求

〔1〕1911年和1912年。

〔2〕男女同权论者，女性解放论者。

〔3〕狂热，笃信，盲目崇拜。

过"恶游"，但我从未像世间所想象的那般耽溺其中，远离现世，忘乎自我，朦胧恍惚，不得自拔。每次"恶游"，多是应人之邀，强拖硬拉而往之。常常是自己虽不感兴趣，但有碍于友情，不得不逢场作戏，妙心空空，徒然而返罢了。有些女性，虽然外貌秀丽，但病体恹恹，不太健康，且身体不洁，亦为我所嫌弃；虽云美人，但过去有种种经历，所谓"千山万水"之女子，亦为我所不喜。而晚年的永井先生，喜欢接近我所最畏惧的阶层的女子，视她们为"不二之友"，借此以对抗世间。

我缺乏先生那种反叛和对社会批判之精神。先生的作品中，出现过诸如《日阴之花》里的御千代、《墨东绮谭》里的阿雪那样的女子；而我的作品中，所出现的女子，例如《刈芦》里的阿游，《春琴抄》里的春琴，《钥匙》里的郁子，还有《厨房太平记》的女佣们，尽是些年轻、纯洁而开朗的女性。

出于如此情况，我不可能像先生那样满足于没有规律的性生活。但我对于先生的独身主义、孤立主义、艺术第一主义，依然不禁欣羡。因此，我想同既是妻子又不是妻子的M子结为连理，抹杀我的家庭，一任M子、S子和N子实行她们之家风，必要时独自一人锁在书斋里，埋首于创作之中。关于我的艺术上的工作，从来不会同M子她们商谈。她们很少进入书斋，也并不想来。偶尔进来一次，我就感到不安，露出不悦的神色。大凡世上小说家的老婆，总希望丈夫告诉自己"眼下在写些什么"，并主动征求自己的意见，而我绝对不干这种事。M子对于我在书斋里做些什么，这次又在写什么小说全然不知，更不想知道。她总是热衷于和妹妹们一起商谈赏樱季节应该穿什么衣裳，或者埋头阅读自己喜欢的外国作家的译作。我的东西即使在杂志和报纸上发表出来，也不会抢先跑过去看个究竟。再说，我也不希望她们那样。性格腼腆的我，不喜欢别人将我的作品置于面前，指指点点，妄加评判。我有个脾气，要是碰到那种场合，总是逃之夭夭，一走了之。我把此种癖好，带进家中来了。我在我的家庭之中，打算另建一个唯有我自己一人的世界，同M子她们隔离和孤立起来。在他人眼里，我的家庭看起来多么华丽，但实际上，我建立了一方M子三姐妹无法探知的孤立的世界，她们认可了这一世界，但不想进入这个圈子之内。

我虽然过着婚后的生活，但实行的却是不同于永井先生的孤立主义和独身主义。

二

　　我的《细雪》第一回刊登于《中央公论》杂志新年号，各
方都在酝酿给予批判。军部方面等关于"不识时务"的非难，
接二连三送达中央公论社和我的手里。鉴于那个非常时期，我
于昭和十八年[1]一月或二月间，离开热海去涩谷神南町熟人
家中住了两三天。当时，记得我曾突然想到要去看望住在世田
谷弦卷町的志贺君[2]。时间是午前，大约十点前后。我被领
进一座十多铺席的大房间内，坐在椅子上，胳膊肘支撑着桌
面，互相聊起天来。我之所以一大早就去，一是待在神南町很
无聊；二是我知道志贺君爱早起。说着说着到了吃午饭的时
候，刚到时，志贺君就忙着告诉我，说不巧下午有客人相约来

　　[1] 1943年。
　　[2] 志贺直哉（1883—1971），小说家。宫城县人。白桦派同人。作品
有《和解》《暗夜行路》和《灰色的月亮》等。

访，因而，我掐准时间打算离去。谁知，刚到十二点，女佣就来传话说：

"广津先生[1]来了。"

接着，广津和郎君进来了。他走向我身边的椅子，同我并肩而坐。广津君同我互相打了招呼，他似乎有点儿不自然，露出一副困惑的表情。就这样，沉默了好长时间。志贺君也同样是一脸尴尬，沉默不语。

数日前，广津君似乎是在《东京新闻》（也许是《都新闻》时代）上，对我的《细雪》展开批判，措词相当激烈。毕竟我同当时的广津君不曾有过真正的交往，他和我的弟弟精二是早稻田同窗，关系似乎较为亲密，但和我的交往只停留于认识的程度。我知道广津君和志贺君关系特别亲密，志贺君也肯定看过那家报纸的批判文章。鉴于此种情况，疙疙瘩瘩的三个人如今聚在一块儿，互相都感到不自在。我为了"救场"，立即若无其事地用亲切的嗓音叫道：

"广津先生……"

不记得我到底说了些什么，但我为了表达我对他的文章毫不介意的心情，就得先说上一两句无关痛痒的废话。广津君虽然觉得有些奇怪，但还是回应了我的问候。

于是，过了一会儿，志贺君说道：

"谷崎君，我说今天下午有客人，现在好了，你不必急着

---

[1] 广津和郎（1891—1968），小说家，评论家。东京人。作品有小说《神经病时代》《守宫》，评论集《作者的感想》等。

婚后1936年，摄于兵库县高林自宅倚松庵

回去了。我也没什么准备，在这儿一起吃个饭吧。"

"是吗，那我就不客气了。"

我这么回答了他，其实我很明白他的一番用心。志贺君所说的"今日午后有些不便"，也就是广津君约好要来访问，他不想让我和广津君见面。志贺君一旦有评论家们恶言相加，即使是些鸡毛蒜皮、不值一提的事情，他也耿耿于怀，一一认真应对。他以自心推及我心，为了不使我碰到不愉快的事，便设法让我躲开广津君。其实，凭我的性格，我对这类事从来不大在意。我说这些话，在某种意义上，或许显得有点儿厚颜无耻，绝不值得褒扬。鸥外先生[1]对别人的恶意中伤也很在意，过去《新潮》杂志等趣味栏内，一旦有人说坏话，哪怕是些小事，先生也锱铢必较。不论是谁说了他什么，他总是气呼呼地到处鸣不平，说谁谁说他如何如何。因而，大家都觉得他有点儿怪，"好一个厉害的先生"！但我觉得，既然是作家，本应该有一副这样的神经。然而我又怎么样呢？我从来不在乎这些事情。我生性乐观，"瞧你说的"，按我的脾气，只是在肚子里笑笑算了。再者，此种事情往往事出有因。如果面对评论家一一加以回答，那么对方就不得不一一反驳，这样一来，永远没个完。而且，不论谁胜谁负（很少有能够决定明显胜负的时候），此种事儿总是粘在脑袋瓜里，挥之不去。因此，我是这么想，自己是作家，以日后的创作做出回答，他们一旦看了就会理解的。如果他们即便如此也还是抓住不放，干脆到此为止，反正他和我皆为无缘之芸芸众生。对此类事一旦有了决定，不论对方再说些什么，过了些时候，都会被忘却。幸运的是，我生来就是个转头就忘得一干二净的主儿。

"啊，可不是嘛，谷崎就是这么个人啊！"

说到这里，志贺君忽然想起什么似的说。

那天，志贺君、广津君还有我，彻底把这件事给忘掉了，无忧无虑地在一起吃了饭，谈笑风生，依依惜别。

[1]森鸥外（1862—1922），明治小说家，评论家，军人出身。别号观潮楼主人。代表作有《高濑舟》《舞女》《青年》《雁》等。

我的性格有大大咧咧的一面，并非没有宽容的时候。我有个习惯，一向不爱较真，一旦出现小小麻烦，就立即抛开不管，马虎了事。这或许就是自然的宽容吧。人家说我坏话，我未必生气，一般场合，我总是怀着善意极力为对方开脱。我始终这样去理解对方：人家并不是憎恨我，嘲讽我，而是真有这种感觉才这么说的。这么一想，自己也会觉得心情舒畅起来。至于广津君，我一方面在想："瞧你说些什么呀。"同时又感到，他本来就是个坦率正直、认认真真、丝毫没有阴险心理的人物，只不过是怎么想就怎么说罢了。这么一想，心中也就有了主动妥协的倾向。

这里，又想起另外一件事情来。

那是昭和十四年一月至十六年七月间，我首次在中央公论社出版《源氏物语》现代语版的时候。——不是后来新译的《源氏》，而是战前翻译的二十六卷本的旧译，此译本中藤壶事件以后关系到皇室尊严的部分全部删除——这种处理方式，受到当时东北大学冈崎义惠君猛烈的谴责。记得他攻击的重点是针对关于削除皇室部分的译文。他认为那样做阉割了原作最重要的内容，完全失去了翻译的价值。他的攻击不仅针对我，还指向校阅者山田孝雄博士，文章好像发表在《读卖新闻》（？）上。山田博士是怎么想的呢？他是否以为我早晚会做出回答，一切都交给我了；还是有其他什么想法？关于这一点，他一句话也未说过，完全采取沉默的态度。另一方面，我有我的考虑。不管山田博士有何想法，主意已定，我也同样不打算回答。即使博士指派我"本人不想理会，还是由你代我回答吧"，我也只能加以拒绝。之所以这样，正如冈崎氏所说，那种现代语译本或许阉割了《源氏物语》最重要的地方，但不能因此就断定没有翻译的价值。翻译过来的部分中，重要的地方有的是，比起删削部分，到底还是未删削部分多得多。因而，即便是一部分，翻译出来总比没有翻译出来，在理解源氏上更有帮助吧。但是，一旦说出来，恐怕就会引来一场没完没了的口水仗。转念一想，这种战争般的黑暗时代不会永远持续下去，不久的将来，必然迎来一个具有完整现代语版的《源氏物语》的时代。到了那个时候，再请冈崎氏重新阅读。在那之前，喋喋不休，哓哓嚷嚷，皆为徒劳。想到这里，我和山田博士一样，采取沉默的态度。

此外，我厌恶报界煽风点火。媒体方面有没有什么企图我不知道，不过可以想象得到，报界和社会都巴望以冈崎氏的文章为导火线，展开一场精彩纷呈的论战。"瞧，打起来啦！"他们将拍手叫好，为之雀跃。这是他们的本性，我才不上当呢。数年之后，因某件事（到底是什么事忘记了，反正和那篇文章没有关系）我接到冈崎氏极为热情的来信。展读后使我更加明白，他并非对我抱有什么恶意，当时只是对自己那篇评论深信不疑，有感而发罢了。因而我觉得，幸好当时没怎么理会，还是等待时光自然解决为好。否则一旦较起劲来，我也会生气，骂人，其结果无端地惹怒对方。我一方面大大咧咧，宽宏大量；另一方面，又是个性情怪僻之人。明治四十三（1910）年，24岁，作为作家走向社会，直至今日昭和三十八年77岁为止，经受了各种各样的评论家数不清的批判，回过头来想想，不曾记得受到过一次尖刻而无法忍耐的恶评。我写的东西获得多数评论家的表扬。这么说，当然不能证明我的作品多么杰出，我没有那么自负。细思之，我之所以没有受到别人的恶评，是因为我极力不去得罪人，时刻注意不对别人的作品妄加恶评。彼此气味相投的人，有时聚在一起说说话儿；但几乎从未在文章里说人坏话。评判别人的作品，仅仅对于有价值的作品提出表扬，没有价值的，沉默等待，因为这种作品，总有一天会自行消失。当然，那种没有多大价值的蹩脚作品，误被当作伟大杰作大肆宣传，而世人也真的接受下来鼓噪一番，这种事儿毕竟少见。对于此种现象虽说有必要痛加批评，以启迪世人之蒙昧，但这种情况十分罕见。总之，我之所以没有受到别人恶评，是因为我不随便去批评别人的缘故。

一般的人，不论好歹，总喜欢获得别人的褒扬，一旦遭到批评就不高兴。然而，一向怪僻而爱闹别扭的我，并非如此。

日常生活中的谷崎夫妇

老年的谷崎夫妇。1958年，摄于热海市伊豆山鸣泽自宅（雪后庵）

对于那种言过其实的表扬方式，我虽然不说出口，但打心眼儿里瞧不起对方，满怀不快之情绪。相反，虽说是恶评，但却一语中的，击中要害，我也会忘情地拍手喝彩。过去，鸥外先生读了我的《杀艳》，曾经断言："谷崎不该写那种低档的东西，他一旦写出那种作品来就完了。"这话不是先生直接对我说的。那时候，后藤末雄担当鸥外先生公子的法语家庭教师，亲身出入于观潮楼，先生曾偶尔对后藤说过这话，后藤又告诉了我。

　　我听到之后，不由打了个寒噤，身子似乎缩成一团儿。后来，我在某家报纸上读到志贺君在新富町散步，为了消磨时间，进入新富剧场观看松井须磨子[1]和泽正[2]演出的《杀艳》，当时由于脑子里一直思考鸥外先生的那些话，依然没能获得什么好心情。

《杀艳》在《中央公论》发表后不久，由千章馆书店出版单行本，已故山村耕花氏插图，获得一大笔稿酬。当时，我租住本所（现在墨田区）小梅町后街深处的一座房子，在房东的同意下，用稿费增建了一座小小浴场，没想到这事又忽然遭到批判，被有人说成是"惊艳澡堂"。时世纷扰，千头万绪，尽管有鸥外先生警告在前，《杀艳》不但没有因此而绝版，还写了续篇《阿才与巳之介》。虽然受到鸥外先生的申斥，但却获得泷田樗阴[3]的极力赞扬，并欣然答应提前预支稿酬。

下面这件事虽说和我没什么关系，但也还是那个时候，吉井勇君[4]出版了戏曲集《午后三时》，请鸥外先生撰写序文。于是，鸥外先生在序文中写道：

　　……法国谚语云：若用一个si，能叫驴子钻针眼儿。

〔1〕松井须磨子（1886—1919），女优。长野人。本名小林正子。当年扮演《玩偶之家》中的女主角诺拉，大获成功。同戏剧家岛村抱月（1871—1918）共同组织艺术剧团，主演《复活》《莎乐美》和《卡门》等。后与抱月堕入师生之恋。抱月病逝翌年，须磨子殉情自缢而死。

〔2〕泽田正二郎（1892—1929），俳优。滋贺县人。爱称泽正（sawasyou），参加艺术剧团，创立新国剧团，以演出剑剧（武打）而著称。

〔3〕泷田樗阴（1882—1925），秋田县人。《中央公论》杂志主干。

〔4〕吉井勇（1886—1960），歌人、剧作家。东京人。作品有歌集《祝酒》《祇园歌集》，戏曲《午后三时》等。

这个si就是条件。驴子纂针眼儿。吹灰筒里跑出一条龙。

好吧，好吧，请看吉井君的艺当。

看到"艺当"一词，我很惊讶。恐怕是先生对吉井君那种生硬而新奇的戏曲写作手法抱有反感，打算对他稍稍揶揄一番吧。不过，我认为鸥外先生不够大气，反而同情吉井君了。当时吉井君是个二十五六岁的新进作家，经常运用令人感觉不快的写作手法。在我看来，对于那种年龄段的人，不限于吉井君，先生最好用更亲切的眼光来看待他们。可以想象，吉井君拿到这篇序文会是多么尴尬。我记得，他曾打算毫不客气地退回去，但看来没有这个勇气，最后还是原封未动地印在书上了。

这次写作这部书稿，为慎重起见，我又查对一番。戏曲集《午后三时》单行本，作者吉井勇，明治四十四年（1911），由东云堂书店出版。这家书店位于东京市京桥区南传马町三丁目。鸥外先生的序文也刊登在上面了。我引用的那句"好吧，好吧，请看吉井君的艺当"，其中的"艺当"改成了"伎俩"，末尾缀以"一九一一、六、十五 森林太郎"。可能是先生为了照顾吉井君的情绪，后来订正的。我记得确实见过"艺当"这两个字，也记得大家在一起闲聊时都说："吉井这小子，想必很是难为情吧？"这回我请人查阅的本子是中央公论社调查部，从国会图书馆借来的初版本，似乎没有再版过，没想到另外还出过这本戏曲集。不过，对于"艺当"这个似是而非的字眼儿，我不会看错，吉井君感到难堪也是事实。我又想，或许我看到的是校样，但看校样这不大可能。假如有人记得这件事，请多加指教。

　　小山内薰[1]、永井荷风等老前辈不用说了，木下杢太郎[2]、后藤末雄、吉井勇等同辈，也经常出入于观潮楼，亲聆謦欬；小心谨慎的我，因为自己间接挨过酷评，又知道《午后三时》序文那件公案，所以只在别的地方见到过鸥外先生，观潮楼一次也未去过。还有，北原白秋[3]、木下杢太郎等，一向很受上田敏先生[4]的器重，似乎始终是敏先生家里的常客。我的《刺青》单行本出版时，先生曾在报上大加赞扬，即便那时，我也没有前去表示感谢。第二年，先生担任京都大学教授期间，曾经同长田干彦君[5]一起到京都游览，在他指引下，战战兢兢拜访了先生位于冈崎的宅邸。在他家里住了两三

　　[1]小山内薰（1881—1928），导演、剧作家、小说家、诗人。广岛人。

　　[2]木下杢太郎（1885—1945），静冈人。诗人、剧作家。

　　[3]北原白秋（1885—1942），诗人、歌人。本名隆吉。与谢野铁干门人。作品有诗集《邪宗门》《回忆》，歌集《桐花》，童谣《蜻蜓的眼睛》等。

　　[4]上田敏（1874—1916），诗人、英国文学研究家。号柳村。东京人。因翻译西欧文学，尤其是法国象征派诗作而知名。译作有诗集《牧羊神》，小说《旋涡》等。

　　[5]长田干彦（1887—1964），小说家。东京人。《明星》《卯星》杂志同人。作品有小说《水路》《零落》，歌词《祇园小调》等。

个月漫长的时间，流连忘返于先斗町[1]一带。自那以后，再也没有前去拜见过先生。后来，先生倒是耐不住了，招待我们到瓢亭吃饭。即便如此，我也没再去表示感谢，偷偷摸摸回东京了。这并非仅仅是因为害羞，而是像害怕鸥外先生一样害怕上田先生。

我上"一高"[2]的时候，漱石先生担任二部（理工科）英语教师。即使他在一部法科文科授课，我也不想应先生召唤，像学长安倍氏[3]和学弟芥川氏[4]、久米氏[5]那样去接近他。出于这种怪癖，我倒喜欢在走廊上或校园内向先生行礼，同时获得对方很客气的还礼。我在写作《刺青》后不久，曾经在本所中之乡的偕乐园别墅住了些日子。那时候，我最尊敬的露伴大人住在向岛的寺岛村一带（现在的墨田区寺岛

[1] 先斗町（葡pontocho），京都鸭川西岸北三条大街南一巷至南四条大街之间的歌舞游乐场所，多料亭（高级和食菜馆）和茶屋。夏季于河原方向安设"川床"，供游客纳凉，乃为古都一景。Ponto来自葡萄牙语ponta（先），ponto（点），ponte（桥）。天正年间（1573—1592），附近有葡萄牙风格的南蛮寺，故称。

[2] 第一高等学校的简称，东京大学教养学部的前身。

[3] 安倍能成（1883—1966），哲学家，漱石门下。"一高"校长。战后担任过文部大臣、学习院院长。著有《康德的实践哲学》等。

[4] 芥川龙之介（1892—1927），小说家。东京人。《新思潮》同人。作品有《罗生门》《地狱变》《鼻子》和《侏儒的话》等。

[5] 久米正雄（1891—1952），小说家，剧作家。长野县人。《新思潮》同人。作品有小说《考生日记》，戏曲《牛奶店的兄弟》等。

町）。某一天，我应泷田樗阴氏之邀，贸然前去访问露伴大人，聊了只不过近半个小时。所以，大人并不记得我。但是，自那之后过了约莫三十年，大地震后，偕乐园在小石川传通院附近开业，大人又迁居于此地。那阵子我去偕乐园，也到大人家拜访过两三次。比起鸥外和漱石来，我虽然同露伴大人曾经有些交往，但我几乎没有一位在艺术和学问上承其亲炙的恩师先辈。

幼少年时代，我在日本桥阪本小学上学时，记得有位稻叶清吉先生，我受到他不少影响。称得上给我终生最大感化的真正导师，只有他一人。初中、高中以致大学时代，有众多优秀的老师，虽然不乏可敬可畏的“伟大人物”，但敬畏感越深，就越使人疏而远之。正因为有这般因果关系，所以我不爱请教于人，做起学问，不肯追根问底。故而，我并非出于自满地说——不，实在不好意思——我至今写的东西，可以说皆出自我自己的构想。

因此，我不是用别人给我的材料进行创作。“我有个很有趣的素材，供你写篇小说怎么样？相信你一定能写出一部杰出的作品来。”经常有人对我这么说。不管多么有趣的素材，只要不是自己头脑编制的故事，我坚决不写，也不会写。我虽然也写过一两部历史小说般的东西，但一概都出于自我机杼。《盲目物语》《武州公秘话》和《闻书抄》，尽皆如此。

鉴于这种情况，即使我能写小说，也不会编写真正意义上的剧本。我写的戏曲，实际搬上舞台的少说也有十二三种，但好多都是临演出时经专门剧作家提醒，为耐得住实演，再加工而成，极少有严格按原作面貌演出的作品。《信西》《春之海岸》《无明与爱染》《白狐温泉》《十五夜物语》和《弹奏曼德林的男人》等，虽说都是对原作未经太大加工而上演的，但都未能成为名震梨园的大轴剧目，仅仅演出一两场就结束了。经常登上舞台的《阿国与五平》，由前代守田勘弥[1]在帝国剧场初度公演，当时完全按照原作，对台词一字未动。自那之后，每次演出，都经人加工过。我对初演时现代勘弥惊人的努力与记忆力十分感佩，但观看之中自己对冗长的台词愧悔不已，心想，要是经过专家适当加以删改就好了。于是，更加深切感到自己绝不能成为剧作家。

《法成寺物语》被称为杰作，但先代猿之助在春秋座初次公演时，以及两三年前前进座的长十郎瓹右卫门演出时，由于过分忠实于原作，均未能获得成功。尤其是在春秋座演出时，同剧情发展没有多大关系的藤原隆家等，未被删除照样登场，其冗长拖沓，远非《阿国与五平》可比。观众很不耐烦，其兴致直至第二场演出菊池宽君[2]《父归》时才得以恢复。

假若此剧可以称为杰作的话，那只能是小川内薰氏昭和二年（1927）在筑地演出时，大加改动的结果。当时，小川内氏按照自己的想法，对原作刻意删削，不用说台词，就连服饰、

〔1〕守田勘弥（十三世）（1885—1932），歌舞剧俳优。在新作与翻译剧方面表演杰出，使歌舞伎别开生面。

〔2〕菊池宽（1888—1948），小说家，剧作家。香川县人。《新思潮》同人。创办《文艺春秋》杂志和芥川纯文学奖以及直木通俗文学奖。作品有小说《恩仇的彼方》《珍珠夫人》，戏曲《父归》《屋顶上的狂人》等。

动作、舞台装置等，也不顾原作所列，彻底改换。我当时十分感佩，随即悟道："可不是吗，戏剧就应该是这个样子啊！"我这才知道小川内先生的伟大所在。

我虽然明明知道小川内先生伟大，但我自己却不想向他学习。我所描绘的戏剧的世界，处处皆为浮现于我脑际的幻想中的舞台世界，硬要将其镶嵌于现实人世的舞台，就显得格格不入。内行的剧作家在写作剧本时，首先考虑的是现实中的演员，然后自己幻想的舞台配备在他们身上。然而，我并不满足于此。就是说，我是用和写作小说同样的心情写作剧本，两者之间不加任何区别。因此，当我看到自己写的剧本在现实舞台上演出时，感到失望、厌恶，离席而逃出廊下，无端地对演员怀有憎恶和轻蔑之心。当那些和自己头脑中女性的原型迥然各异的女优或旦角登台时，此种情绪尤为深刻。以电影为例，唯一使我感到自己幻想中的女子完全幻化于现实世界的，以前曾经表述过，就是《春琴抄》中扮演春琴的京町子[1]。还有一个未能实现的愿望，那就是如果当时大映公司按照我的希望，采用淡路惠子扮演《疯癫老人日记》中的女主人公，也能使我梦幻的世界得以再现。（这里，或许会引起弱尾文子的不悦，其实我并非厌恶文子，只是觉得扮演飒子这一角色的文子，距离我内心的幻影过于遥远。）

昭和八年（1933）八月至十月，我于《改造》杂志发表戏

[1] 京町子（kyomathiko，1924— ），女优，大阪人。原名矢野元子。

曲之作《颜世》[1]，连载三个月，照例是冗长之作，所以不受戏曲圈内人青睐。我一开始也未曾预料到这一点。小宫丰隆氏[2]在报纸评论栏中将此作列入，但未予褒扬。记得佐藤春夫杂谈的时候，曾为之开脱，安慰我说：

"那篇东西并不坏啊，至于颜世的容貌和姿态始终未能在舞台上得以展现，这本是作者的意图，可以理解。"

除他之外，再没有第二人为之说句好话。不过，我倒以为这是当然的事。战争末期，疏散到冈山县胜山乡下的老百姓们，通过不完整的无线电广播，收听结束战争的诏敕，将日本投降误听为是美国投降，一时欢呼雀跃起来。当我看到这番情景，心想："这可是很好的戏剧素材啊。"十二年后，我本想写成一出独幕剧，但结果这种感兴未能持续下去，最后因生厌而放弃了。打那时起，我暗暗叮嘱自己：这辈子还是放弃写作剧本的野心为好，将《颜世》当作最后一部戏剧，从今以后一门心思埋头于小说创作吧。

我常常想写一篇散文，题目是《身为小说家的幸福》。从事这件工作是完全不与别人来往，只是封闭于自己的世界，此种荣幸只有小说家才能享受得到。我在自家之中，有一个不为妻与妻之亲族所窥知的孤独的世界，只要愿意，随时都能逃匿其中，深居不出，犹如孩子玩有趣的积木，将无数幻想中的小

[1]净琉璃（利用琵琶、木板拍子伴奏的古典讲唱艺术）《假名手本忠臣藏》中的登场人物，盐谷判官高贞之妻，为高师直所狂恋，遭其拒绝。

[2]小宫丰隆（1884—1966），德国文学研究家、评论家。福冈人。夏目漱石门生。著有《夏目漱石》《芭蕉研究》等。

偶人编排起来，不受任何人掣肘，度过自由的时光。我想，只有小说家才能获得这样的特权。我不打算须臾离开这个孤独的世界一步。

写小说的人大体有两种类型：一种是将故事从头至尾细细加以构思，搭好框架之后方才动笔；另一种是有个大致的轮廓即开始写作，写着写着，情节自然就出来了。芥川氏似乎属于前者，第一张从哪到哪，第二章从哪到哪，执笔前都有明确的规划，不论从哪个章节都能开始写起。听到此事我深感惊讶。而我同他相反，最初只是一团茫然的幻想，似云雾翻腾于脑里，不知因何而产生非要写出来不可的冲动。我经常是以此状况面对稿纸。写作《刈芦》时，

那是我还住在冈本某年九月里的事。

写到这里，我想起《增镜》〔1〕中记述水无濑宫〔2〕"荆棘之下"一带自淀川渡口开始，直到芦荻茂密的河心洲景色：

芦苇丛中，蹲踞着一个像是我的身影的男人。

〔1〕日本南北朝时代历史故事，十七卷，另有增补本。著者二条良基。成书于应安年间（1368—1375）（明洪武元年－八年）。
〔2〕大阪府东北部岛本町广濑的古称。此处有后鸟羽上皇的离宫，以及祭祀上皇的水无濑神宫。

到这里为止，往下如何展开，还没有一种明确的形式。写着写着，思路这才渐渐顺畅起来。

……

那个男子像是说话太多，累了。他不再言语，随后从腰间掏出烟盒来。

啊呀，谢谢你给我讲述的这些有趣的故事。

一路写来，直到这里，主人公"我"和"那个男人"，以及"阿游"的结局，应该如何加以收拾，直到最后都没有形成一个理想的方案。

然而，突然，一脉文思如电光石火在脑里闪现：

此时，风声飒飒，遍渡草叶而来，满汀满渚的芦苇不见了，那声音和那影像，也仿佛融入月光之中，不知不觉悄然消泯了。

由此，在《润一郎全集》第十九卷中，占有四十七八页的长篇故事，通过十行精彩的文字迅疾而完美地告以结束。当时一针见血指出这一点的是久保田万太郎君[1]。他说：

"通过怎样的方式使得那篇故事得以结束，抑或作者最初

〔1〕久保田万太郎（1889—1963），小说家、剧作家、俳人。东京人。作品有小说《枯枝败叶》《如果寂寞》，戏曲《大寺学校》，俳句集《流寓抄》等。

也没有定见吧。也许正为如何收尾而感到困惑时，最后幸运地浮现出一个最好的方案来。"

如此内情，只有同为作家的人才可能识破，一般评论家是看不出来的。

有的人动笔前将心中浮现的故事讲给别人听；或者先得加以口述方可转入构思，然后行之于文。佐藤春夫的《田园的忧郁》，那部作品写作前，他屡次叫我先听他口述。除了听他读作品，还就一些细小之处详细而反复地考问。较之听他阅读，听他询问更为有趣。奉行孤独主义的我，只有对稿纸时才会思如泉涌。因而，在写作之前很少对他人诉说。万一事前说了，动笔时就索然无味了。

现在，我的右手不怎么听使唤了，不得已只好请人代笔。我同他两个人隔着桌子相向而坐。几年前，我一直是独自伏案，绝不许别人靠近，专心致志，一字一句，认认真真爬格子。丹羽文雄君[1]以速记家闻名，而往年的我，或许就是一个无人可比的"慢笔家"吧。最怕排错字的我，写假名字母时绝不连笔，汉字皆用楷书，一字一字分开，写得大大的，填满格子。我不喜欢久保田万太郎君那种头发般散乱的字体，若有若无，犹如鼻涕细细下流。我也用过蘸水钢笔、鹅毛笔、自来水笔、毛笔等书写工具，不知不觉，一股力量渗入文字之中，

〔1〕丹羽文雄（1904—2005），小说家。三重县人。以本家寺院为背景，创作佛教小说。文化勋章获得者。作品有《小香鱼》《可厌的年龄》《亲窝》等。

290

将稿纸戳了个洞，下边的稿纸也留下印痕。我的右手之所以失去活动的自由，无端地过分使用腕力恐怕就是其中一个原因。并且，这也是写得慢的一个因由。自从养成口述的习惯之后，写作稍稍加快了进度。

三

关于"慢笔",我想再多说几句。

昔日红叶山人说自己写得很慢,我也时常听说他每天只写一页。但像红叶这样成为一代大家的"慢手"不是很少见吗?露伴大人乘兴写作看样子手头很快。漱石先生为报纸写连载小说,一般都是一个上午写完一回,很少花费整天时光。这是我听他一位门人说的。鸥外先生据说也是个快手。

其后到了我们这个时代,慢手如志贺直哉、久保田万太郎、芥川龙之介,还有我。快手不遑枚举,身边就有里见淳[1]、佐藤春夫等。听说志贺君碰到文思滞塞,随即搁笔离开几案,徘徊于书斋中,一圈又一圈,一边踱步,一边构思。

〔1〕里见淳(1888—1983),小说家。横滨人。白桦派同人。有岛武郎、生马之弟。文化勋章受赏者。作品有《多情佛心》《安城家的兄弟》《极乐》等。

我也有这样的癖好。志贺君曾说：

"且不论快慢巧拙，但慢手的文章和快手的文章确实不一样，不论谁读了都会明白这样的差别。"我呢，论其缓慢的程度，自上午十时至晚上九时或十时，十一个小时期间，每页四百字的稿纸，我只能完成三页，碰到顺利时可以完成四页。或许和志贺君差不多。虽说优于一天一页的红叶山人，但芥川比我写得还要慢，看来他只能和红叶排在一道儿了。

写作是一种快乐，我并不因自己是慢手而悔恨。笔走龙蛇，一路下来，快意薄如流云，一闪即过。然而，慢手作家花费的时间较多，其结果没有足够的时间用在读书、旅行、娱乐和恋爱等方面。当然，那些家庭富裕、不知生计之苦的人另当别论。不幸的是我并非如此。比起前面列举的任何一个同时代的作家，我的家庭确实最为贫穷。再加上我的食欲旺盛，饭量比别人大一倍，属于那种没有某种享乐就难以生活下去的人。老实说，二十几岁、三十几岁，不，直到过了40岁，在那之前，我的梦想是"留洋"。但我最悔恨最不满的是，自己没有留洋的资力。虽说也可以忍着吃不饱肚子的无奈写稿赚稿费，攒钱买一张三等舱船票去外国，但我生为家中挑大梁的儿子，为众多系累所束缚，只能是个无法实现的梦想。我只得放弃这一想法，在一个和自己能力相适应的世界内，积累知识，谋求欢乐，获得丰富经验。但是正如前面所述，在这方面我也没有充裕的时间。

我曾想，假若能像漱石先生一样，每天只在午前为报纸写出够发表一次的稿子，那么下午的时间就能有效地加以利用。从这种意义上说，我时时痛悔自己手头太慢。我总是思忖，自己既然赶不上漱石先生的学问和文藻，那么，难道不能在笔头的速度上向先生看齐吗？

说到这里，我想起一件往事。

先生进入朝日新闻社之后，中央公论社的泷田樗阴也无法向他约稿了。尽管如此，心性坚强的樗阴，依然频频前去，毫不客气地请求先生写字画画。对于樗阴来说，作为一名杂志编辑，比起公用来，似乎更看重私用，他想尽可能多地搜集先生的笔迹，多一张是一张。为此，他往访漱石山房的次数和以前相比，一直不变。据说，先生对他这种厚脸皮的人十分头疼，"那家伙又来啦"！无奈之下只得答应他的请求。不过，先生虽然背后对樗阴大发牢骚，但由于喜欢观赏琴棋书画，耽于其乐不能自拔，实际上并非故意玄弄笔墨。听樗阴说，先生每天勉强写完小说供发表一次的分量，绝不超过，尽可能早些完成上午的工作，以便于下午放松下来，随心所欲，陶醉于自己所喜爱的书画趣味之中。他

1947年2月，《细雪》执笔中的谷崎

想摊开白唐纸[1]和画仙纸[2]，悠悠然画南画，作汉诗，以此度过下午半天的时光。他说，这或许是先生的真心话，先生的本领正在于此。这种说法是真是假且不去管它，但我颇为羡慕那种一边为报纸写小说，一边自我寻找乐趣的充满余裕的心灵和肉体。

我和先生不同，我不想沉醉于先生那种高级的余技之中，也没有那样的本领。然而，正因为我比先生年轻，总是满怀着烈火般难以制御的物欲。还有，为了创作，我必须旅行，必须做调查，必须积累和异性交际的经验。但我为完成三章稿纸长的文字，需要花费整整一天的时间。要想挤出那种余裕的时间实属不易。我并非强拉先生做一对比，和我同时代的大多数作家，没有金

晚年的谷崎

钱余裕的人，则以运笔的速度提高效能以弥补，最后都比我富有余裕。回头一看，现代作家中，我是最年长者之一，尽管如此，像我这般缺乏经验的人很少很少。这么说来，一切都怪自

〔1〕中国产高级书画纸。
〔2〕中国安徽产白色大幅宣纸。

己手头迟钝。因为手头太慢，只得从早到晚埋头于稿纸之中。但凡朋友们在耽读诗书、谈恋爱、赛马、打麻将、游艺，以及参加其他娱乐的时间带里，而我却在拼命写作，不这样做我就活不下去。

与我同年的吉井勇君，年轻时走遍日本全国，从北海道至九洲边陲，几乎处处刻印着他的足迹。比及晚年，一会儿去长崎，一会儿来佐渡，天马行空，独来独往。我是多么羡慕他啊！我也很想到各处走走，看看那里的风景，接触一下风俗人情。但不用说外国了，就连日本国内，我也不能如愿以偿。作为作家，立世以来近六十年生涯，我未曾去过北海道，也没有时间去那里。四国，虽然到过香山和爱媛一两次，但尚不知德岛和高知。九州，一度去过大分和长崎，山阴地方也是一次。北陆，福井、金泽去过一次，却不知新潟。东北，青森、秋田、仙台各到过一次，而不知福岛县。外国，上海两次，北京、南京、苏州、杭州、九江、汉口和奉天等一次，朝鲜的京城、平壤一次。假如说，六十年的作家生活时期内，很少有关于旅行的回忆，那么可想而知，其经历是多么贫乏！这类事绝不限于旅行。不论提及哪方面的经历，都可以这么说。

再重复一遍，这样看来，大部分原因都在于我写东西的速度太慢。想到这里，随即感到手头慢是如何紧紧地束缚着我的命运啊！

或许有人会说，话虽如此，但那都是你年轻时代或不到60岁以前的事了。如今，你生活变好了，想去哪儿就能去哪儿了。事情并非如此，随着年老，虽然亲兄弟的系累没有了，但自己有了妻子眷属，这方面的系累增加了。虽说好歹能对付过去，但最关键的是体力衰竭了，想去哪里，想干什么，不能像往昔那般自由了。六十多岁还能干的，如今过了70岁、75岁，接近80岁多少有些存款的时候，遗憾的是，体力不支了。这真是人生的讽刺啊！近来的我，最为悲观的是得了所谓"写作痉挛症"，右手不灵光了。其次是视力衰弱，读书困难。至于腰腿运动迟钝，起居多有牵累，即使有情恋之思，我等恍惚之人，谁也不会再加以理睬……此等诸事，无需再论。这样的不满，早已卒业。

年轻时代的我，一边叨咕着自己手慢；一边于黄昏时刻醒来，彻夜写完三章稿纸，拂晓上床就寝。天天如此。体力上可以轻松地连续坚持十天至半个月。而且，一件工作完毕，责任结束，迫不及待跑出家门，到附近的大阪、神户等地尽情吃喝，大快朵颐。据说芥川逢到这时，每当完成一件工作后，无暇喘上一口气，马上又坐到桌前，开始读书。他根本不想改换一下心情，所以那副身子骨越来越衰弱了。我却不是这样，工作一旦结束，必定用一两天转换心情，有时傻玩上一阵，然后，或读书，或准备下一部作品的素材。

提起读书，本来缺乏好学之志、不太用功的我，并不爱读什么书。50岁前，有时心血来潮，苦读上一阵子，但生来的怠惰癖开始抬头，不知不觉就不想再读了。近来，经常收到我的翻译成欧美语言的作品，因为没有忘掉英语，对于那些英译本，有时我会翻翻看看，这才发现我的英语也忘得差不多了。有些词语明明学过，却始终想不起来什么意思了。

右手的不自由，只好雇人笔录我的口述。虽说不理想，但

雪后庵夜话

297

也能凑合下去。然而，视力下降，一年比一年厉害，困难重重。懒惰的我，有一个时期，找到一个好借口，这两三年来，下午五六点钟之后不能读书了。不是一点儿不能读，只是读起来困难了。尤其是看报，晚报只是浏览一下标题，具体文章不再读了。至于杂志，排版细密者，分作两行者，必要时不得已只好阅读，但读起来相当费时间。读完后眼睛十分疲劳。以往，鸥外先生将《即兴诗人》[1]的单行本，专为母亲用四号字排版，对此，我深有所感。

鉴于此种情况，我每天午后六时至夜间十一时，究竟如何度过呢？这叫我颇伤脑筋。不能看书，只有看电视听广播打发日子了。电视对眼睛来说，绝非好东西。广播也很少能耐着性子听下去。因而，最近想到的是，对自己的旧作重新再看一遍，这种时候，即使不能清晰地辨认文字，只要大致能读则读，不能读的部分，由自己的记忆加以补充。所幸，《谷崎润一郎全集》三十卷就在手边。尽管是自己过去的作品，对于目力迟滞的我来说，不是那么简单能读得了的。但是，不少作品如今不愿再看或令我想闭上眼睛，遇到这些卷本我都是急忙反扣来。但也有的一遍一遍总也读不够。读厌了，眼睛累了，费去很长时间，但比起阅读他人之作，重新温习一下六十多年自己的足迹，真不知会引起多大的兴趣。我反反复复，不知读过多少遍了。阅读作品的同时，写作时期的种种记忆也复苏了。我打心眼里感叹，原来自己年轻时写了这么多东西啊！

　　　〔1〕森鸥外的译作。

死期迫近的芥川说过："我感到我的脑髓每道襞褶里，都聚满了虱子。"（《呓语》）而我的脑子空空如也，小石子在里头咕噜咕噜滚来滚去，简直就像空心玩具。睡觉时头朝右下方，石子就咕噜咕噜滚向右边，头转向左下方，石子就咕噜咕噜滚向左下方。除此之外，头脑里什么也没有。每想起这一点，我就时时左右晃动一下脑袋。

既不向右也不向左，将头挺直枕在枕头上，一直仰望着天花板入睡。于是，这回该考虑手的位置了。尤其是右手放在哪儿好呢？我的右手并非仅仅是简单的"写作痉挛"，因四季不同时节的气候变化，随着这每一天的差别，发生神经痛般的疼痛，麻痹的程度和疼痛的位置变化不一，胳膊不能伸直了睡。还有，大夏天也不能露在外头，胸脯和肚子一定要盖上毛毯或被子。但是，据说患有狭心症，又不能接触心脏周围和冠状动脉。妻子遵照医嘱，每天至少为我测量一次血压，为此，我反而变得神经过敏起来，手偶然碰到动脉，就立即想到血压，反射性地数起脉搏，试试有没有心律不齐。因此，我尽可能将手放在心脏上方，接近颈部，或者放在远离胸部中心的右方。但睡觉时不在意触及动脉，有时会突然惊醒过来。

据说志贺君有个恶习，心情有时好，有时坏。心情不快时，家人就疏散到附近人家去。逢到这样的日子，他便戴起红帽子，似乎在警示家人："今天我心绪不佳啊！"我没见过志贺君戴红帽子，估计他没有实行，但这种方式颇为滑稽有趣。我在家中不能像志贺君那样跋扈，对妻子和妻妹很客气，无须戴什么帽子，不过也有另一种意义的心情不佳、提不起劲儿的日子。有时，心窝里总是凝聚着一种莫名其妙的不安感，而且这种不安的"团块儿"有时还在身体各部游走不定。手之所以难以放置，每每就是此种不安凝聚于某一地方的时候。不是伴有肉体疼痛之时，就是单纯的不安凝聚之时。

有时觉得"这里疼了"，于是那部分就疼了起来。

我生性对蚊子跳蚤十分迟钝，被虫子叮咬也不觉得疼。不光是我，弟弟们不清楚，而一个妹妹也是如此。或许是体质上有这方面的遗传吧。到中国旅行，有好多次被臭虫咬过，经过一二十分钟，痕迹自行消失，也不再疼痛了。我曾有两三次被蜈蚣螫过，但疼痛持续不到一小时。但是，过了70岁之后，情况渐渐发生了变化。近来，稍被蚊虫叮咬，就痒痒得难以忍受。年轻的时候，对于别人被蚊子叮一下就对蚊子大打出手，觉得有点儿小题大做；可最近以来，自己一旦被叮咬，就立即疼得蹦跳起来。这一点正是皮肤的防御能力衰退的证据。不仅疼痛，而且伴随着惊恐。当然，痒痒还不至于会死，但要是浑身到处痒痒，还是会死的啊！厉害的时候，咳嗽、打嗝儿、打喷嚏、嗳气等，有时都会使人惊恐不安。

夏暑冬寒，对于老人来说，比起痛苦，简直就是恐怖。人快要到80岁时，就会想到死之将临，总以为这样痛苦，不就是死的前兆吗？这么说，就不是什么冷热程度的问题了。夏天气温表二十八九度，冬天十五度前后，年轻时对于这种程度并不特别在乎。而现在的我，这种程度已经感到恐怖了。记得露伴大人在文章里也曾说过"寒冷的恐怖""啊，原来如此"，我如今真正体会到了。

我又想起三十多岁时，有一年冬季，我因有事要去拜谒比睿山的高僧。午后，和暖的阳光下，那位高僧说冷得受不住了，必须钻被窝。"我的脑袋冻得难受，失礼了。"他说着，头顶上蒙着白布，浑身颤抖。我想，虽说是光头，脑袋也不至于这么冷啊！这种事儿，也是到了现在才明白过来。我不是光头，整个脑袋还多少有些头发，但稍微变冷些，从颅顶部到后脑勺，直至颈椎一带，似乎都冻得麻痹了。光是冷点儿还好说，但直冷到脑袋瓜子深处，什么事情也干不成了。逢到这种时候，不能不想到"死"。心想，这样下去还不得冻死？在书斋里正忙活的时候也是如此。这种场合，一个劲儿烤炉子，把火燃得旺旺的，直到脑袋上火，才会稍稍放下心来。躺在被窝里猛然醒来，脑袋冰冷，不论左右哪边向下，从头顶开始，半个脸孔全都麻痹失去了知觉。为了小心起见，连忙拽过来预先放在床头柜抽斗内的护发帽戴上。谁知这么一来，反而后脑勺变热了，直达前额都是火辣辣的。于是，赶紧除去护发帽。这么一来又觉得冷了，连忙再戴上护发帽。这种事儿反反复复好几遍。

眼前放着吴哥窟[1]的照片。以那座壮丽的建筑为远景，一条长长的直线型的道路，坦坦荡荡自前景直通到那里。看到这种美丽的建筑物的景色，不论谁都想沿着这道路去看看那座远方的建筑。假若我年轻20岁，看到这枚照片，无疑也会作如

雪后庵夜话

[1] Angkor wat，位于柬埔寨北部的石造寺院遗迹，建于12世纪初高棉王朝苏耶跋摩二世治下。

301

是想。然而眼下，看到以所谓远近法[1]拍摄的照片，与其说想去看看，首先感觉到的是长途跋涉之苦。顺着那条笔直而毫无变化的平坦大道走到那里，光是这一点就早已疲惫不堪了。

再举一个例子。这里的书架上排列着《谷崎润一郎全集》三十卷，自戏曲《诞生》、小说《刺青》，直到最近的短篇《京羽二重》为止，还有创作的随笔之类以及各种小品文，加在一起共三百余篇。期间长达五十九年岁月。我时常回顾自己走过来的道路，就像站在山顶俯瞰遥远的山下一样，感到眩晕起来。自己竟然来到这种地方了吗？想到这里，眼前一阵发黑。

据医生说，我的右手的疾患虽然和真正的"书写痉挛"稍有不同，但长年累月过分使用右手也是一个原因。不过，写稿、查资料等，虽说可以请别人代劳，但还不是全然动弹不得，有些事情也不是别人全都可以包揽的。我指的是查阅那些又厚又大的词典。为了寻找所需要的汉字、语句，如果不是十分熟练的秘书，那要花相当长的时间。结果还得自己亲自动手。这在我是一件十分痛苦的事。新村博士[2]昭和十年出版的第一版《辞苑》，虽然不是特别厚重的国语辞典，但我的痉挛的手那样长时间捧着它，那是非常劳累的活儿。昭和三十

[1]绘画中表示距离感的一种技法。遵照远上近下的位置感和远小近大的透视图法或色调变化表现景物。

[2]新村出（1876—1967），语言学家。山口县人。京都大学教授。致力于引进欧洲语言理论和建立日本语言学体系。获得文化勋章。编著大型辞书《广辞苑》等。

年，博士通过岩波书店出版《广辞苑》，我已经捧不动了。我从书架上拽下来放在手边，费了好大力气。接受战后国语教育的姑娘们，首先被命令花时间查找文字的所在，即便找到了，也还不能马上弄明白笔画。要仔细弄清笔画，先得一笔一笔写写看才行。有时还要放在显微镜下观察，花上十来二十分钟并不罕见。看到进度这么慢，我就忘记疼痛，伸过手去。《大言海》和《言泉》等多卷大辞典，将其中需用的卷册从书架上拿下来就是一项工作。至于翻检《国歌大观》也并不容易。请别人拿到桌面上来，翻检那厚重的书页，会感觉手疼；六号字体排列成一首首乍看起来类似的和歌词语，逐一阅读比较下去，会累得眼疼。这一切痛苦，不是老病缠身的人是难以想象的。

一方面对死的恐怖，一方面有时觉悟到死反而达观了，一半的心情安住下来了。"恐怖"和"安住"，一日之中心情变换好几次。大凡老人，难道人人都忍受着如此众多的痛苦吗？明明知道死马上就要来临，而能将此看作寻常事一样。多数的老人能够安心于此吗？还是谁都和我一样，时而恐怖，时而达观，两种心情交替而来呢？这件事反正没有向其他老人打听过，所以我弄不明白。其他众多的老人又如何呢？向人诉说胳膊疼、腰腿疼，人家就会安慰你："到了您这个年龄，这是自然的事，谁都一样。"然而，果真如此吗？凭着老人的怪癖，我可不这样看。上了年纪的我，只感到自己十分不争气。而且，事实上自己正处于明天就要住院的状态而毫不自知，依然过着优哉游哉的日子。或许这才是最危险的。

有时逞强得可怕，有时软弱得要死，有时也会在这两者之间变来变去。给我鼓励的人，看我到了这般年纪还埋头于创

雪后庵夜话

303

作，十分感动。我对这类人的回答是：

"不，我谈不上什么埋头创作，再说手也不灵便了，眼睛昏瞀，耳朵重听，身上总感到什么地方出了毛病。除此之外，再也没有什么忘掉自己的好办法了。还好，我的一张嘴没毛病，虽说舌头有点儿僵硬，但不影响说话。有了这一点，我就可以按照心中所想的一切，滔滔不绝地加以讲述，请别人记录下来。至于会成为一篇怎样的作品，我自己既不知道，也没有自信。只要有人愿意买我的原稿，那就是对我的鼓励。不过，纵然没有人买，我也不会停止说话的吧。这并非因为我创作力旺盛，而是只有工作期间，我才能够忘记肉体的苦痛。"

就是说，我现在的消闲方法，全都用在两个方面上了：一是口述创作，请人记录下来；二是挖掘五十九年间的旧作之矿，重读各个时期的作品，一一回忆往昔的情景。

不过，有时偶尔也会忘乎所以，变得积极而又坚强起来。剧烈的肉体痛苦，以及与之斗争反而能够写出优秀作品的逆反心理，再加上自己本身也抱有一定的兴趣。尽管这种情况极为稀少。

美人在旁，对于作家来说，比什么都刺激，老人、壮年都一样。但像我这般爱羞愧的人，身边守着一位佳丽，反而会因为过度兴奋什么事都干不成（兴奋对于狭心症十分不利）。因此，美人从眼前离去，尚存几分余韵，使兴奋状态适当减弱之时，才是创作欲望最活跃之时。话又说回来，关在自家里的老人，很少有艳丽的美人出现于眼前。不过，说起来，我自己虽然没有特意外出观赏美人的劲头儿，但因为那毕竟是好事儿，为了使如今的自己得到适度的刺激，并不需要多么漂亮的美人为我红袖添香。令人高兴的是，近来年轻姑娘们丰腴的肉体，有的实在令人眼亮。有人说，战后越来越强势的东西是尼龙袜子，而我要说，比那更更强势的首先当数异性的肉体。这个不仅限于年轻姑娘，五六十岁的妇女也一样。美丑不在于面孔，而在于颈、肩、背脊、臂腕、臀部和腿脚等，样样都具有弹力、丰满、美艳、坚实。我日常所熟悉的周围女子的肉体，突然觉得每个部分都各有所长，令我瞠目而视。梅原龙三郎君[1]的裸妇画中常见的那种丰硕肥白而带有几分红晕的肉体，尤其使我迷醉。每当看到那样的肉体，感到世间俄而变得明亮起来，心想还是不能死啊，一种欲望渐渐从腹中涌起。我变得积极而又强劲，正是那个时候。

〔1〕梅原龙三郎（1888—1986），油画家。京都人。留学法国，师事罗诺瓦尔。回国后参加二科会、春阳会。吸收大和绘、琳派画传统，创造奔放华丽的画风。获文化勋章。与谷崎润一郎等相友善。

四

　　新村出先生说过，他的枕畔放着小小笔记本，夜间睡不着时，就躺在被窝里构思和歌，碰到好句子就用铅笔记下来，以免忘记。先生作歌相当热心，先年夫人去世时，忽然在一两个月之间写出五百首悼亡歌。一旦掌握写作和歌之"余技"，老人便可借以忘却不眠之夜的寂寞。为此，构思和歌词句，不失为首选之良策。我也曾经模仿先生，作出几首蹩脚的和歌，但我睡眠良好，钻进被窝不久就意识蒙眬起来。恍惚之中构思词语，大部分词语都觉得是佳作秀句。因而高兴非常，认为从此可以写出好歌来了。谁知第二天一觉醒来，再一考虑，尽皆愚钝之作，从而深感沮丧。右手失去自由的我，无法在枕畔放置笔记本，夜间浮现于心中的句子究竟如何，有好多现在都想不起来了。

　　为报纸写作连载小说的作家之中，也有人在被窝里完成仅供第二天刊登的稿子。我也这样做过，夜间一旦想出个好情节，心里就跃跃欲试，但大多数到了翌日早晨，就又觉得愚劣而深感失望。第一部经口授由他人笔录而发表的小说是《梦的浮桥》，当时因为是最初的试验而感到紧张的缘故，躺在被窝里，睁着眼考虑了很长时间，然后再一一加以整理归纳，这件事给我以无上的快乐，至今不忘。但多数评论家指出，那部小说缺乏往昔的光彩，由此可以窥见老作家的疲惫之态。正宗白鸟氏[1]等人也说："虽然老道巧妙，但阴郁而不合常例。"然而，我却不认为是这样，现在依然为此而自豪。近来，霍华德·希伯特君[2]英译的《Seven Japanese Tales》中选的《The Bridge of Dreams》，甚得我意。那是我睡在床上构思出来的唯一一部小说，自那以后的作品都不是这样。即便这样打算，但就枕后未想出来就睡着了。不过那阵子，手头准备了一本笔记，一旦有所得，就仰面躺着打开笔记本，摸黑虚空地记下来，有时满纸都是硕大的文字，乱七八糟地排列着。醒后一看，文字相互重叠交织，究竟是什么，自己也搞不清楚。

已故古川绿波君[3]，是个强于我的健谈家，好美食。据说他每当撩开美食菜馆的门帘，面对美酒佳肴敞开肚皮大吃大

[1]正宗白鸟（1879—1962），小说家，剧作家，评论家。冈山县人。自然主义流派同人。文化勋章获得者。作品有小说《向何处》，戏曲《安土之春》，评论《作家论》等。

[2]Howard Hibbett，1920年生。哈佛大学名誉教授，美国日本文学研究家。1942年至1946年，在首都华盛顿任日语教师，1947年大学毕业，哈佛大学博士。1952年起在加利福尼亚大学洛杉矶分校任教。研究井原西鹤，翻译出版《七部日本小说》《刺青》等作品。

[3]古川绿波（1903—1961），喜剧演员。东京人。活跃于舞台、影视圈内，致力于音乐舞蹈轻喜剧创作活动。

作者书斋潺湲亭。1949年4月，
在此写作《梦的浮桥》

喝时，早已又在考虑翌日早晨的饭菜了："哎，明天早晨吃什么呢？"听他这么一说，大伙儿都呆了。然而，虽说不好意思，但在这类卑贱之事上，我也并不比绿波差。一旦进入老人之列，没有比吃更快乐的事了。都说只有吃才是唯一的生存价值，这确实是真理。即使在我，碰到身体好而又睡不着觉的时候，时常想的就是能吃到好吃的东西。在热海，虽然材料有限，但明天从东京或京都能送过来。至于用什么办法送来，几点，派谁到车站去取，做什么风味的菜肴等等，一个劲儿漫无边际地思考着，想象着各种菜肴的美好味道。想着想着，不知不觉就睡着了。较之构思小说，还是这个最易于诱我入眠。

我很少做梦。往往三两天后忽然泛过想来，哦，对了，那天晚上做了这样一个梦。实际上，也许频繁地做了好多梦，但因为每天睡得熟，已经毫无记忆了。按老人常态，夜间总要上三四回厕所，但我几乎并不因此而影响睡眠。我一直蒙蒙眬眬，解完手回到床铺，立即就睡着了，前后都不记得了。喜欢熬夜的妻子，比我晚两个小时才上床，所以，我多半不知道。妻子似乎悄悄用血压计为我测量血压，我一般都无觉察。只是近来，梦中时不时出现的人物，几乎全是已故的往昔的亲友熟人。我经常梦见大正六年死去的母亲。昭和三十五年死去的吉井勇君和笹沼原之助君，也梦见过一两回。至于上山草人[1]，似乎屡屡梦到过。然而，现在活着的人，"啊，是他！"——一见就知道的人，一个也未梦见过。有时也会梦见在某个地方曾经遇到过的人，已经不活在这个世上了，但又一时记不得是谁了，此时又在梦中相遇，而且还会平静地聊上一阵子。逢到这种场合，真的有些糊涂起来了，到底是自己死后在那个世界交谈呢，还是以为对方又复生过来了呢？

大凡梦中想见的人，目下健在的人——尤其是女性，很遗憾，很少能梦见。只是有一次，那是去年某个晚上，我还住在伊豆山鸣泽山庄的时候。不知是不是秋末，梦见了京町子。记不得是在哪里，她好像坐在日本式客厅里，我去了，伸出麻痹的右手给她看。我还清清楚楚说了句"丽国佳人"。町子全然没有回答，不记得她是一副怎样的表情。醒来之后，唯有自己的声音"丽国佳人"依然留在耳畔。

这是最近亦即十多天前的事。不可思议的是，梦见了阿健君[2]。我很是奇怪，我和绿波君打从他在文艺春秋社时就是朋友了。但我和阿健君几乎没有什么交往。舞台上虽说每每看到，但私下之交仅有一回。阿健君在帝国剧场演出我的《莺姑娘》时，在后台同他见过面，只谈了二三十分钟。还有一次，阿健君在火车餐车里正在兴致勃勃和人说话，被我撞见了。因

〔1〕上山草人（1884—1954），新剧（话剧）演员。坪内逍遥文艺协会成员。与妻子山川浦路共同创办近代剧协会。1919年渡美。主演电影《巴格达的强盗》《赤西蛎太》等。

〔2〕榎本健一（1904—1970），日本歌手、俳优，号称"喜剧之王"。柳田贞一门下，1919年于东京浅草金龙观初登台。"阿健"是其爱称。

为他只顾说话，没有注意到我。在我的印象中，当时的阿健君显然喝醉了，但他能将酒后醉语说得那般轻松自如，尽管不是为了说给谁听，但却洋溢着自然幽默之趣，实在感佩不已。不过，这样的印象不大会留在脑子里，为何会突然蹦出个阿健君呢？梦中的阿健君不幸做了手术，变成个一条腿的人。他坐在榻榻米的客厅里，时而正襟危坐，时而盘着腿根。他迅速站起来又坐下，猛地向后转了一圈儿，自由自在，灵活旋转，根本不像个一条腿的人。我在梦中大发感慨，一个天生聪明的人就是不一样，即使只剩一条腿也很了不起。或许在这两三天前，在报纸上看到过阿健君的报道或照片吧？纵然这样，如此蹦蹦跳跳地出现于眼前，真是难以想象啊！说起来实在令人不解。

经常碰到这样的事，分不清人是谁，而地点确实就是那里。旧作《幼少时代》中出现过代官宅邸这个地名。江户时代是与力和同心[1]们住的地方，明治时代是日本桥区龟岛町（现在的中央区茅场町）的一部分。我六七岁到十六七岁这段时间，就住在附近（当时称南茅场町），每日往还多次。那一带房舍，至今依旧蒙眬浮现在眼前。最常出现于梦中的就是这一带房舍。我家的旧宅已经变成一条通衢大道，了无痕迹了。这条道路由现在的茅场町交叉点通往永代桥方面，而旧宅似乎就在距离道路上的灵岸桥畔五十米远的地方。不知代官宅邸眼下如何，但即便房舍改变，街衢应该还在。但出现于梦境的，

[1] 江户时代诸奉行（家丁）、大番头（伙计）以及书院番头（警卫）手下的辅佐官，其身边常有数名同心（随从）跟随。

自然是往昔房舍的影像了。不过，记不清每座宅第详细的情景了，也不记得谁在这里住过，做什么工作。浮现于脑里的只是一户户彼此相似的屋宇排列在一起，宛如小林清亲[1]绘画中的夕暮街景。不曾梦见过阳光朗照的景色，必然是黄昏，或更加黝黑的暗夜。代官宅邸南侧和北侧，各有平行类似的街道，也弄不清是哪一边了。我们全家每日都去泡澡的汤屋（大众澡堂），还有我家的房舍，都位于由代官宅邸转向北方的一条小巷子里。与此背靠背面向大街的洗染店、小学同学胁田的住宅，这些建筑也曾梦见过。然而，奇妙的是，当时住在一起的父亲、母亲、弟弟和乳母等人，都未曾在这些地点出现过。如今，夕暮的街巷，多数时候，只有我一人自西向东踽踽独行的身影。道路尽头，应该就是龟岛川河岸大道。但我一次也没有到过那里，走着走着，梦就消失了。论时间，恐怕都是一两分钟的梦幻，不，或者只有五秒或十秒。然而，走在那条街巷期间，便感到胸中奔涌着一股难以名状的怀旧之情，一脉对往昔的眷恋之思。而且，这样的情思于醒来之后，始终在心底拖曳着尾巴。有时，那梦不是重返少年时代的我，而是上了年纪之后，眷恋往昔之余，在那一带逡巡往顾、不忍离去的梦。这么说来，既不是母亲，也不是妻子，似乎是一位恋人，不知是谁，我有一两次梦见过她，就在如今已变成都营[2]电车路面

---

　　[1]小林清亲（1847—1915），浮世绘画家、版画家、油画家。主要作品有《小梅曳船夜图》《东京新大桥雨中图》《九段桥五月夜》等。
　　[2]东京都经营管理。

的南茅场家中，在乳母躺卧的厨房三铺席的地方，或是别的什么地方，紧紧依偎着我，伴我而眠。

最后，"死"会以怎样的形式袭来呢？——不光是我，过了70岁的老人，谁都得考虑这个问题。我经常偷偷地照镜子。镜子的种类不同，有的照得脸发青，有的照得脸发红，我尽可能选择能映出满面红光者，揽镜于光线明亮之处。尽管如此，有时照出的依旧是一副血色惨白的面相，简直就像死人脸。"此时我之濒死相，依旧呵呵对镜照"——我曾借助小说中女主人公之口，吟咏过这样一首和歌。我自己也时常在镜子里又撇嘴又歪鼻子。进入四五十岁的时代，一旦脸色白皙就感到不安。近来，认定这是难以逃脱的命运之后，就很少有什么不安了。只是不愿意带着一副苦巴巴的不景气的面孔而死。医生不住规劝要减肥，说年老太胖了不好。这回看到自己面色过于红润，就又担心起来了。心想，或许是这样。但不论是谁，当他在镜中看到一副胖乎乎、红润润的面色，总觉得身体状况良好。我这一两年来，体重减轻了，短时间内减少了七公斤。妻子每当为我做皮下注射时就嘀咕："瘦啦，瘦啦，这里的骨头都突出来了。"每当听她这么一说，我自己也六神无主。论起同龄老人中的面孔，最富魅力的当数武者小路实笃君[1]的

[1]武者小路实笃（1885—1976），白桦派作家，戏剧家。东京人。提倡人道主义，致力于"新村"建设。作品有小说《傻瓜》《友情》，戏曲《人间万岁》等。

面孔。武者君的书道和绘画也越来越杰出，一见到他那一副丰腴而饱满的面颜，才深知以上说法自有道理。我的脸孔浑圆，渐渐清瘦，颧骨也稍稍突显出来。如此程度还算说得过去，但眼下突显得越发厉害了。照这样下去，我将拥有一副极为可憎的面相。

为了掩盖颧骨突出，也考虑过留胡子。由于右手失去自由，不便使用电动剃须刀，留胡子倒也省却不少麻烦。但不巧的是，我的胡子是极为粗劣的"疏髯"，非但不能像志贺先生那样扮成一位美髯公，反而会使面孔越来越丑。没办法只得使用菲律宾公司最新式的剃刀，但用后不久就觉得手疼，由每天必做的日课，渐渐改成两天刮一次，或三天刮一次。最近，知道没有客人来访，四五天都不打理，任其疯长下去。

如今，在我的亲友中大致有三种人：一种人希望他们在我临终时务必守在枕畔；一种人希望尽量不要来；还有一种人可来可不来。处处都觉得难为情的我，从现在起就犯了嘀咕，到那时候，能否抛开情面，老老实实对每个人说说最后的知心话呢？当妻子、妻妹、女儿和媳妇们围聚于枕畔之时，即使想说说永别的话，抑或禁不住泪流滚滚、丑态百出吧？说出来并无大碍的倒也可以说，就怕未曾开口，老泪淌个没完没了，惹人生厌。那样一来，更加羞愧难当，结果什么也说不出来了。我现在一直为此事担忧。

有人为我耳聋祝福，说这是长寿的证据。但是请想一想，赶在这时候，手不灵便了，腰腿不自由了，视力减退，五官机

晚年的谷崎

能日渐衰弱，再加上耳聋，这副身子骨能不叫人担心吗？接电话时，听筒贴在左耳上，听不清楚了。这事很早以前就感觉到了，谁知最近右耳也听不清楚了。因此，经常由厨房的年轻人替我收听。我将书斋的警铃摁得山响，因为声音又大又长，厨房的人都来诉苦，说吵死了，受不了。对我来说，回铃响声必须很大，我的耳朵才能听明白。别人也能这么看吗？

　　年轻时讨厌小孩子，然而，岁月不饶人，一过六十，我也开始喜欢小孩子了。媳妇C子孩子的T子、女儿E子孩子的K男、汤河原W家的小N子，经常来玩。其中，来得最频繁的是K男。我最想念的是T子，但她小学六年级时去了京都，所以始终未能见到。K男两岁多了，自打住在东京的公寓时起，来我这里方便多了。母亲E子今年生了第二胎，加上其丈夫工作繁忙，不能离开家门。不过，我的妻子和妻妹反以为这样很好，因为她们可以去那里带着大儿子来玩。K男管我妻子叫"大姨姥姥"或"姥姥"，叫妻妹S子为"小姨姥姥"或"姥姥"，管我叫"外姥爷"或"姥爷"。他把热海的家当成是自家，搞得乱哄哄的。在我来说，这个外孙和T子一样，和我没有任何血缘上的关系，但我爱他胜过自己的亲孙儿。我正写作之中，他即便贸然闯进书斋，我对T子和这个孩子，还有N子三个人，都不会发怒。但是，如果住上一周以上，我这个老衰之躯有点儿撑不下去，就不愿意再为他们服务了。小N子待上半个小时，母亲T子就觉得不好意思，赶紧带她回家去，但要是K男就不一样了，我必须陪着他一起玩上好多天。这样一来，妻子妻妹皆大欢喜，因为我为K男服务，其实也就等于为大小姨姥姥们服务。看到一个孙子和两个姨姥姥欢天喜地的样

雪后庵夜话
low reading

子，我也很高兴。今年以来，第一次感受到阖家团圆、其乐融融的家庭气氛。尽管有时候，难免也会遇到那种不便为他人道的悲痛突然来袭。

前边提到过"老人的怪癖"，初次感觉到也正是那个时候。

两位姨姥姥一味娇惯外孙，有时候根本听不见别人说什么。来厨房修理东西的汉子，站在后门口等回话。女佣们一时捉摸不透要人家来干什么，跑进厨房里东问西问。一心扑在外孙身上的夫人们，只是"哼哼哈哈"对空回答，眼里只有一个孩子。站在后门口的修理工，支起自行车，"叮铃铃，叮铃铃"摁着车铃等待回音。此种情景虽然谁家都会常见，以至于弄得修理工和厨房女佣都毫无办法。有时候，我也受过这样的待遇。

我家里时常会有这样的情况。我在书斋里忙活着，突然有事要问妻子，因为不希望她进入书斋，我便主动跑到餐厅去问。谁知妻子只顾陪着K男说话，没有立即回答我。不，最叫我头疼的是，即使回答我，半道上孩子突然说了个有趣的笑话，或者吐露一个警句，蓦然间，妻子就全然回到孙子方面去了。回答一半的问题我只好耐心等待，其实她早已不放在心上了。感觉"老人怪癖"，往往多是在这个时候。

疼爱孙子固然很好，但也总该稍微考虑一下老头子！逢到这种时候，每每产生这样的想法。"我急等着用呢，快回答呀。"虽然可以这么催促一句，但不知怎的，在我却很难开口。孙子来了，妻子正高兴地陪着他一心无挂碍地玩着，我怎好忍心打扰她？孙儿在妻子的纵容下玩得正得意，我感到一种

我といふ人の心は
たゞひとり
われよりかしこき
人もなし

潤一郎

1965年7月19日，
逝世前11天的谷崎

诱惑吸引着，使我很想抱抱孙子，亲亲他的小脸儿。但另一方面，也没有完全忘记受到冷落的自己是多么寂寞。要说生气，最令人恼火的就是被说成"姥爷好怪癖"。

《义经千本樱》[1] 的回忆

……我母亲也曾经在桥中央叫车夫停下人力车，将幼小的不懂事的我抱在膝头，嘴唇凑近我的耳畔说道：

"你还记得《妹背山》[2] 这出戏吧？那里就是真的妹背山。"

因为是幼年时候的事，没有留下清晰的印象。山国尚值乍暖还寒的四月中旬，樱花时节一个阴霾的黄昏，远方

---

〔1〕净琉璃时代物（历史剧），五段。简称《千本樱》。竹田出云、并木千柳（宗辅）和三好松洛合作。延亨四年（1747），由大坂竹本剧团初演。内容表现源义经攻陷京城，追杀潜伏中的平家武将知盛、维盛和教经等的故事。其中，以表现知盛悲壮之死的二段目《渡海屋·大物浦》以及为救助维盛而牺牲的权太的三段目《寿司店》，还有描写见到初音鼓而思念双亲的狐忠信的四段目《河连馆》最有名。

〔2〕《妹背山妇女庭训》，净琉璃时代物，五段。近松半二等人合作。明和八年（1771）大阪竹本座初演。以大化革新为背景，注入大和地方之传说而创作的富于幻想的作品。

白雾茫茫的天空底下，吉野川水面，轻风荡起几道细细的
鱼鳞纹，穿过几道曲折、重叠的远山峡谷奔泻而来。山
和山的间隙里，有两座形状可爱的峰峦，在夕雾中依稀可
辨。我知道在戏剧里，这两座山隔着河水夹岸而立。不
过，单凭肉眼是看不清晰的。……

以上是我45岁时写的小说《吉野葛》中的第二章中的一
节，发表于三十二年前即昭和六年《中央公论》杂志一月号至
二月号上。文中所说的桥出现于下述文字："《万叶集》中的
六田淀——柳之渡一带分成两条道路，向右则通向赏樱胜地吉
野山，过了桥直达下面的千本樱。云云"，还有，"往昔的赏
花客，必定选择两股道路中右侧的一条，站在六田淀桥上，眺
望吉野川河原上的景色。"但这里出现的"母亲"不是我的母
亲，而是小说中人物津村的朋友的母亲。我的母亲生于元治元
年（1864）江户深川，死于大正六年（1917）东京日本桥蛎壳
町。她是纯粹的"江户女儿"，一辈子都不曾踏过关西的土
地。当时的江户人似乎都不怎么想看一眼京都、大阪。即使像
河竹默阿弥那样的人，因为写下了《常春藤红叶宇都宫岭》，
或许到过那一带地方，但似乎不知道京都、大阪。既然那样的
人都是如此，一般的江户人就更不用说了。我有一个亲戚，吃
生鱼片只吃红肉的，不吃白肉的。[1]他并非出于怪癖，而是
认定白肉的不好吃。真是拿他没办法。

[1] 所谓红肉指金枪鱼、三文鱼等，白肉指鲷鱼或鱿鱼等。

雪后庵夜话

不过，这事儿无关紧要，但我总想让我的母亲看看京都、奈良之后再死。她五十多岁就过早死去了，而我那时候已经过了三十，想办法硬凑点儿盘缠，也是可以让母亲看看京都等地方的。不孝的我，竟然没有想到这一点。不过，从表情上确实看不出母亲有很想看看京都的愿望。也可能一开始就认为去不成而绝望了，但我从未听母亲讲述过有关京都、奈良的故事。记得小时候，母亲对我说过："奈良大佛的鼻孔里，人可以打着伞通过。"我记得母亲只说过这么一次关于上方[1]的事。孩子时代的我，或许以为奈良大佛的鼻孔真的这么大，但说不定母亲也是真的这么想呢。那个时代的江户人，关于上方的知识也就这么些。我上小学高等科二三年级时，放学后还要到汉学塾走读，学习《十八史略》[2]。有一次，我看到书中"安"字一侧作旁训"安nzo"，不知道如何发音，母亲在一旁看到了，教我："这个字应读作izukunzo。"

明治初年，那时町人[3]家的女子，无疑都读过四书和《文章轨范》[4]等典籍。这样的母亲，竟然对京都毫无兴趣。

说到赏花，向岛的樱花；说起观藤，龟井户天神宫的紫

[1] 关西、京阪一带地方。

[2] 中国通俗史书，启蒙读本，元曾先之著。凡两卷。室町时代传入日本，明治时代纳入小学教科书。

[3] 商人、手艺人等城镇居民。

[4] 汉文集，凡七卷。宋谢枋得编撰。收入韩、柳、欧、苏等唐宋名家文章计六十九篇。室町末期传入日本，江户时代广为流传。

雪后庵夜话
flow reading

藤；说起高山，自骏河町望富士山；说起戏剧，新富町和木挽町的五代目[1]和九代目[2]的戏剧；说起鱼糕，小田原的鱼糕，等等，这些一概仅限于关东，偶尔买来些大阪的腌芥菜，也是瞧不上眼。总之，上方没有好东西。

尽管《阿染久松》[3]这出戏故事的舞台就是大阪地区的野崎村，但作为"江户女儿"的母亲，若不是以清元小调[4]唱出"距今很早以前在瓦町"的开场白，并带到隅田川畔来演出，就不会给予认可。不知道濑户内海鲷鱼和海鳗的味道的母亲，仅从常磐津[5]的文辞中知道嵯峨[6]和御室的母亲，只知有日光东照宫和池上[7]的日莲祖师，而不知有法隆寺和中宫寺的母亲……这样的母亲看了京都、大和地方的寺院，又会说些什么呢？看惯了两国地区"开河"[8]盛况的母亲，如意岳

〔1〕五代目尾上菊五郎（1844—1903），十二世市村羽左卫门次子。长于舞蹈。与九代目市川团十郎以及一代目市川左团次并称"团菊左"。

〔2〕九代目市川团十郎（1838—1903），七世团十郎之子。主演"女形"（旦角），以容姿惠丽、音声优美享誉明治剧坛。

〔3〕净琉璃和歌舞伎中的登场人物。描写油屋女儿阿染和野崎村青年丁稚久松相恋而不被允许，最后殉情自杀的故事。

〔4〕清元梅吉二世（1854—1911），初世弟子，生于江户，以立式三味线演唱而知命。作品有《三千岁》《隅田川》等。

〔5〕常磐津林中（1842—1906），《常磐津小调》的太夫（解说者）。生于江户，被誉为名人。

〔6〕京都市右京区岚山至御室（仁和寺）附近的地名。

〔7〕日莲入寂之地，有日莲宗本门寺。

〔8〕江户时代，隅田川自阴历五月二十八日开始的三个月为河面纳凉时期，第一天两国地区燃放焰火，乃为东京夏季盛景。

雪后庵夜话

323

的祭祖的山火，在她眼里又将映出什么样的景象呢？因为没有让她看到过这些，实在感到很遗憾。

母亲没有见过现实中的吉野川的景色、柳渡口、六田淀以及妹山背山，但必然在歌舞伎屡次表演的故事中听说过这些故事。况且，我实际踏入这些土地，也是后来很晚很晚的事。不过在这以前，记得十几岁左右，有一次一边观看《义经千本樱》，一边听母亲讲述。这出净琉璃是延亨四年丁卯年，由主田出云、三好松洛、并木三柳三人合作而成。作品的第四段《道行初音旅》中写道："芦原岭之里，土田六田目亦可及。荒原小路，春风驰荡。云烟迷离三芳野，不觉已到山下乡。"还有："雾气朦胧两座山，妹背山，此乃合二而一的和歌吟咏的名所。隔水而立，西为妹山，东为背山。"我观看《千本樱》演出，是明治二十九年丙申正月新年，满10岁的时候。根据田村成义所编《续续歌舞伎年代记》记载，同年正月六日起，于日本桥久松町明治剧场，由五代目尾上菊五郎第一剧团，演出《千本樱》。我在母亲和叔父带领下，前往观看。

我在旧作《幼少时代》中，详细记述了当时情景："此时，因团十郎未登场，即使是11岁（虚岁）的少年的我，也明显感知到了五代目菊五郎的艺术魅力。戏剧评论家杉赝阿弥，在当时的《每日新闻》上写道：'今春，明治剧场初演狂言剧，名伶尾上菊五郎一身兼演忠信、权太、觉范三角色，好评如潮，名满京都。其他大小剧场，悉数为之停演让路。'"

其后，我看过十五世市村羽左卫门、六代目菊五郎、先代阪东三津五郎，以及近来的尾上松绿等扮演的权太、忠信和渡海屋银平[1]，但不可思议的是，距现在六十七年前观看的五代目的《千本樱》，却在脑子里留下最深刻的印象。杉赝阿弥说，鸟居[2]前转交初音鼓一场，尤其精彩动人，他还指出："依照王朝时代灿烂如锦的浮世绘画面，原样加以装扮，菱革式[3]的头鬘，脸孔赭红如火，服饰作辐辏式缝合，腰间系圆棒形腰带，攀仁王背带，素足而出。云云。"但是，前年演出这场中"狐六法"[4]的上一代的三津五郎，到底不及往年的五代目。没有机会看到最近松绿的演出。恐怕他也无法再现往昔五代目之梦吧？说到松绿，我于明治二十四年六月，在未观看忠信和权太之前，在寿剧场的中幕[5]，看到过9岁时代的七世团藏扮的渡海屋银平。银平实际是平知盛，将船缆缠在身上，站在岩石上向后纵身一跳。松绿初登舞台时，我也曾看过这出戏，但也远远赶不上以往团藏的凄惨之状。松绿演出时，舞台中央岩石高耸，几乎达及天幕，碇缆缠身的知盛，登上岩顶，期间费了不少时辰，显得心情松懈。再加上岩石的照明昏暗，动作难以看得清晰。身披铠甲，自岩上后仰跳海，那是相当危险的，我曾听九代目团十郎说过，他感到有些害怕。我想，松绿演出时，为了防止万一，是否在那座多余的巨岩背后做了防护措施呢？回忆孩童时代，我也曾经演过这出戏，

〔1〕登场人物，摄津大物浦的船舶批发商。
〔2〕神社前"开"字形牌坊。这里指剧中的伏见稻荷神社。
〔3〕歌舞伎武生和神怪角色的假发，发型逆立，刚硬如野猪毛。
〔4〕歌舞伎中模仿狐狸动作的六种表演技巧。
〔5〕一番目狂言和二番目狂言中间演出的华丽的节目。

当时一边穿着玩具的铠甲；一边在嘴里叽咕着"碇知盛，碇知盛"[1]。

根据这出净琉璃故事所述，传说桓武天皇求雨时用的初音鼓，存于宫禁。后白河法皇听说义经希望得到这面鼓，感其殄灭平家之功勋，以院宣[2]形式将此鼓恩赏予他。然而，一向忌恨义经忠于朝廷的赖朝，听信左大臣左大将朝方的谗言：朝廷之所以奖励初音鼓给义经，是把您赖朝看作法皇之敌，而故意怂恿义经讨伐您这位兄长。义经对于法皇特意赐予的初音鼓感到困惑，辞退，则违背敕命；受领，则须讨伐其兄赖朝，两难之下，姑且受领，但自己绝不击打其鼓。他在伏见稻荷[3]神社同阿静[4]告别时，将这面鼓作为自己的信物交给她。这时，佐藤忠义为救助困难中的阿静而出现。其实，他即是名曰源九郎狐的老狐，那蒙在初音鼓里外的皮，分别就是前代狐狸夫妇、亦即这只老狐的双亲的皮。

我以为此类设想十分美好。这里出场的源九郎狐，因怀恋双亲，一时变为人形，凭借佐藤忠信这个义经家臣的姿态，出现于静御前面前。父母狐四百年前被杀，用其皮革蒙张的鼓，眼下一经美女的纤手抚弄摩挲，并不感到残酷了。不，一旦忠义变回子狐之后，当哀双亲之不幸，恨人间之无情。假若具有

[1] "ikaritomomori, ikaritomomori"，即"碇缆缠身的知盛，碇缆缠身的知盛"之意。

[2] 平安时代以降，院司颁布上皇或天皇敕命的文书。

[3] 京都府伏见区稻荷大社，管领全国农工商的守护神。

[4] 源义经爱妾静御前，善歌舞。

被虐倾向的我是子狐，反而会因此愈加敬慕阿静，甘心为她尽忠尽义。

幻化成忠信的子狐，一面为爱鼓之情所引动，一面为追寻静御前行进在吉野山樱花如云的道路上，到达某个地方，还通过舞蹈为她表演那场勇武的屋岛大战[1]的情景给她看。往年我在《所谓痴呆的艺术》一文中，曾经嗤笑义太夫[2]的演唱随心所欲、不合情理、矛盾百出；对《千本樱》的情节也说过这样的话："总之，赖朝、梶原、弥左卫门和权太，都变成一条心，到最后更加明显。因而，弥左卫门和权太的忠节变得不重要了。这种处理实在不能不令人呆然若失。"又说："'梶原般的侍从'，让权太演那种戏，故意上当受骗，真不知用心何在也。"纵观这出戏剧的整体，尽管显得极其幼稚，矛盾百出，俗不可耐；但就其这里举出的部分来说，其优美则难以否认。虽然显得有些幼稚、天真，充满孩子气，但距今近七十年前，10岁前后所感受到的那种甜美的恍惚心情，至今依然时时在我胸中涌动。也许有人说那是幼稚，但对于我，这种天生就有的充满孩子气的甘美之情一时很难丢弃。例如，一段目北嵯峨的草庵；三段目出现于下市椎木场的若叶内侍[3]，同刘海直立的小金吾的主从关系；出现于钓瓶寿司店场的维盛同阿里的恋爱关系。台词的文句："井畔翩翩少年郎，姑娘初见动芳

〔1〕文治元年（1185）发生于屋岛的源平之战。在一谷之战中失败的平氏，于屋岛之战中再度败北，随由海上逃往长门坛之浦。

〔2〕竹本义太夫，历代袭名说唱艺人。

〔3〕平维盛正室。

心。"再配以竹笛的音调，随着一文笛[1]奏响，维盛、内侍和若君，由左首上场的情景，那种极其荒唐无稽的场面，总是使我不能不受到一些感动。

御殿之场忠信变狐的地方，狐一次次时隐时现的难以预测的地方，还有栏杆渡等地方，本来就有童话剧的要素以及孩子们喜爱的场面，所以我看了十分感叹。这里，我想再次提到我的旧作《吉野葛》，那不仅是我6岁时"和母亲一起观看团十郎扮演的葛叶[2]所引发的最初联想"，而且也是在五年后观看的五代目《千本樱》一剧愈益强烈的影响下作成的。如果不看五代目的演出，恐怕无法孕育那样的幻想。我在那篇旧作中，借生于大阪的青年津村之口，道出下面一段话语——

> 我时常想，要是能像那出戏剧一样，我的母亲是只狐狸该多好。我是多么羡慕安倍童子啊！为什么呢，因为母亲是人，虽然在这个世界上再也不可能指望见到她，但狐狸既然可以变成人，就可能随时借助母亲的形象而出现。但凡失去母亲的孩子看到那场戏，不论谁都会抱有这样的感觉吧。一旦走在千本樱的道路上，就会频频产生如下联想：母亲—狐狸—美女—恋人。这里，父母是狐狸，孩子也是狐狸，而静和忠信狐虽说是主从关系，但在观众眼

[1]普通小竹笛。
[2]古代传说中的白狐，为报救命之恩嫁与安倍保名，生下童子九（即阴阳大师安倍晴明）。后因身份暴露，遂别子返归山林。

里，又像一对恋人相伴而行，如此结构十分巧妙。或许出于此种理由，我最喜欢观看这出舞剧。（中略）我甚至有了这样的打算，我要努力学习舞蹈，以便站在汇报演出的舞台上扮演忠信。

以上是单行本《幼少时代》自一百七十三页到一百七十四页的要点，此外，还有这样的文字。——

　　荣三郎的静御前虽然也很美丽，但在气品之美这一点上，不及四世福助的义经。田村成义将当时的福助称作"义经角儿"，我们少年时代梦幻中所描绘的义经，若是从绘画中选拔，正是那副模样儿。后年，除了安田靫彦氏的《黄濑川之战》中扮演的义经之外，再没有看到过那般俊美的义经了。不过，这是福助时代的义经，自打五世歌卫门之后，（中略）已经不再起薹儿了。

还有：

　　但是，那时候的福助变成了寿司店的阿里姑娘，不如义经那样感动人心了。阿里脸蛋儿很美，但赤裸的双腿看样子没有涂白粉，又是大冷天，好像冻得红红的，我实在有点儿看不下去。面孔那般白净，腿脚也应该涂抹白粉才是。虽说是小孩子，但看起来总觉得不甚调和。

我对异性的美腿抱有庶物崇拜心理，就是从那时候开始的。

大正十二年一月《新潮》杂志刊载了我的戏曲《白狐之汤》。至今四十年前了，这是我37岁时的作品。如果从我在明治座观看五代目菊五郎算起，也已经是二十七年前的事了。在这部剧作中，我也觉得有着幼年时代《千本樱》对我的影响。我写那部戏曲时，全然没有意识到这一点，但到后来，我才有这种感觉。这部戏曲中，化为白人女子罗莎的母狐，攫取角太郎时，有如下一段文字：

> 上游河岸，长满茂密的芦苇，荻花沙沙作响，隐藏于花丛下，蜷伏着身躯的两只小狐狸出现了。穿着一身白缎子般光闪闪的漂亮的棉猴儿。接着，纵身一跃，跳到丸木桥上，眼望着母狐方向，彬彬行礼。

这明显受到《千本樱》第七幕《川连法眼馆之场》的启发，菊五郎扮演的横川觉范，脚踏众多的子狐的一场戏，无疑出现于我的脑海之中。（昔日在帝国剧场初演时，经角太郎的扮演者已故泽村宗之助提醒，子狐不再穿白缎子般闪闪放光的棉猴儿，而是一身人间女子的打扮。自那以后，每次演出皆如此。但我的原作，还是一副狐狸的姿影。）另外，昭和六年所作《武州公秘话》卷之二，其中有关于"女首"的描述。此时，《千本樱》第四幕和第五幕小金吾的头颅和若叶内侍的艳姿，两相对照，浮现于我的联想之中。《武州公秘话》中，引得法师丸进入恍惚梦境中的死者的头，"由于女子用力相当重，手腕子缠满了一圈圈头发。这时候，那只手奇妙地更增加了美艳。不仅如此，面孔也和手臂一样美丽"。这里，这些头颅和女人，小金吾的脑袋和若叶内侍的艳姿，虽然表面上看起来没有什么瓜葛，但依然不能断定没有一点关系。

即便在这种场合，一方面因为有小金吾的头颅存在，更加凸显了若叶内侍的艳姿。（少年时代的我，也一如《武州公秘话》中的法师丸一样，承受着化为头颅以便向内侍尽忠尽力的诱惑。）每回忆起这些情况，就感到《千本樱》对我的影响，以种种形式表现于各个方面。

比起秋天来，我毕竟更喜欢春天，打从幼少时代即如此。要问为何会这样，这恐怕也是《千本樱》的魅力所致。首先，我对《义经千本樱》的标题的命名很中意。许多歌舞伎戏剧的标题十分难读，例如《近江源氏先阵馆》《妹背山妇女庭训》《伽

放浪时代的谷崎

罗先代获》等等，很不容易阅读；而《义经千本樱》这个题目，甚感自然、易解，很符合我的心情。其副标题为"吉野花矢仓"也还好。一听到这个题目，吉野山樱花烂漫的春景，猝然浮现于眼前。义经、静御前、红索铠甲、初音鼓、佐藤忠信、源九郎狐，等等的姿影，如樱花吹雪一般纷纷飘落。提起幼少时代亲身经历的东京赏花活动，上野、飞鸟山、向岛，以及小金井地区，不可计数，但都未能使我留下清晰的印象。不知为何，有的只是蒙眬、恍惚的记忆。比起这些来，戏剧中"千本樱"的场面，反而更加明丽地浮现于心头。不，说真的，我总是通过上野和向岛樱花，而憧憬着嵯峨、御室和吉野樱花。

东京的赏花季节，坐在铺着苇席的茶屋内，吃着慈姑团子、煮芋头和煮鸡蛋，呷着正宗酒[1]。仅此而已。花荫下没有义经、若叶内侍、阿静、忠信、源九郎狐、初音鼓和红索铠甲。未伴有如此联想的赏花，在我心中不是赏花。我初次游览京都是明治四十五年春，26岁的时候。当时没有去吉野。初见吉野樱是在那十年之后的大正十一二年，三十六七岁的时候。其实，为了充实我的向往，并不需要什么实际的吉野，嵯峨、御室、奈良一带的山樱就很好。就是说，东京的赏花，不能激起满心的幻想，一旦到了关西赏樱的胜地，不论何处，在哪里都能遇见若叶内侍和静御前的幻影，有时候，觉得自己好像也

〔1〕清酒名品，天宝年间（1830—1844），由滩酒制造者山邑（yamamura）命名。

变成狐狸和权太，在鼓声和笛音的诱导下，逡巡而出。

这里，请回忆一下《细雪》上卷第十九章的一节。——

　　幸子爱惜落花的同时，加上对妹妹们少女时代的惋惜心情，每年到这个时候，嘴里不说，但她至少在想，今年或许最后一次同雪子一道赏花吧。（中略）她们总是将平安神宫留给赏花的最后一天，其缘由在于，这座神苑的樱花是洛中最美丽最雅洁的花。圆山公园的垂枝樱至今已经衰老，年年减色；坦率地说，除却此处之花，再也没有可以代表京洛之春的物事了。因而，她们（中略）选择最适合于低回流连的黄昏时节，拖着半日游乐早已疲惫不堪的双腿，在这座神苑的樱花树下徘徊踯躅。然后，伫立于湖畔、桥头、路角，以及回廊檐下等地，对着每一棵樱树叹息不止，以表达无限挚爱之情。……

正如读者所知，《细雪》三姐妹的模特儿就是《雪后庵夜话》中的M子、S子和N子。我想，她们姐妹的翠袖上似乎也倾注了千本樱的花雨吧。我曾这样写道："我对三姐妹的感情深处，亦有着东京人对大阪人所抱有的异国情怀。"这种异国情怀，难道不正是若叶内侍和静御前所持有的异国情怀吗？换言之，M子、S子她们，比起我来，更接近《千本樱》舞台上出场的女人们。在东京人看来，京都、大阪的女性们，比我们多几分人间的距离之感。这一点，正是我为她们所吸引的缘由所在，其遥远之源来自《千本樱》的舞台，不是吗？我和M子之所以保持"既是夫妇又非夫妇，有着一定间距的特别关系"；

M子三姐妹之所以"想以根津时代的家庭气氛，完全征服谷崎家，我也努力避免东京风格"；我们之所以"一日三餐饭盘中的饭菜一概都是大阪风味，将东京风味看作是粗俗而难以下咽加以鄙视"……所有这一切的缘由尽在于此。

如此说来又想起一件事，M子作为根津夫人同两个妹妹住在阪急夙川的时候，S子右脚的大脚趾长痈疽，每天开着自家轿车司塔德贝克[1]，到阪大医院皮肤科就诊。她一个人乘在车上，将右足大脚趾和其他四趾用绷带绑在一起。那是她二十三四岁的时候吧？我曾经眺望着她那雪白的绷带前端，可爱的足趾犹如四根新芽向外窥探，顿时感到那是我在这个世上见到的最美的脚趾，令我至今不忘。同时，我也联想起四世福助寿司店阿里姑娘绯红的裸足。

[昭和三十八年（1963）六月至三十九年（1964）一月]

[1] Studebaker，美国产高级轿车。

附录：倚松庵之梦

谷崎松子

《吉野葛》遗闻
——写于夫君润一郎周年忌

且待同穴永眠日

此身又度一岁时

六月十五日　小雨

　　汤河原今天也下起了五月雨，雨滴叩打着庭园里枇杷树的叶子。三点三十五分，乘上热海发出的新干线"回声"号，六点一刻，到达京都。京城细雨如糠，东山烟雾迷茫。吉野的尾上六治郎氏打电话来，商量为谷崎歌碑揭幕一事。昭和五年[1]秋，故人为写作《吉野葛》步行取材时，尾上氏和他岳

附录：倚松庵之梦

父——吉野山樱花坛主人一起陪伴走访各地，并提出建立歌碑的倡议。自那以来，他为争取当地人们的协助而多方奔走，热情可嘉，使得最初的谷崎歌碑得以建于国栖之地，终于迎来揭幕之日。我此次西下，正是为出席揭幕典礼而来。

六月十六日　阴　时时有小雨

参诣法然院墓地。红垂枝樱枝叶繁茂，颜色浓绿，令人惊叹。打在伞上的雨音，点点滴滴，渗入胸臆。宛若丝丝絮语，为歌碑揭幕典礼做现场报道。

高折夫人给taori[1]寄来一张西班牙圣十字架合唱团的入场券，我们决定一同去观看演出。圣歌队的男高音歌手嗓音清朗、圆润，美如天使。攀着的大红背带，从纯白的礼服外面垂挂下来，令人涌起僧袍两肩遍生羽毛的幻想。高折夫人把我介绍给邻座的一位美国女士。那位女士是京都大学和同志社大学的英文教师。她通过高折夫人的翻译告诉我，她读过很多被翻译成英语的谷崎作品。她还说，目前即使在美国，谷崎作品也是最受欢迎的。

沿着雨中闪闪发光的道路，送走了那位美国女士。约莫九

[1] 渡边taori，渡边千万子之女，松子妹妹重子之孙女。松子同前夫根津清一郎生有一男一女，重子嫁给渡边家不曾生育，松子将儿子清治过继给重子夫妇做养子，清治娶千万子为妻，生女taori。

时半光景，回到法然院的渡边住宅。

六月十七日　时时小雨

　　决定在吉野樱花坛住一宿。妹妹渡边重子同行。乘坐近铁线[1]一点三刻特快列车，中途于橿原神宫站换车。按约定，在那里同出席劳太利俱乐部[2]集会的尾上六治郎夫妇汇合，共乘开往吉野的特快列车。从这一带地方起，可以看到车窗外面，难得一见的高大的杉树参天而立，景观壮丽。

　　车过六田站，以往读过的小学六年级读本上《吉野山》一文，一字不差地脱口而出：

　　　　走过六田渡，
　　　　登上高坡路，
　　　　满眼尽是樱花舞。

　　那是一篇笔调优美的文章。乘上吉野口前来迎接的车子，前往樱花坛。眼下，攀登的坂道，蓟草萋萋，清雅、美丽。这里就是丈夫取材住过一个月的旅馆。我被引向据说是现今天皇

---

　　〔1〕近畿日本铁道的简称，以大阪、名古屋为中心，经营京都、奈良、伊势志摩和大垣等地铁路的电铁公司。
　　〔2〕Rotary club，以国际亲善和社会服务为宗旨的国际社交团体。1905年成立于美国，1920年于东京首次设立日本支部。

附录：倚松庵之梦

陛下曾经下榻的客室。坐在廊缘的藤椅上，透过眼前林木的间隙，可以望见如意轮堂[1]的塔顶。顺着山坡向溪谷俯视，绿色的帷帐自天上悬挂下来。谷间的平地也满布着绿色，田里白色的萝卜花上，两只蝴蝶上下交飞。看来尾上氏早有准备，因而很快见到了谷崎的亲笔题字和书简，以及其他众多名士的墨迹。当时的账簿上，还看到寓居奈良高田时代的志贺直哉氏的文字，而且只有两三日之差。当时知与不知，未曾听他提起过此事。

晚饭前到附近散步。拜谒旅馆不远处的胜手神社，这里据说是阿静跳舞的社殿，桃山[2]风格的建筑令人欣喜。还去了吉水院，据说是书院建筑的初级形式。因为习惯了东京的噪音，这一带的静寂，反而使我从耳底涌来空虚的音响。这地方正面对一条大道，由于地形关系，此处望过去本是一层建筑，绕到后面才发现是三层楼或四层楼。

回旅馆途中，在一位名叫土仓节子的女子家中稍事停留。据说谷崎住在这里期间，这女子曾照顾他用膳等事宜。她开了一家礼品店，当时22岁，是个使人感觉良好的女子。尾上氏说她六十二了，但在我眼里，只有四十四五岁的样子。她哀悼丈夫的去世，缅怀他生前的模样儿，边说边流眼泪。

〔1〕奈良县吉野郡吉野町净土宗寺庙，山号塔尾山，开创于延喜年间（901—923）。据《太平记》记载，楠木正行一家出战时，将其名镌刻于本堂板壁，并留下一首《辞世歌》。

〔2〕自中世到近世的过渡时期，丰臣秀吉（1536—1598）掌握政权的二十年间。桃山风格，以雄大、华丽、优美为其特色。

"他颓然地弹起三味线来，奏出了极其悦耳的音色。"

他连三味线都带来了吗？就要离开吉野的时候，他带着一副惆怅的调子说：

"回到家里，只有五六只猫在等着我。"

我想起来了，那是昭和五年，谷崎同前夫人刚刚分手之后。那女子还在一边回忆，一边述说：

"我没有装假牙。"吃饭时，他很自豪地说。女子的话引起了我的回想，我最初同他见面时，一口牙齿杂乱无章，与其说他用那些牙齿咀嚼食物，毋宁说是在用力撕肉块更为确切。那种壮烈的吃法，如今回忆起来，历历在目。记得妹妹的亡夫阿明君，谈起那时没装假牙的谷崎，说看到那一口牙齿咔嚓咔嚓撞击着饭碗，简直目瞪口呆，担心那只碗会不会被撞碎。一个华族[1]出身、致力于严谨修身的人士，对此类事感到不解，并没有什么奇怪。

然而，最能显示谷崎本人特色的，也正是那个时候。我被他那锲而不舍的追慕之情征服了我，一边哭湿了手帕，一边同他约会，告别。

此次陪伴我吉野旅行的戏剧评论家山口广一君，红着眼睛连声对我说：

"说得好，我也被感动得哭了。"

〔1〕具有公、侯、伯、子、男等爵位的人士。明治二年（1869），决定称之以旧公卿、诸侯出身。明治十七年（1884）华族令中，制定五种爵位，添加入国家功劳者。具有世袭身份，享受各种特权。

谷崎松子，大阪名门森田家次女

回到旅馆，晚饭已经摆上桌。山口氏再加上尾上氏，一边吃饭，一边听他们侃着那些没完没了的回忆的话题。夕暮低垂，山容消失了。听尾上氏说，谷崎带来的书籍等物，堆得老高。正如《吉野葛》中所写的那样，最初的腹稿对南朝[1]秘史很感兴趣，谷崎本想以自天王事迹为中心，结构一部历史小

[1]此处似指日本延元元年至建武三年（1336），后醍醐天皇迁至大和吉野之后的吉野朝时代。

说。——他很早就抱有这样的计划。不言自明，要完成一部具有相当规模的历史小说，需要准备多少资料啊！

晚餐临近结束时，此次为在国栖地方建碑慷慨协力的医学博士上森鹿男氏，以及往昔以漉纸为业、现在成为摄影家的南锐彦氏来访，听他们谈论建碑的种种苦心。停电了，暂时沉默。他们在暗中悄悄说道："先生来吉野了。明日揭幕典礼，不要太累了。"十点过后就寝。翻阅带来的《吉野葛》。虽说交际已经开始，但那时的谷崎，未知的部分很多很多，今夜令我念念不忘。吃了安眠药，也难以入眠。

六月十八日　晴

梅雨放晴后的阳光分外明丽。前来迎接的尾上氏九点到达。住在近铁沿线的我的一位昔日的朋友桥诘滋子女士，也及早赶来了。承蒙山口氏的朋友吉野税务署岩井氏的好意，教育委员长辻氏用私人轿车把我送到国栖。

车过吉野川，上首的妹山、背山尽收眼帘。深负盛名的妹山是一座可爱的女性的山峦。看起来不像是夹河而立，但歌舞伎《妹背山妇女庭训》的舞台装置，浮现于眼里。看到这一处实景，遂对久我之助和雏鸟的悲恋的幻想深为叹服。重读《吉野葛》，除叙事和写景之外，再加上自己的联想，遂使心境变得复杂而微妙起来。

过了上市，车子沿吉野川向山间飞驰，来到万叶有缘之地宫瀑布。这一带，溪谷渐狭，流经岩石间的溪水也极富变化。

车子挨近一侧的岸壁行驶，眼前有的地方以岩石为堰，形成青绿色的渊潭，有的地方变得激流滚滚。《吉野葛》的文章似乎渐渐生动起来，达及高潮。

宫瀑布对岸是摘菜之里。

"请看，那有竹林的房子，就是先生带我们去看静御前大鼓的大谷家啊。"

顺着说话人的手指望去，可不，那片蓊郁的树林之中，可以看到旧式家宅的房舍。

义经躲在这座房舍里时，追击者寻踪而至，他从险峻的悬崖上跳下来，坠落在河面上。看到这一带地形，联想起这个传说。走入国栖街道，处处看到晾晒漉纸的木板。洁白的纸，反射出钝然的光亮。不久，登上建立歌碑的小丘，国栖町尽收眼底，吉野川似乎全部纳入一幅画图之中。

真是个绝好的境地。将晒板朝向今天放晴后的太阳，洁白的纸张投射着柔和的光芒。这桩作业早已不同于谷崎来访的时候了。冬天里摸黑起床，双脚踏入冰冻的水里，工作十分艰辛。眼下，再没有媳妇来做帮手，据说一个个都改行制作方便筷了。

国栖小学和中学，占据着最高处一座小山。学校短时间休息时，陆续有参观者到来。东京来的电影界朋友橘弘一郎赶来了。橘氏是少数几位收集谷崎作品初版本的收藏家之一。自费出版一套谷崎著作总目录，已经完成三卷。这块偏远幽深之地，有劳他大驾光临，实在令我感激涕零。

国栖出生的歌人前川佐美雄[1]，特意从镰仓前来参加揭幕典礼。

十一点过后，我在命名为白狐园的苑囿内安设的席位上就座。这座园林以花坛为中心，周边筑起一道围墙。

尾上氏的孙女儿菊香姑娘，身穿宽袖和服，天真可爱。神官的祝祷一旦结束，白色的布幕即行落下。粉绿的吉野川石上，镶嵌着黑色的雕像，镌刻着一首短歌：

夕风初起橡树林，
国栖山中秋渐深。

花坛里种植着红、黄、白各种颜色的小菊花，以及石竹、杜鹃等花草，一只白蝴蝶飞来，时时在菊花瓣上休息，在歌碑上空飞舞。莫非在追寻丈夫的魂灵？

我最先献了玉串[2]，接着是町长、尾上氏以及其他协力人员。其后，在礼堂举行庆祝会。

尾上六治郎致辞，题目是"迎接谷崎先生光临国栖之地"。他在讲话中提到，谷崎在大谷家吃了熟透的柿子，味道绝美，说要带几个回旅馆吃，一路上费了不少心思。听他这么一说，我想起他曾写到的那段话语："我自己口腔里饱尝着吉

〔1〕前川佐美雄（1903—1990），歌人，日本艺术院会员。妻前川绿及子前川佐重郎皆为歌人。

〔2〕杨桐树枝叶缠上白纸，用来祭神或哀悼故人。

野秋的美味，联想起佛典中的菴摩罗果[1]也未必能使我如此大快朵颐。"[2]

接着，来宾致辞。前川佐美雄氏站起身来，他说，歌碑上的短歌是谷崎所作和歌中的"秀作"，谷崎并非写和歌的专家，所以令人感动之作不多。云云。山口氏也被指名发言，他说：建立歌碑，丝毫没有招徕观光旅游的意思，纯粹出于对故人的敬慕之心。我也被国栖当地人们的淳朴之情深深感动，最后说了一些不尽如人意的感谢的话。作为余兴，植田太郎氏大展歌喉，唱了一首《漉纸之歌》：

> 国栖漉纸赛流萤，
> 最后点火化丹精，
> 所漉白纸何来用？
> 江户浪速[3]饰堂栊。

上森氏、南氏也演出了国栖舞[4]等歌舞节目。

[1]菴摩罗果，《大唐西域记之八》："阿摩落迦。印度药果之名也。"即杬果。

[2]参见谷崎润一郎《吉野葛》——之三《初音鼓》一节末尾。

[3]分别指东京、大阪。

[4]位于国栖吉野川岩壁半空中净见原神社的祭祀活动。设几案于岩壁石阶之下，奉献特殊神馔于其上：毛弥（田鸡）、礼酒（甜酒）、红腹鱼（石斑鱼）、山果（橡子或栗子）、土毛（根芹）等。其下另设乐器几案。众人且歌且舞。

吉野呵，吉野，

若无国栖之老翁，

谁人晋献红腹鱼作牺牲？

嗓音朗朗，令人想起自《古事记》时代起当地的风土民情。
日本古典文学大系《古代歌谣集》中有一首《古事记歌谣》：

白梼之木，

作以横臼。

臼中盛大御酒，

酒味甘美，

闻之可食。

我的亲爹！

这支歌是向国主等奉献牺牲时，直至今日还在咏唱的和
歌。读此歌可以知道，献给天皇大御酒时也唱此歌。如今，淳
朴之人事难得再见，我对当地民众愈益涌现出亲近之情。

庆祝会结束后，访问附近的上西氏宅邸。他在东京经营一
家证券公司，是个性格坦率、开朗的人。一段稍有坡度的小路
上，有片秧田，没有一丝风，梅雨初霁的太阳明艳艳地照耀着
大地。

应邀上楼稍事休息，随即辞去。这片旧宅的建筑样式，遵
照故人心愿，房子外面安设了木格子。

决定折回吉野山樱花坛打点行李，顺着原来的路径一路快
行。河对岸是一条细白如带的小道。我又回忆起丈夫说过的

话，当时他身穿和服，脚跋木屐，完全不适合往来跋涉于山间。他循着无路之径，深入山坳，探访吉野川源流大台原山，一路小屋起伏，直接抵达名叫"入波"的那块地方。虽说那时尚年轻，但他为了积累丰富的素材，坚持通过亲自观察之后再正确还原历史。我被他这种坚强的意志打动了。

教育委员长辻氏开车送我到橿原神宫，税务科长岩井氏与我同车到达西大寺。途中听岩井氏讲述耳无香具山[1]，略显亢奋的心情获得安慰，稍稍沉静下来。既然深爱京都樱花和红叶之美，为何在他活着的时候，未能一起前来探访一番呢？很多事令我悔恨不已。我满心隐含着往昔的忆念，到达夕霭苍莽的京都。

[1] 位于橿原市的耳成山（miminashiyama）、傍亩山（unebiyama）和香具山（kaguyama），史称"大和三山"。

樱花

想起樱花，心儿就一下子飞向平安朝时代，四周皆为樱的颜色所包裹，明丽、娴静。高渺的天际，烟霞蔽空，远山樱花看上去犹如展开的一幅绘卷。印有蝶鸟的洒金纸上散写着《古今集》的短歌，一首首映入我的眼帘。

世间若无樱花艳，
春心何处得长闲？

庭院里的樱树刚刚绽开一朵两朵时，我和如今已不在人世的丈夫朝夕念叨：今日开三分，明日开五分。就像这首短歌咏唱的那样，一直不得静下心来。樱花猝然散谢的年份，心情尤其不能安住。

京都的花信最惹人心动。每年一到四月的七八日，就打电话问清楚花期。平安神宫赏花的盛事，从《细雪》[1]里可以知晓，近年来由于游人杂沓，已不能充分尝到赏花的真正情趣了。《细雪》执笔当初，曾于内苑的池汀上，置一矮几，铺绯红毛毡，用漆满花纹的酒杯交相劝饮。清酒微醺，仰望低垂的花枝，虽说没有一丝风，树梢仍有幽然摇荡，显示出非同凡俗的风情。我们都说，这里集合着花之精灵呢。面对樱花，如醉如痴，在花下究竟说些什么，想些什么，现在已记不起来了。

和丈夫阴阳相隔之后，翌年春，不能不又想起平安神宫的樱花。一人看花独自悲，我难以忍受。我的灵魂为花所引诱，飘向遥远的云的彼方，只将一副肉身横斜着，悄悄触摸着婀娜低垂的花朵。我抱着这样的幻想，整日闷在家里。

移植到法然院墓地的红枝垂樱，去年也开放了娇美的花儿。

去年秋，同前来做客的川田俊子夫人一起在院中散步，忽然想起要到邻居有贺家访问。其时，有贺夫人的丈夫为欢迎俊子夫人的到来，特意拿出许多与谢野晶子夫人的书简和短歌稿本给她看。——晶子夫人曾经下榻于有贺家，并在此写作短歌。庭园里建有他们夫妇的歌碑。

其中有一封信深深印在我的心里。

有贺君、君子夫人：

  顷于贵府观赏春天美丽的樱花，非常高兴。感激之

　　[1]谷崎润一郎的长篇小说。

1949年4月，松子和谷崎在京都赏樱

情，永留心间。

承蒙厚意，诸事顺达，至今犹感欣幸。（中略）

我于所钟情之各种樱花中最喜欢大岛樱，故请在我墓前植苗木一株。想到此花，虽死亦乐。

岛樱一树近重楼，

白花摇落千滴露。

那可是紧挨着阳台的樱花树啊！

您为我于百忙中挤出时间，不胜感谢，今又提出植墓木一事，还请谅宥。

欲效芳月居士，戒名为"白樱院潮风明香大姊"，如何？若作"暗香"，则为"大岛姐儿"之意，亦无不可矣。

请允许我提出问题：踏花初行路弯弯，何时再到蓬平边？虽然在东京还会再晤面，但与花分别，令人寂寞。

晶子

这封书简上的日期是昭和十四年四月十四日。听有贺君说，晶子夫人逝世于十七年五月二十九日，戒名为"白樱院凤翔晶耀大姊"。宽先生[1]殁后的歌集中，也有题名《白樱集》的。由此可见，晶子夫人多么喜爱白色的樱花啊！

信末那首短歌中提到的蓬平，是我现在居住的地名，为谷

[1] 与谢野宽（铁干），与谢野晶子的丈夫。

崎终焉之地。如今，院子里的大岛樱，树干紧贴二楼，泰然而立，盖过其他树木。繁花满枝，华丽无比，这景观恰好映进我们卧室的窗户。只因终日无人观赏，我和丈夫一起为之惋惜。那白色的花朵带着梨花般似有若无的薄绿，不像具有典型花色的染井吉野。它虽缺少优艳之美，但却飘溢着另一种情韵。尤其是立于暮色苍茫之中那种意气风发、奔涌而上的力感，骤然间将人反衬得何其渺小！

丈夫辞世那年春，风景依旧叫人赏心悦目。故而，留在花间的思念该有几多深沉！我期盼着春天，心中一片黯然。

译后记

本书收入作者两部作品：《幼少时代》和《雪后庵夜话》。为了使读者从侧面了解作者的这段生活，仅从松子夫人所著《倚松庵之梦》中摘出关于记述作者生前身后的两篇短文，作为附录缀于书后。

谷崎的《幼少时代》，执笔于1955年作者70岁的时候，当年连载于每月一期的《文艺春秋》杂志，内容是记述自己幼少年时代家族亲友往来、求学经历以及逐步走上文学道路的过程。

《幼少时代》是作者个人的怀旧录，但又不单是怀旧录。谷崎在这部作品中，翔实地记述了明治初期，一个东京"下町"出身的商家之子，受到的各种文化与风俗的熏陶，并以此为主线，运用舒缓自如的笔墨，再现了已经逝去的江户王朝时代的遗韵，昔日东京的面影，以及明治和大正社会的浮世人情。

《雪后庵夜话》，是谷崎润一郎晚年写作的随笔，连载于1963年6月号至1964年1月号《中央公论》杂志。文中详细记述了作者同最后一任妻子松子夫人以及妻妹一家人结识与交往的情景，直白地表露了自己追慕松子及系念诸美的情怀；满怀凄清地阐述了老后余生的种种苦恼与迷惘；回溯了谷崎文学所赖以生长的古典艺术的魅力，以及江户艺术对自己人生和创作的深远影响。

谷崎润一郎1886年7月生于东京市日本桥（现在的中央区）蛎壳町。青年时代辗转于东京、横滨、藤泽及小田原等地，过着一边创作一边游乐的所谓"放荡无赖的生活"。1923年9月的关东大地震，东京几乎夷为平地，大自然的浩劫，将沉湎于酒色的谷崎唤醒，促使他警觉生命之可贵，并毅然离开生活多年的关东，徙居关西的京都、兵库县神户等地。谷崎在关西地区一直住到二战时期。其间，1926年1月，第二次游历中国，结识郭沫若、田汉、欧阳予倩等文化戏剧界名流；先后发表了《吉野葛》《刈芦》《春琴抄》等小说，并开始长篇巨著《细雪》的写作。

战争后期的1942年，谷崎于热海西山购得别庄，先是单独居住，继续写作《细雪》，谷崎3月21日写给松子夫人的信中说：

这次又未能与你同行，你看不到购得的别庄，实在让我有些过意不去。我是想，如果热海有处房子，东京的亲戚和偕乐园等人，时常都可以到这里来聚会。你不必担心，我将妥为处理这些事，绝不会给你造成太多的不便，请尽管放心。……再说，渡边家和森田家也希望他们加以利用。另外，我打算在适当的时候全家转来这里居住，而又不至于引起关西方面的误解，以为我厌弃那里。……

随着神户鱼崎累遭空袭，两年后谷崎将全家疏散到热海。然而，终战前夕，美国飞机无远弗届，空袭加剧，不久又将西山别庄脱手。

战后，谷崎全家重返关西，卜居于京都下鸭。他在此地住了四年之久，这段时间里，完成了《细雪》和《少将滋干之母》的写作。谷崎虽然喜欢这座文化古都，但随着年龄老衰，渐渐不适应京都冬寒夏暑的气候，尤其是冬季彻骨的严寒令他难以忍受。1950年2月，又在热海市仲田购入一座别墅，命名"雪后庵"。但他在这里住不多久，不满意逐渐变得喧闹的环境，又转居距离热海十五分钟车程的伊豆山鸣泽。原来的居所叫"前雪后庵"，新迁入的叫"后雪后庵"。这里群山连峰，千岛环顾，空气新鲜，景色宜人。然而，新居的完美并未锁住不断追求生活质量的谷崎的心，九年之后的1964年，他再度转居于附近汤河原町吉浜带有冷暖设备的新购宅邸——"湘碧山房"。这里面临大海，阳光灿烂，更适合于写作兼养病的暮年时代的谷崎润一郎。

谷崎这年7月转居，在新家住了整整一年，完成《雪后庵夜话》的写作，不料患有心肾不全的病体逐渐恶化，遂于1965年7月30日辞世，享年79岁。

1936年，谷崎第二次到中国旅行，在上海同雷震（左）、田汉（中）合影

谷崎的绝笔之作，当是发表于这年9月号《中央公论》的《七十九岁的春天》一文。作者在这篇遗作中写道：

　　如今的所谓"文坛中的人"，比我年长的只有志贺直哉氏和武者小路实笃氏了，其他再也找不出第三者。武者氏生于明治十八年，比我年长1岁，但看起来比我年轻得多。不久前的五月十五日，他刚度过了80岁寿诞。按老习惯的虚岁计算，我今年八十，武者则应是81岁。不过寿筵一般要晚一两年举办，这也是历来的老习惯。今年我能否延期，目下尚且不知。但既然武者延期了，我也姑且向他学习，索性将自己的寿筵延至明年夏天的当日举办。……

可惜，作者的愿望未能实现。

《雪后庵夜话》，成书于1967年12月，由中央公论社出版。此书是谷崎文学的遗书，爱情的自述，婚恋生活的告白；

也是对以探求异性美、传统美、艺术美为轴心的谷崎文学的一次回归与总结。

1965年4月，谷崎夫妇会见老舍（左）和刘白羽（右）

作为谷崎文学另一位创造者松子夫人，集关西文化传统和深厚艺术教养于一身，终生扮演谷崎心目中女性美的代表，母爱的典范，文学的女神，在其爱与灵感催生之下，谷崎一时迎来创作的旺盛期，连续写作了《盲目物语》《武州公秘话》《刈芦》《春琴抄》《细雪》《少将滋干的母亲》以及《源氏物语》现代语译版等名作，为日本现代文学史留下辉煌的一页。

谷崎死后翌年一月，松子在《中央公论》连续发表回忆文章，满怀悲情，记述谷崎去世前后日月，祭奠亡夫在天之灵。1979年，中央公论社将这类文章汇集在一起，题为《倚松庵之梦》，出版单行本。现从该书中摘译两篇（其中《樱花》一文为早年旧译），附于书后，以资参阅。

松子夫人1991年2月辞世，夫妇合葬于京都法然院，遂了"且待同穴永眠日"的生前遗愿。天然石墓碑上刻着润一郎手书的"寂"字。谷崎夫妇墓左则为妹妹渡边重子家族之墓，天然石上刻着"空"字。四周名人墓石罗列，其中有经济学家川上肇、哲学家九鬼周造等，堪称学术文化之兆域。

鉴于一些客观原因，本书的翻译《雪后庵夜话》在先，《幼少时代》在后，而原作写作年代正相反。如今将此二作收在同一书中，总有些"拉郎配"的感觉。尤其是这类传记性著作，所涉及的社会、历史、人文层面广泛而又繁杂，注释的选定与详略以及其他外围资料等方面，难免有挂一漏万、前后失据，未能达到相互调和之处。敬请读者朋友继续给与批评、指正。

此书部分章节完成后，获得日本学者恩田满先生热情指点，在此表示衷心感谢。

　　至今，这套由谢大光先生任主编的"慢读译丛"，包括本书在内，已经收入拙译五种关于日本方面的译著。在此，特别感谢责编余红梅女士，多年以来，她与她的同事们为这套译作（尤其是拙译）的编辑与出版，不辞辛劳，竭尽全力，使得每本译作得以顺利问世。此外，在各界读者朋友的批评指正下，对于译文中已经发现的问题，我都尽量趁再版的机会逐一做了订正。我向一直关心与帮助我的读者朋友，表示诚挚的谢意。

译者

2017年10月13日

草于时雨霏霏之夜

译后记

慢读译丛

格拉斯米尔日记

〔英〕多萝西·华兹华斯著　倪庆饩译

山海经

〔法〕儒勒·米什莱著　李玉民译

炉边情话

〔日〕幸田露伴著　陈德文译

那一张张鲜活的面孔

〔俄〕吉皮乌斯著　郑体武译

如果种子不死

〔法〕纪德著　罗国林译

品格论

〔法〕拉布吕耶尔著　梁守锵译

造园的人

〔日〕室生犀星著　周祥仑译

林荫幽径

〔俄〕蒲宁著　戴骢译

暖梦

〔日〕夏目漱石著　陈德文译

书籍的世界

〔德〕赫尔曼·黑塞著　马剑译

雪后庵夜话
Slow reading

密西西比

〔美〕威廉·福克纳著　李文俊译

水滴的音乐

〔英〕阿尔多斯·赫胥黎著　倪庆饩译

存在的瞬间

〔英〕弗吉尼亚·伍尔芙著　刘春芳　倪爱霞译

阿尔谢尼耶夫的青春年华

〔俄罗斯〕伊凡·蒲宁著　戴骢译

霜夜

〔日〕芥川龙之介著　陈德文译

闲人遐想录

〔英〕杰罗姆·克·杰罗姆著　沙铭瑶译

凯尔特薄暮

〔爱尔兰〕威廉·巴特勒·叶芝著　许健译

晴日木屐

〔日〕永井荷风著　陈德文译

我的生活故事

〔法〕乔治·桑著　管筱明译

事物及其他

〔法〕莫泊桑著　巫春峰译

无知的乐趣

〔英〕罗伯特·威尔逊·林德著　吕长发译

雪后庵夜话

〔日〕谷崎润一郎著　陈德文译